À TOUT JAMAIS

Première publication par Atria Paperback edition
Atria Paperback est un label de Simon&Schuster, Inc

Titre original : *It starts with us*

Collection New Romance® créée par Hugues de Saint Vincent,
dirigée par Arthur de Saint Vincent

Ouvrage dirigé par Sylvie Gand
Mise en page : Christophe Petit
Pour la présente édition,

34-36 rue La Pérouse
75116 PARIS

www.hugopublishing.fr
ISBN : 9782755671971
Dépôt légal : novembre 2023
Imprimé en Chine

À TOUT JAMAIS

NEW ROMANCE®

COLLEEN HOOVER

Roman

Traduit de l'anglais par
Pauline Vidal

Hugo Roman

Ce livre est pour la courageuse et téméraire
Maria Blalock.

Cher·e·s lecteur·rice·s,

Ce livre est la suite de *Jamais plus* et commence là où le premier tome s'est terminé. Pour une lecture optimale, *À tout jamais* doit donc être lu en second dans la série des deux livres.

Après avoir publié *Jamais plus,* je ne pensais pas du tout me lancer un jour dans une suite. Je n'imaginais pas non plus que ce livre serait accueilli ainsi, par tant de personnes. Je suis très reconnaissante à tous ceux qui ont trouvé que l'histoire de Lily était aussi inspirante que l'était pour moi celle de ma propre mère.

Une fois que *Jamais plus* a pris de l'ampleur sur TikTok, j'ai été inondée de demandes pour retrouver Lily et Atlas. Comment pourrais-je le refuser à une communauté qui a changé ma vie ? Ce roman a été écrit en guise de remerciement pour l'énorme soutien dont j'ai bénéficié, et c'est pourquoi j'ai voulu offrir une expérience beaucoup plus légère.

Lily et Atlas le méritent.

J'espère que vous apprécierez leur voyage.

Avec tout mon amour,

Colleen Hoover

I
ATLAS

Ce *trouducu* tagué en rouge sur la porte de derrière du Bab's me fait penser à ma mère.

Elle n'aurait pas fait sauter le L final en l'articulant et se serait appliquée à détacher les syllabes pour bien distinguer les trois mots. J'avais envie de rire chaque fois que j'entendais ça, mais comment y voir de l'humour lorsque, enfant, je me prenais en permanence cette insulte en pleine figure ?

– *Trouducu...* marmonne Darin. Ça doit être un gamin. Un adulte, il sait comment ça s'écrit.

– Pas sûr.

Je touche la peinture, qui ne me colle pas au doigt. L'auteur de ce tag a dû le faire juste après la fermeture, hier soir.

– Tu crois que c'est fait exprès, cette orthographe ? me demande-t-il. Que tu serais un tel trou du cul que tu ne mérites même pas qu'on l'écrive correctement ?

– Pourquoi tu penses que ça m'est spécialement adressé ? C'est peut-être toi qu'ils visaient, ou Brad.

– C'est ton restaurant, je te rappelle.

Ôtant sa veste, il s'en protège la main pour décoller un morceau de verre brisé encore attaché à la fenêtre.

– C'est peut-être un employé insatisfait, ajoute-t-il.

– J'aurais des employés insatisfaits ?

Je n'imagine aucun de mes salariés me faisant une chose pareille. La dernière personne que j'ai vue partir, c'était il y a cinq mois, et on s'est quittés en bons termes après que la fille a obtenu son diplôme universitaire.

– Et ce type qui faisait la vaisselle, avant que tu embauches Brad, comment il s'appelait ? Il avait le nom d'une pierre, quelque chose du genre… c'était super bizarre.

– Quartz, dis-je. C'était un surnom.

J'avais complètement oublié l'existence de ce mec. Je doute qu'il m'en veuille encore après tout ce temps. Je l'ai viré assez vite, dès le début, quand j'ai découvert qu'il ne lavait la vaisselle que lorsqu'il y voyait des traces de nourriture. Les verres, les assiettes, les couverts… tout ce qui revenait à la cuisine avec une apparence assez propre, il le plaçait directement sur l'égouttoir.

Si je ne l'avais pas fichu dehors, les services d'hygiène nous auraient obligés à fermer à cause de lui.

– Tu devrais prévenir la police, me dit Darin. Il va falloir déclarer tout ça à l'assurance.

Sans me laisser le temps d'objecter, Brad apparaît à la porte de derrière, les débris de verre crissant sous ses pieds. Arrivé avant nous, il faisait l'inventaire à l'intérieur pour constater des vols éventuels.

Frottant sa barbe naissante, il observe :

– Ils ont pris les croûtons.

Un moment de flottement, puis Darin demande :

– Les croûtons ?

– Oui. Ils ont embarqué tous les croûtons qu'on avait préparés hier soir. À part ça, rien ne manque.

Je ne m'attendais pas à ce qu'il dise ça. Si quelqu'un force la porte d'un restaurant et n'emporte aucun matériel ou objet de valeur, c'est qu'il a faim. Je connais ce genre de situation.

– Je ne porterai pas plainte.

– Pourquoi ? s'étonne Darin.

– Ils pourraient mettre la main sur le coupable.

– C'est un peu ce qu'on veut, non ?

J'attrape une boîte vide dans la poubelle et commence à ramasser les bris de verre.

– J'ai déjà forcé la porte d'un restaurant. Pour y voler un sandwich au poulet.

Brad et Darin me jettent un regard stupéfait.

– Tu étais bourré ? me demande ce dernier.

– Non. J'avais faim. Je ne veux pas qu'on arrête quelqu'un pour avoir volé des croûtons.

– D'accord, mais peut-être que ce n'est que le début. Et s'ils revenaient pour voler du matériel, la prochaine fois ? La caméra de surveillance, elle est toujours en panne ?

Voilà des mois qu'il me demande de la faire réparer.

– Je n'ai pas eu le temps...

Darin me prend la boîte des mains et continue de ramasser les morceaux de verre à ma place.

– Tu devrais la faire réparer avant qu'ils ne reviennent. Je ne blague pas, ils sont bien capables de s'attaquer au Corrigan's, ce soir, vu que c'était si facile avec le Bab's.

– Au Corrigan's, la caméra fonctionne. Et puis je doute qu'ils viennent vandaliser mon nouveau restaurant. Le Bab's, ce n'était pas forcément ce qu'ils visaient ; c'était juste plus facile pour eux, voilà tout.

– Tu ne doutes pas, tu *espères*, corrige aussitôt Darin.

Je m'apprête à répondre quand l'arrivée d'un message vibre dans ma poche. Jamais je n'ai mis la main aussi vite sur mon téléphone. En voyant que le SMS ne vient pas de Lily, je suis un peu déçu.

Je suis tombé sur elle, ce matin, pendant que je faisais des courses. C'était la première fois qu'on se voyait depuis un an et demi, mais elle était en retard pour aller bosser, et je venais de recevoir le SMS de Darin m'annonçant qu'on avait forcé la porte du restaurant. On s'est séparés un peu maladroitement, non sans qu'elle me promette de m'envoyer un message dès qu'elle arriverait à son travail.

Ça fait déjà une heure et demie, maintenant, et je n'ai encore rien reçu d'elle. Une heure et demie, ce n'est rien, mais j'ai la désagréable impression de l'avoir sentie hésitante pendant les cinq minutes d'échange qu'on a eues dans la rue.

Personnellement, je n'ai aucun doute sur ce que j'ai pu lui dire. J'ai peut-être été surpris sur le moment – en voyant à quel point elle semblait heureuse et en découvrant qu'elle n'était plus mariée –, mais je pensais réellement tout ce que je lui ai dit.

Je me sens prêt pour ça. *Plus* que prêt.

Je la cherche dans mes contacts. Combien de fois j'ai voulu lui écrire, au cours de cette année et demie... seulement, la dernière fois qu'on s'était parlé, j'avais laissé la balle dans son camp. Elle avait déjà tellement à gérer, je ne voulais pas lui compliquer la vie.

Mais elle est célibataire, maintenant, et elle m'a bien fait comprendre qu'elle était prête à nous donner une seconde chance. En même temps, elle a disposé d'une heure et demie pour repenser à notre conversation... C'est amplement suffisant pour regretter ce qu'elle semblait souhaiter. Chaque minute qui passe sans recevoir de texto va me paraître aussi longue qu'une fichue journée.

Elle est toujours répertoriée sous le nom de Lily Kincaid dans mon téléphone. J'en profite pour changer son nom de famille en Bloom.

Je sens Darin regarder par-dessus mon épaule, les yeux sur mon écran pendant que je tape.

– C'est de *notre* Lily dont il s'agit ?

Brad ajoute à son tour :

– Il envoie un message à Lily ?

– *Notre* Lily ? répété-je, surpris. Vous ne l'avez vue qu'une fois.

– Elle est toujours mariée ? insiste Darin.

Je secoue la tête.

– Tant mieux pour elle, commente-t-il. Elle était enceinte, non ? Qu'est-ce qu'elle a eu pour finir ? Une fille ou un garçon ?

Je ne veux pas parler de Lily parce qu'il n'y a rien à dire sur elle, encore. Je ne veux pas en rajouter.

– Une fille, et je ne répondrai à aucune autre question.

Je me tourne vers Brad :

– Theo vient, aujourd'hui ?

– On est jeudi. Oui, il sera là.

J'entre dans le restaurant. Si je dois parler de Lily à quelqu'un, ce sera à Theo.

2

LILY

Mes mains tremblent encore, même si ça fait déjà presque deux heures que je me suis retrouvée nez à nez avec Atlas. Je ne sais pas si je tremble parce que je suis troublée ou parce que j'avais trop à faire, une fois arrivée, pour avoir le temps de manger. J'ai eu à peine cinq secondes pour intégrer ce qui s'est passé ce matin, et encore moins pour avaler le petit déjeuner que j'avais emporté.

Tout ça s'est vraiment passé ? J'ai réellement posé à Atlas une série de questions gênantes au point de m'en vouloir... jusqu'à l'année prochaine ?

Il n'avait pourtant pas l'air gêné, lui. Il semblait très heureux de me voir ; et quand il m'a prise dans ses bras, c'était comme si une partie de moi, endormie jusque-là, s'éveillait soudain à la vie.

Mais c'est seulement maintenant que je trouve le temps de m'offrir un petit tour aux toilettes ; et là, maintenant que je me vois dans la glace, j'ai envie de pleurer. Je ne suis carrément pas présentable. J'ai de la carotte plein le chemisier, et mon vernis à ongles est à moitié écaillé depuis... disons... le mois de janvier.

Non pas qu'Atlas cherche la perfection de ma part, c'est juste que j'ai tellement rêvé de tomber sur lui un jour... mais certainement pas un matin de panique, une demi-heure après avoir été la cible d'un bambin de onze mois armé d'une cuillère pleine de purée de carotte.

Il était si beau. Il sentait si bon.

Et moi qui devais sentir le lait maternel...

Cette rencontre imprévue m'a tellement secouée qu'il m'a fallu deux fois plus de temps, ce matin, pour organiser les livraisons avec le coursier. Je n'ai même pas consulté les mails pour m'enquérir des nouvelles commandes. Un dernier coup d'œil dans le miroir, et tout ce que je vois, c'est une mère célibataire surmenée et épuisée.

Je me glisse hors des toilettes et retourne à mes commandes. J'en sors une de l'imprimante, lis le message à rédiger sur la carte qui accompagnera les fleurs. Jamais mon esprit n'a eu autant besoin de s'envoler ailleurs, donc je suis contente que la matinée soit plutôt chargée.

On me commande un bouquet de roses pour une dénommée Greta, de la part d'un certain Jonathan. Le message dit ceci : *Désolé pour hier soir. Tu me pardonnes ?*

Je lâche un petit grognement. Des fleurs en guise d'excuse... c'est bien le genre de bouquet que je n'aime pas faire du tout. Je finis toujours par me poser la même question : de quoi peuvent bien s'excuser les gens ? Il a loupé leur rendez-vous ? Il est rentré trop tard ? Ils se sont disputés ?

Il l'a battue ?

Parfois, j'ai presque envie d'inscrire sur la carte le numéro d'appel pour violences familiales, mais toutes les excuses ne sont pas forcément liées à des choses comme celles que je subissais à l'époque, je dois m'en souvenir. Peut-être que Jonathan est l'ami de Greta et qu'il essaie seulement de la réconforter. Peut-être que c'est son mari et qu'il lui a fait une plaisanterie de mauvais goût.

Quelles que soient les raisons de ces fleurs, j'espère qu'elles reflètent un geste sympa. Je mets la carte dans l'enveloppe et glisse celle-ci dans le bouquet de roses. Je les pose sur le comptoir des livraisons et fais apparaître la commande suivante quand je reçois un texto.

Je plonge sur mon téléphone comme si le message allait s'autodétruire dans les trois secondes, et je fronce les sourcils en voyant mon écran. Il ne provient pas d'Atlas mais de Ryle.

Elle mange des frites ?

Je balance une réponse rapide :

Oui, mais pas trop cuites.

Je lâche mon téléphone sur le comptoir dans un bruit sourd. Je n'aime pas qu'elle mange trop souvent des frites, mais Ryle ne l'a avec lui qu'un jour ou deux par semaine, donc je fais en sorte qu'elle se nourrisse plus sainement quand elle est avec moi.

C'était agréable de ne pas penser à lui pendant quelques minutes, mais son message me rappelle qu'il existe. Et, tant qu'il existe, je crains qu'aucune relation, ni même une amitié, ne puisse exister entre Atlas et moi. Comment Ryle le prendrait-il si je commençais à voir Atlas ? Comment réagirait-il s'ils devaient se retrouver l'un en face de l'autre ?

Peut-être que j'anticipe trop, en fait.

Je regarde mon téléphone, en me demandant ce que je devrais dire à Atlas. J'ai promis de lui écrire après avoir ouvert le magasin, mais des clients attendaient déjà devant alors que j'avais à peine sorti les clefs de mon sac. Et maintenant que Ryle m'a envoyé ce texto, je me souviens que lui aussi existe dans le scénario de ma vie, ce qui m'empêche carrément d'écrire à Atlas. La porte vitrée s'ouvre, et mon employée, Lucy, finit par entrer. Elle semble toujours tirée à quatre épingles, même quand je devine qu'elle est de mauvaise humeur.

– Bonjour, Lucy.

Elle repousse une mèche de son visage et pose son sac sur le comptoir avec un soupir.

– Vraiment ?

Elle n'est jamais très cordiale, le matin. C'est pourquoi mon autre employée, Serena, ou moi-même, travaillons à la caisse jusqu'à au moins onze heures, pendant que Lucy s'occupe dans l'arrière-boutique. Elle est bien plus avenante avec la clientèle après quatre ou cinq tasses de café.

– Je viens d'apprendre que nos cartons pour placer les invités à table n'arriveront jamais car ils ne se font plus, et qu'il est trop tard pour en commander d'autres. Et le mariage est dans moins d'un mois !

Ce mariage a déjà tellement mal démarré que je n'ai même pas le cœur de lui dire de tout laisser tomber. Mais je ne suis pas superstitieuse. Et j'espère qu'elle ne l'est pas non plus.

Je hasarde alors :

– Tu sais, les cartons qu'on fait soi-même, c'est très tendance.

– Ce genre de travail manuel, je déteste, marmonne-t-elle. Je n'ai même plus envie de me marier, maintenant. J'ai l'impression qu'on se connaît depuis moins longtemps qu'on ne prépare ce mariage.

Ça, ce n'est pas faux.

– On va peut-être tout annuler et aller se marier à Las Vegas. Toi, tu t'es enfuie avec ton fiancé, non ? Tu le regrettes ?

Je ne sais pas à laquelle de ses questions répondre d'abord.

– Comment peux-tu détester le travail manuel ? Tu es fleuriste. Et puis, j'ai divorcé ; bien sûr que je regrette de m'être enfuie avec lui.

Je lui tends une série de commandes que je n'ai pas encore regardées.

– Mais c'était amusant, dois-je reconnaître.

Lucy se rend dans l'arrière-boutique et s'attaque au reste des commandes. Et moi, je pense à Atlas. *Et à Ryle.* Et à *Armageddon,* le film qui résume parfaitement ce qui se passe dans mon cerveau occupé par ces deux types en même temps.

Je n'ai aucune idée de la façon dont tout ça va tourner. Quand Atlas et moi sommes tombés l'un sur l'autre, c'était comme si tout s'effaçait autour de nous, Ryle y compris. Sauf que maintenant Ryle recommence à hanter mon esprit. Pas comme il l'occupait *avant,* plutôt comme un barrage. Voilà que ma vie amoureuse, devenue une sorte de chemin rectiligne et lisse, sans bosses ni ornières, c'est-à-dire inexistante depuis plus d'un an et demi, me fait à présent l'effet d'un chemin rocailleux, bourré d'obstacles et de raidillons.

Est-ce que ça vaut le coup ? Bien sûr, *Atlas,* lui, vaut le coup.

Mais nous, est-ce que *nous* valons le coup ? Est-ce que *nous* valons le stress que cette situation imposera inévitablement à tous les autres aspects de ma vie ?

Cela faisait longtemps que je n'avais pas ressenti un tel conflit en moi. J'aimerais tellement appeler Allysa et lui raconter mon entrevue avec Atlas, mais je ne peux pas. Elle sait ce que Ryle éprouve encore pour moi. Elle sait ce qu'il ressentirait si je faisais entrer Atlas dans le paysage.

Je ne peux pas parler à ma mère parce que c'est ma mère. Nous avons beau nous être beaucoup rapprochées ces derniers temps, je ne me vois pas en train de discuter librement avec elle de ma vie amoureuse.

Il n'y a réellement qu'une femme avec qui je pourrais parler d'Atlas sans aucune retenue.

– Lucy ?

Apparaissant dans l'embrasure de la porte, elle écarte un écouteur de son oreille.

– Tu as besoin de moi ?

– Oui. Tu pourrais me remplacer ici un moment ? J'ai une course à faire. Je serai de retour dans une heure.

Elle se glisse derrière le comptoir et j'attrape mon sac. Comme je n'ai pas beaucoup de temps à moi depuis l'arrivée d'Emerson, il m'arrive de voler une heure par-ci par-là lorsque j'ai quelqu'un pour me remplacer à la boutique.

Parfois, j'aime m'asseoir et réfléchir, mais c'est impossible de faire ça avec un enfant, car même quand elle dort, je suis en mode maman. Avec ces allées et venues incessantes dans le magasin, il est rare de trouver un moment de tranquillité sans être interrompue.

En revanche, j'ai découvert que seule dans ma voiture avec de la musique – et parfois même une part de cheesecake –, je parviens à faire le tri dans le bazar qui encombre mon cerveau.

Une fois garée face au port de Boston, j'abaisse le dossier de mon siège et saisis le carnet et le stylo que j'ai emportés avec moi. J'ignore si ça me fera autant de bien que le dessert que je m'offre d'habitude, mais j'ai besoin de laisser libre cours à mes pensées comme je le faisais avant. Une méthode qui m'a bien aidée quand il fallait que je remette les choses en place ; encore que, cette fois, je me contente d'espérer que tout ne parte pas complètement en vrille.

Chère Ellen,

Devinez qui voilà?

Moi.

Et Atlas.

Nous deux.

Je suis tombée sur lui alors que j'allais retrouver Ryle avec Emmy, ce matin. C'était tellement bon de le revoir! Mais même si c'était super cool de se dire où on en était chacun dans notre vie, ça s'est terminé de façon un peu frustrante. Il avait une petite urgence avec son restaurant, et moi, j'étais en retard pour ouvrir le magasin. On s'est séparés avec la promesse que je lui enverrais un message.

J'aimerais lui écrire quelque chose. Vraiment. Surtout parce que le fait de le revoir m'a rappelé tout le plaisir que j'éprouvais auprès de lui.

Je ne m'étais pas rendu compte à quel point je me sentais seule... jusqu'à ces petites minutes passées avec lui, ce matin. Mais depuis mon divorce avec Ryle... Oh, mais attendez...

Mince, je n'ai rien dit sur mon divorce!

Voilà trop longtemps que je ne vous ai pas écrit. Laissez-moi vous raconter.

J'ai décidé de me séparer de Ryle pour de bon après la naissance d'Emmy. J'ai attendu ce moment-là pour demander le divorce. Je ne cherchais pas à lui faire du mal en choisissant ce moment, seulement je ne savais pas ce que j'allais décider tant que je n'aurais pas tenu mon bébé dans mes bras ; tant que je n'aurais pas été certaine de tenter tout ce que je pourrais pour mettre un terme à cet infernal cycle d'abus.

Oui, demander le divorce, ça fait mal. Oui, ça m'a brisé le cœur. Mais, non, je ne le regrette pas. Ce choix m'a aidée à comprendre que, parfois, les décisions les plus dures peuvent aboutir aux solutions les meilleures.

Je ne vais pas mentir en disant que Ryle ne me manque pas, parce que, oui, je regrette ce que nous étions ensemble, parfois. Je regrette la famille que nous aurions pu former pour Emerson. Mais je sais que j'ai pris la bonne décision, même si je suis souvent dépassée par tout ce que cela incombe. C'est difficile parce que je dois interagir avec Ryle. Il possède encore toutes les qualités dont j'étais tombée amoureuse, et maintenant que nous ne sommes plus ensemble, je vois plus difficilement le côté négatif des choses, celui qui a mis fin à notre mariage. Je pense que c'est lié à l'attitude qu'il a fini par adopter. Il a tout fait pour se montrer agréable, éviter les disputes, car il savait que je pouvais l'accuser à tout moment de violence conjugale. Il risquait de perdre beaucoup plus que sa femme, dans l'histoire ; donc, quand on en est venus à évoquer la garde de notre enfant, les choses se sont passées de façon bien plus consensuelle que je ne l'aurais cru.

Cela aurait pu l'être davantage encore car je n'ai pas discuté autant que lui. Mon avocate a été très franche quand je lui ai dit que je voulais la garde exclusive de notre bébé. À moins de vouloir laver notre linge sale en plein tribunal, je ne pouvais pas faire grand-chose pour refuser à Ryle un droit de visite à Emerson. Et même si je devais mettre en avant ses violences domestiques, mon avocat m'a assuré qu'il était très rare qu'un père plein de bonne volonté, à la situation professionnelle confortable, sans aucun casier judiciaire, n'ait aucun droit auprès de sa fille.

J'hésitais entre deux options : traîner Ryle en justice, mais avec la possibilité d'aboutir à une garde partagée ; ou tenter de trouver un accord qui nous contenterait tous les deux, tout en préservant notre relation de co-parents.

Pour finir, on est arrivés à un compromis, même si aucun accord au monde ne me satisfera jamais de laisser partir ma fille avec quelqu'un dont je connais les accès de colère. Tout ce que je pouvais faire, c'était choisir la meilleure des options en priant pour qu'Emmy ne le voie jamais sous cet angle.

Je souhaite qu'elle s'attache à son père. Je ne cherche pas à l'éloigner de lui. Je veux juste m'assurer qu'elle est en sécurité, raison pour laquelle j'ai supplié Ryle d'accepter des visites quotidiennes durant les premières années... Mais sans jamais lui avouer que c'est au fond parce que je ne lui fais pas totalement confiance. J'ai trouvé comme excuse le fait que j'allaitais et qu'il était toujours susceptible d'être appelé à l'hôpital, mais, au fond, je suis sûre qu'il sait pourquoi je n'ai jamais voulu qu'elle passe la nuit chez lui.

Les violences qu'il m'a infligées, nous ne les évoquons jamais. Nous parlons d'Emmy, de notre travail, nous affichons des sourires radieux en présence de notre fille. Parfois, cela fait forcé et fabriqué, du moins de ma part, mais c'est mieux que ce qui aurait pu se passer si je l'avais traîné en justice, et de perdre, pour finir. Je ferai semblant de sourire devant ma fille jusqu'à ses dix-huit ans si cela me permet de ne pas avoir à partager sa garde et peut-être l'exposer régulièrement aux pires côtés de son père.

Jusqu'à maintenant, ça marche, si on ne tient pas compte de son attitude ambiguë, par moments. J'ai eu beau être très claire sur mes sentiments pendant ce divorce, il garde espoir pour nous. Il dit parfois des choses qui me laissent entendre qu'il pense encore pouvoir se réconcilier avec moi. Je crains qu'une grande partie de la bonne volonté qu'il montre ne repose sur l'assurance qu'il finira par gagner s'il est assez gentil pendant assez longtemps. Il a dans l'idée qu'avec le temps je serai plus conciliante.

Mais ce n'est pas ainsi que ça va se passer, Ellen. Je vais continuer d'avancer, et si je suis honnête avec moi-même, c'est vers Atlas que je marcherai. Il est encore trop tôt pour savoir si c'est possible, mais je sais que, même avec le temps, je ne retournerai jamais auprès de Ryle.

Cela fait presque un an que j'ai demandé le divorce, mais la dispute qui est la cause de notre séparation date, elle, de dix-neuf mois. Ce qui veut dire que je suis seule depuis plus d'un an et demi.

Un an et demi de séparation entre deux relations potentielles, ça semble long, et peut-être que ça le serait pour quelqu'un d'autre qu'Atlas. Seulement, comment faire pour que ça marche ? Si j'envoie un message à Atlas et qu'il m'invite à déjeuner ? Que ce déjeuner se passe merveilleusement bien, ce dont je suis sûre, et que ça mène à un dîner ? Un dîner qui nous conduirait directement là où on en est restés quand on était plus jeunes ? Et que ça nous rende super heureux, qu'on retombe amoureux et qu'il se réinstalle dans ma vie ?

Je sais que j'ai l'air de m'emballer, mais c'est d'Atlas dont on parle. À moins qu'il n'ait subi une transplantation de personnalité, je pense que, vous comme moi, nous savons comme il est facile pour moi de l'aimer, Ellen. Voilà pourquoi j'hésite tellement… parce que j'ai peur que ça marche.

Et, si ça marche, que va penser Ryle de ma nouvelle relation ? Emerson a presque un an, et cette année s'est déroulée dans un calme relatif, sans doute parce que nous avons trouvé une espèce de fluidité que rien n'a interrompue. Alors, pourquoi le seul fait d'évoquer Atlas devrait-il provoquer un tsunami ?

Non pas que Ryle mérite l'inquiétude que j'éprouve actuellement, mais il est capable de faire de ma vie amoureuse un enfer. Pourquoi occupe-t-il encore un pan entier de mes pensées ? C'est exactement ce que je ressens – comme si tout ce qui m'arrivait de merveilleux finissait par se noyer dans mon esprit, juste parce que je redoute d'éventuelles mauvaises réactions de Ryle.

Oui, c'est vraiment ce que je crains le plus. J'aimerais croire qu'il ne sera pas jaloux, mais il le sera. Si je commence à voir Atlas, il va nous rendre à tous la vie impossible. Même si je sais que le divorce était la meilleure option, j'en subis encore les conséquences. Et l'une d'elles est que Ryle considérera toujours Atlas comme celui qui a brisé notre mariage.

Ryle est le père de ma fille. Quel que soit l'homme qui entre ou sort de mon existence, il restera toujours celui que je devrai apaiser si je veux la paix et la tranquillité pour ma fille. Et si Atlas Corrigan revient dans ma vie, Ryle ne se sentira jamais apaisé.

J'aimerais que vous m'aidiez à prendre une décision. Dois-je sacrifier un bonheur dont je suis certaine afin d'éviter la confusion que causerait la présence d'Atlas ?

Ou aurai-je en permanence dans le cœur un trou béant du nom d'Atlas, que lui seul pourrait combler ?

Il attend un message de ma part, mais je crois qu'il me faudra un peu de temps avant de le lui envoyer. Je ne sais même pas quoi lui dire. Je ne sais pas quoi faire.

Dès que j'aurai une idée, je vous le dirai.

Lily

3

ATLAS

– On a enfin atteint le *rivage...* répète Theo. Tu lui as vraiment dit ça ? Comme ça ?

Mal à l'aise, je gigote sur le canapé.

– On s'est liés d'amitié devant *Le Monde de Nemo*, quand on était jeunes.

– Tu cites un *dessin animé* ! reprend Theo en levant les yeux au ciel. Et ça n'a pas marché. Voilà plus de huit heures que tu es tombée sur elle, et elle ne t'a toujours envoyé aucun message.

– Peut-être qu'elle est trop occupée.

– Ou que tu en as trop fait, suggère Theo.

Penché en avant, il joint les mains entre ses genoux et ajoute :

– D'accord, alors qu'est-ce qui s'est passé après que tu lui as sorti toutes ces conneries cucul ?

Je le trouve bien brutal.

– Rien. On devait chacun repartir travailler. Je lui ai demandé si elle avait toujours mon numéro, et elle a répondu qu'elle l'avait en mémoire. Et puis on s'est dit au r...

– Attends ! Elle a ton numéro *en mémoire* ?

– Apparemment, oui.

– D'accord.

Il a un petit regard d'espoir, tout à coup.

– Ce n'est pas rien, ça. Personne ne retient plus les numéros, aujourd'hui.

Je pensais la même chose, tout en me demandant si elle avait retenu mon numéro pour d'autres raisons. À l'époque, quand je le lui avais donné sur un papier, c'était au cas où elle aurait besoin d'aide en urgence. Peut-être craignait-elle inconsciemment de le perdre ; elle l'aurait donc mémorisé pour des raisons qui n'avaient rien à voir avec moi.

– Alors, je fais quoi ? Je lui envoie un texto ? Je l'appelle ? J'attends que ce soit elle qui me joigne ?

– Ça fait huit heures, Atlas. Calme-toi.

Sa réflexion me fait l'effet d'un coup de fouet.

– Il y a deux minutes tu m'as dit que huit heures sans SMS c'était très long... et maintenant tu me dis de me calmer ?

Theo hausse les épaules, puis, d'un coup de pied contre mon bureau, il fait pivoter sa chaise avant de lâcher :

– J'ai douze ans. Je n'ai pas encore de téléphone, et tu veux mon avis sur les règles de l'envoi de textos ?

Ça me surprend qu'il n'ait pas encore de portable. Brad n'a pourtant pas l'air d'un père très sévère.

– Pourquoi tu n'as pas de téléphone ?

– Papa dit que je pourrai en avoir un à treize ans. Dans deux mois...

Theo vient au restaurant après l'école un ou deux jours par semaine, depuis que Brad a eu sa promotion, six mois plus tôt. Il m'a dit qu'il voulait être psychothérapeute, plus tard, donc je le laisse s'exercer sur moi. Au début, nos échanges devaient servir à son expérience ; maintenant, on dirait que c'est plutôt moi qui en bénéficie.

Brad passe une tête dans mon bureau à la recherche de son fils.

– On y va, Theo. Atlas a du boulot.

Il lui fait signe de se lever mais le gamin continue de tournoyer sur la chaise de mon bureau.

– C'est Atlas qui m'a appelé, papa. Il avait besoin d'un conseil.

– Je ne comprendrai jamais ça, commente Brad. Quel genre de conseil peut bien te donner mon fils ? Comment éviter tes corvées et gagner à *Minecraft*, c'est ça ?

Theo se met debout et lève les bras au-dessus de la tête pour s'étirer.

– Un conseil sur les filles, en fait. Et puis le but ce n'est pas de gagner, dans *Minecraft*, papa. C'est plus un jeu de bac à sable.

Avant de sortir, il se retourne vers moi et lance :

– Envoie-lui un texto.

Comme si c'était la solution la plus simple… Peut-être qu'il a raison.

Brad le pousse dehors.

Je reprends ma place devant mon bureau et considère mon écran vide. *Peut-être a-t-elle mémorisé le mauvais numéro.*

Je la cherche dans mes contacts. J'hésite. Theo a peut-être raison. J'en ai sans doute trop fait, ce matin. On ne s'est pas dit grand-chose lors de cette rencontre inattendue, mais le peu qu'on a échangé avait beaucoup de sens et de poids. Est-ce que ça lui aurait fait peur ?

Ou alors... j'ai raison et elle a mémorisé le mauvais numéro.

Mes doigts hésitent au-dessus du clavier de mon téléphone. Je voudrais lui envoyer un message mais je ne veux pas non plus lui mettre la pression. Pourtant, elle et moi savons que nos vies auraient pris un sens tout différent si je n'avais pas commis tant d'erreurs avec elle dans le passé.

Des années durant, je me suis répété que j'avais eu raison de m'éloigner, que la vie que je menais n'était pas digne d'elle, mais Lily savait s'adapter. Elle aurait trouvé sa place auprès de moi. Je refuse, cette fois, de la laisser partir sans un petit effort supplémentaire de ma part. En commençant par m'assurer qu'elle a le bon numéro.

C'était bon de te voir aujourd'hui, Lily.

J'attends la suite. Quand j'aperçois les trois petits points sautiller sur l'écran, je retiens mon souffle.

Pour moi aussi.

Je contemple sa réponse, bien trop longtemps, en espérant qu'elle ajoutera quelque chose. Mais... rien. C'est tout ce que j'obtiens.

Ce ne sont que trois mots, cependant je sais lire entre les lignes.

Je lâche un soupir dépité et abandonne mon téléphone sur le bureau.

4

LILY

Ryle et moi vivons une relation peu conventionnelle depuis la naissance d'Emerson. Je ne crois pas que beaucoup de couples se lancent dans une procédure de divorce juste après avoir déclaré la naissance de leur enfant.

Autant j'en veux à Ryle de m'avoir obligée à mettre fin à notre union, autant je ne veux pas l'empêcher de créer des liens avec notre fille. Vu son emploi du temps de folie, je coopère le plus possible. Il m'arrive même d'emmener Emmy le voir au travail pendant sa pause déjeuner.

Il a aussi la clef de mon appartement depuis avant la naissance. Si je la lui ai donnée, c'est parce que je craignais d'être seule au moment de mon accouchement. Il avait ainsi accès à l'appartement en cas de besoin. Il ne m'a jamais rendu cette clef depuis, même si j'ai souvent pensé à la lui demander. Il s'en sert les rares fois où sa première intervention est prévue l'après-midi, ce qui lui donne le temps de voir Emerson le matin après mon départ au travail. C'est pourquoi je n'ai jamais vraiment insisté pour qu'il me la rende. Mais ces derniers temps, il utilise cette clef pour ramener Emmy à la maison.

Il m'a envoyé un message juste avant que je ferme le magasin, en me disant que la petite était fatiguée et qu'il allait la coucher chez moi. Il utilise si souvent cette clef en ce moment que je me demande si notre fille est la seule personne qu'il vient voir.

Ma porte d'entrée n'est pas verrouillée lorsque j'arrive à mon appartement. Ryle est dans la cuisine, et il se tourne vers moi quand je le rejoins dans la pièce.

– J'ai apporté de quoi manger, m'annonce-t-il en me montrant le sac en papier de mon restaurant thaï préféré. Tu n'as pas dîné, au moins ?

Je n'aime pas ça. Il prend de plus en plus ses aises ici. Quant à moi, je suis encore sous le coup de l'émotion après cette journée ; donc, je secoue la tête et décide de discuter de tout ça une autre fois... plus tard.

– Non. Merci...

Je pose mon sac sur la table, traverse la cuisine et me dirige vers la chambre d'Emmy.

– Je viens de la coucher, me prévient Ryle.

Je presse l'oreille contre la porte. N'entendant aucun bruit, je retourne à la cuisine sans la réveiller.

Je me sens mal à l'aise après la trop brève réponse que j'ai envoyée à Atlas tout à l'heure, mais mon échange avec Ryle ne fait que confirmer mes craintes. Comment pourrais-je m'engager avec quelqu'un quand mon ex possède la clef de mon appartement et continue de m'apporter à dîner sans prévenir ?

Il faut vraiment que je définisse des limites nettes avec Ryle avant d'espérer entretenir l'idée d'une relation avec Atlas.

Ryle choisit une bouteille de vin rouge sur l'étagère devant lui.

– Je peux l'ouvrir ? demande-t-il.

Je hausse les épaules tout en me servant un peu de *pad thaï*.

– Si tu veux... je n'en prendrai pas.

Il repose la bouteille et opte pour un verre de thé. Je sors de l'eau du frigo et nous nous asseyons tous les deux à table.

– Comment elle était aujourd'hui ?

– Un peu grognon, me répond-il, mais j'avais pas mal de courses à faire. Je pense qu'elle en avait assez d'être constamment enlevée puis réinstallée dans son siège auto. Elle s'est sentie mieux quand on est allés chez Allysa.

– Ton prochain jour de congé, quand est-ce ?

– Je ne sais pas. Je te le dirai.

Il se penche en avant et, du pouce, enlève quelque chose sur ma joue. Je tressaille légèrement, mais il ne remarque rien. Ou il fait mine de ne rien voir. J'ignore s'il remarque mon geste de recul chaque fois que sa main s'approche de moi. Connaissant Ryle, il doit penser que, si je frémis, c'est que je sens une étincelle se ranimer entre nous.

Après la naissance d'Emmy, il y a eu des moments où j'ai cru que c'était le cas. Il disait ou faisait quelque chose de gentil, ou il tenait notre enfant contre lui en chantant une berceuse, et je sentais sourdre en moi cette envie de lui que je connaissais bien. Cependant, je trouvais chaque fois le moyen de ne pas écouter cette impulsion.

Il me suffit, le plus souvent de me remémorer un mauvais souvenir pour aussitôt calmer l'émotion fugace que j'éprouve parfois en sa présence.

La route a été longue et sinueuse, mais ces sensations ont fini par disparaître.

Sans doute grâce à cette liste que j'ai faite de toutes les raisons pour lesquelles j'ai choisi de divorcer. Parfois, après son départ, je vais dans ma chambre et je la relis, histoire de me rappeler que cet arrangement est le meilleur pour nous trois.

D'accord, peut-être pas exactement *cet* arrangement. Car j'aimerais vraiment qu'il me rende cette clef.

Je m'apprête à avaler un peu de nouilles lorsque je perçois le son étouffé d'une notification provenant de mon téléphone. Lâchant ma fourchette, je me rue sur mon sac posé sur la table avant que Ryle ne le fasse à ma place. Je ne crains pas qu'il lise mes SMS, mais je ne veux même pas qu'il me tende mon appareil par courtoisie. Il pourrait voir que le message vient d'Atlas, et je ne suis pas prête à affronter la tempête que cela risquerait de déclencher.

Le texto ne vient cependant pas d'Atlas. Mais de ma mère. Elle m'envoie des photos d'Emmy prises un peu plus tôt dans la semaine. Je repose le téléphone et reprends ma fourchette, sous le regard inquisiteur de Ryle.

– C'était ma mère, lui dis-je platement.

Je ne sais même pas pourquoi, d'ailleurs. Je ne lui dois aucune explication, cependant je n'aime pas la façon dont il me regarde.

– Tu *espérais* que ce serait qui ? Tu t'es carrément jetée sur ce téléphone.

– Personne...

J'avale une gorgée d'eau. Il continue de me fixer. Je ne sais pas comment il peut lire dans mes pensées, il semble avoir compris que je mens.

Il enroule ses nouilles autour de sa fourchette, et, les mâchoires serrées, baisse les yeux sur son assiette.

– Tu vois quelqu'un ? demande-t-il d'un ton cassant.

– Ça ne te regarde pas, mais non.

– Je ne dis pas que ça me regarde. Je fais juste la conversation.

Je ne réponds pas car je sais que c'est un mensonge. Un mari récemment divorcé qui demande à son ex-femme si elle voit quelqu'un n'est pas en train de « faire la conversation ».

– Je pense qu'on devrait avoir une discussion sérieuse à ce sujet, ajoute-t-il. Avant que l'un de nous ne fasse entrer quelqu'un dans la vie d'Emerson, il faudrait peut-être établir quelques règles de base.

– Oui, fais-je en hochant la tête. Il faudrait établir des règles, et pas seulement pour ça.

– Pour quoi d'autre ? s'étonne-t-il.

– Le fait que tu aies accès à mon appartement, dis-je en me raclant la gorge. Je voudrais récupérer ma clef.

Le regard fixe, Ryle s'essuie la bouche puis déclare :

– Je ne peux pas mettre ma fille au lit ?

– Ce n'est pas du tout ce que je dis.

– Tu sais que j'ai un planning de fou, Lily. Je la vois à peine.

– Je ne cherche pas à limiter tes visites. Je voudrais juste récupérer ma clef. Je tiens à mon intimité.

Il me jette un regard dur. Il m'en veut. Je me doutais de sa réaction, mais il en fait juste un peu trop. Je n'ai aucune intention de limiter son temps de visite d'Emmy, en revanche je ne veux plus qu'il ait libre accès à mon appartement. Si j'ai déménagé et divorcé, c'est pour une bonne raison.

Ce ne sera pas un énorme changement, pourtant nécessaire à moins de rester coincés pour toujours dans cette routine malsaine.

– Dans ce cas, je vais me mettre à la garder la nuit entière, assène-t-il en épiant ma réaction.

Je déteste ce qu'il vient de me dire, et il le sent.

Je m'efforce de répliquer calmement :

– Je ne pense pas être prête pour ça.

Ryle laisse tomber sa fourchette dans son assiette :

– Peut-être qu'on devrait modifier notre organisation.

Paroles qui me font bondir, mais je parviens à ne rien montrer de ma colère. Je me lève, mon assiette à la main.

– Sérieux, Ryle ? Je te demande la clef de mon appartement et tu menaces de me traîner en justice ?

On s'était mis d'accord à propos de cette garde, mais il agit comme si cette entente était à *mon* avantage et non au sien. Il sait qu'après tout ce qu'il m'a fait subir j'aurais pu arguer de cela et obtenir la garde de notre fille. Franchement, je n'ai même pas porté plainte. Il devrait me remercier de ma générosité.

Arrivée à la cuisine, je me débarrasse de mon assiette et m'agrippe au comptoir, la tête baissée. *Calme-toi, Lily. C'est juste une mauvaise réaction de sa part.*

J'entends Ryle pousser un grand soupir avant de me rejoindre. Il s'appuie à son tour au comptoir pendant que je rince mon assiette.

– Tu peux au moins me donner de quoi espérer ? demande-t-il d'une voix sourde. Me dire quand je pourrai l'avoir chez moi pour une nuit ?

– Quand elle saura parler, lui dis-je en me retournant.

– Pourquoi si tard ?

Je déteste quand il me demande d'entrer dans les détails alors qu'il sait très bien ce que je veux dire.

– Pour qu'elle puisse me dire s'il se passe quelque chose, Ryle.

Lorsque l'idée pénètre enfin son cerveau, il se mord la lèvre et hoche la tête. Je lis sa frustration aux veines qui saillissent dans son cou. Il sort alors un trousseau de sa poche, ôte ma clef… qu'il jette sur le comptoir avant de s'en aller.

Lorsqu'il saisit son blouson et sort de l'appartement, j'ai un pincement au cœur que je connais bien. Une culpabilité toujours suivie de doutes tels que : *Suis-je trop dure avec lui ? Et s'il avait changé, au fond ?*

Je connais les réponses à ces questions, mais parfois, ce n'est pas si mal de se les rappeler. Je vais dans ma chambre et sors une liste de ma boîte à bijoux.

1) Il t'a giflée parce que tu as ri.
2) Il t'a précipitée en bas d'un escalier.
3) Il t'a mordue.
4) Il a essayé de te violer.
5) Tu as dû te faire poser des points à cause de lui.
6) Ton mari s'en est pris physiquement à toi plus d'une fois. Ça aurait pu continuer indéfiniment.
7) Tu as fait ça pour ta fille.

Je passe les doigts sur le tatouage de mon épaule, sentant les petites cicatrices qu'il y a laissées avec ses dents. Si Ryle m'a fait cela au plus fort de notre relation, de quoi serait-il capable alors qu'elle est au plus bas ?

Je replie soigneusement le morceau de papier et le range dans mon coffret… pour la prochaine fois où j'aurai besoin d'une petite dose de rappel.

5

ATLAS

– On était réellement visés, dit Brad en considérant le tag.

Ceux qui ont vandalisé le Bab's il y a deux soirs ont décidé la nuit dernière de s'en prendre à mon tout dernier restaurant. Le Corrigan's a deux vitrines fracassées, et il y a un autre message tagué à la bombe sur l'entrée de derrière.

Va te faire foutre, Culas.

Culas… j'ai presque envie de rire devant l'astuce, mais non, je ne suis pas d'humeur à ça, ce matin.

L'acte de vandalisme d'hier m'a à peine dérangé. Je ne sais pas si c'était parce que je venais juste de tomber sur Lily et que j'étais encore sur un petit nuage, mais ce matin, mon humeur est assombrie par le fait qu'elle semble m'éviter. Les dégâts causés à mon nouveau restaurant me démoralisent.

– Je vais voir le système de sécurité.

J'espère que les caméras de surveillance révéleront quelque chose d'utile. Je ne sais toujours pas si j'ai envie d'appeler la police. Si ce sont des gars que je connais, je pourrais au moins les affronter avant de devoir en arriver là.

Brad me suit jusqu'à mon bureau. J'allume l'ordinateur et ouvre l'appli de la sécurité. Il doit deviner ma frustration parce qu'il ne dit pas un mot pendant que je mets plusieurs minutes à trouver l'enregistrement.

– Là, regarde ! lance Brad en indiquant le coin inférieur gauche de l'écran.

Je ralentis la vidéo jusqu'à ce qu'on distingue une silhouette, et je stoppe l'enregistrement.

Quand je le relance, on se regarde tous les deux d'un air interloqué. Quelqu'un est couché sur les dernières marches, inerte. On fixe l'écran pendant une vingtaine de secondes, puis je reviens en arrière. Selon l'heure indiquée sur la vidéo, le gars reste là pendant plus de deux heures. Sans couverture, en octobre, à Boston...

– Il a *dormi* ici ? s'étrangle Brad. Jamais il n'a eu peur de se faire pincer ?

Je repasse la séquence jusqu'à ce qu'elle me montre l'arrivée de l'individu, peu après une heure du matin. À cause de l'obscurité, j'ai du mal à distinguer son visage, mais il a l'air jeune. Un ado plus qu'un adulte.

Il va et vient pendant quelques minutes, fouille dans la benne à ordures, tripote la serrure de la porte avant de sortir une bombe de peinture et de laisser sa bonne blague.

Puis il utilise l'aérosol pour tenter de briser les fenêtres, mais celles du Corrigan's possèdent des triples vitrages. Donc, il finit par se lasser et n'essaye même plus de faire un trou aussi gros que celui du Bab's. C'est là qu'il s'allonge sur les marches... pour s'y endormir.

Juste avant le lever du soleil, il se réveille, regarde autour de lui, tranquille, s'en va comme s'il ne s'était rien passé.

– Tu le reconnais ? demande Brad.

– Non. Et toi ?

– Pas du tout.

Je stoppe la vidéo là où j'estime que je pourrai avoir la meilleure vue de l'individu, mais l'image est très pixélisée. Il porte un jean et un sweat noir dont la capuche est rabattue si bas sur le front que même ses cheveux sont invisibles.

Il n'y aurait aucun moyen de le reconnaître si je le croisais. La vidéo n'est pas d'assez bonne qualité, et pas une fois il ne regarde la caméra. La police elle-même ne trouverait aucune utilité à cet enregistrement.

J'envoie quand même le fichier à mon adresse mail. Au même moment un téléphone annonce l'arrivée d'un message. Je regarde le mien, mais cela provient de celui de Brad.

– Darin dit que tout va bien au Bab's.

Il range son portable dans sa poche, puis il se dirige vers la porte du bureau en lançant :

– Je vais commencer à nettoyer.

J'attends que mon fichier soit envoyé et je redémarre la vidéo. J'éprouve plus de pitié que de colère. Ça me rappelle tellement les nuits polaires que j'ai passées dans cette maison à l'abandon, avant que Lily ne propose de m'héberger dans sa chambre. Rien qu'en y pensant, je peux encore sentir le froid qui me glaçait les os.

Je n'ai aucune idée de qui ça pourrait être. C'est quand même troublant qu'il ait écrit mon nom sur la porte, et encore plus perturbant qu'il se soit senti assez à l'aise pour rester là et s'offrir une sieste de deux heures. Un peu comme s'il cherchait à me provoquer.

Mon téléphone se met à vibrer sur mon bureau. Je le saisis, mais c'est un numéro que je ne connais pas. Dans ces cas-là, je ne réponds pas, bien que j'aie toujours Lily dans le coin de la tête. Elle pourrait m'appeler d'un appareil du bureau.

Franchement, je suis pathétique.

– Allô ?

Un soupir me répond. Celui d'une femme. Qui semble soulagée de m'entendre.

– Atlas ?

Je soupire aussi, mais pas de soulagement... juste parce que ce n'est pas la voix de Lily. Je ne sais pas qui c'est, de toute façon, c'est décevant.

Je m'appuie contre le dossier de mon fauteuil de bureau.

– Oui ?

– C'est moi.

Moi ? Mais qui ? J'essaie de passer en revue toutes les ex qui pourraient m'appeler, cependant cette voix ne m'évoque aucune d'entre elles. Et aucune d'elles ne partirait du principe que je pourrais la reconnaître juste à son « C'est moi ».

– Qui, *vous* ?

– *Moi*, répète-t-elle avec emphase. Sutton. Ta *mère*.

J'écarte aussitôt le téléphone de mon oreille et vérifie le numéro sur mon écran. C'est une blague ? Comment ma mère aurait-elle mon numéro de portable ? Et pourquoi le *voudrait*-elle ? Voilà des années qu'elle m'a fait comprendre qu'elle ne voulait plus me voir.

Je ne réponds rien. *Je n'ai rien à dire.* Je me redresse, me penche en avant, attendant qu'elle me crache la raison pour laquelle elle a finalement fait l'effort de m'appeler.

– Je... euh...

Elle s'arrête. J'entends la télévision pas loin d'elle. On dirait une émission style *Le juste prix*. Je l'imagine bien, assise sur le canapé, une bière dans une main et une cigarette dans l'autre, à dix heures du matin. Elle travaillait le plus souvent la nuit quand j'étais jeune, donc elle dînait et restait réveillée pour regarder sa télé avant d'aller se coucher.

C'était le moment de la journée que j'aimais le moins.

D'une voix sèche, je lui demande :

– Qu'est-ce que tu veux ?

À la façon dont elle se racle la gorge – elle fait ça depuis des années –, je devine qu'elle est embêtée. Je sens, à son petit soupir, qu'elle ne *voulait pas* m'appeler. Elle ne le fait que parce qu'elle y est *obligée*. Elle ne m'appelle pas pour s'excuser mais parce qu'elle a besoin de moi.

– Tu es mourante ?

Ce serait bien la seule chose qui m'empêcherait de mettre un terme à cette conversation.

– Je suis *mourante* ?

Elle répète ce mot avec un petit rire, comme si j'étais totalement absurde, irresponsable, un *trouducu*, quoi.

– Non, je ne suis pas *mourante*. Je vais très bien.

– Tu as besoin d'argent ?

– Qui n'en a pas besoin ?

L'angoisse qu'elle avait l'habitude de susciter en moi revient simplement après ces quelques secondes. Aussitôt, je raccroche. Je n'ai rien à lui dire. Je bloque son numéro, regrettant de lui avoir accordé ce bref laps de temps. J'aurais même dû le faire dès qu'elle s'est annoncée.

Je me penche sur mon bureau et me prends la tête entre les mains, secoué par cet appel inattendu.

À vrai dire, je suis surpris par ma réaction. Je savais que ça pourrait arriver un jour, sans imaginer que ça me toucherait à ce point. Je pensais rester indifférent devant son retour dans ma vie, de la même façon que lorsqu'elle m'avait forcé à quitter la sienne. Mais, à l'époque, peu de choses avaient le don de m'émouvoir.

Aujourd'hui, il se trouve que j'*aime* ma vie. Je suis fier de ce que j'ai accompli. Je n'ai absolument aucun désir de laisser quiconque surgir de mon passé pour menacer mon existence actuelle.

Je me passe une main sur le visage, dans l'espoir de chasser ces dernières minutes de mon esprit, puis je sors aider Brad à réparer les dégâts et tente d'oublier ce qui vient de se passer. Mais j'ai du mal. C'est comme si mon passé me revenait en pleine figure, et je n'ai personne à qui me confier.

Nous travaillons quelques instants en silence, puis je dis :

– Il faut que tu procures un téléphone à Theo. Il a presque treize ans.

Brad éclate de rire.

– Et toi, il faut que tu te trouves un thérapeute plus proche de ton âge.

6

LILY

– Tu as décidé de ce que tu vas faire pour l'anniversaire d'Emerson ? me demande Allysa.

Marshall et elle ont organisé pour la première année de leur fille, Rylee, une fête énorme, digne de celle d'une ado pour ses seize ans.

– Je sais que je lui ferai un *smash cake* [1] plein de couleurs, entouré de petits cadeaux. Je n'ai pas de place pour une grosse fête.

– On pourrait organiser quelque chose chez nous, me propose-t-elle.

– Mais qui j'inviterais ? Elle sera toute seule ; elle n'a pas d'amis. Elle ne sait même pas parler.

– Lily, ce n'est pas pour faire plaisir à nos enfants qu'on donne des fêtes, c'est pour impressionner nos amis.

---

1 Un *smash cake* est un gâteau avec beaucoup de glaçage et de crème qu'on concocte en général pour le premier anniversaire d'un bébé. Il est censé y plonger les mains.

– Eh bien, tu es la seule que j'ai, et je n'ai pas besoin de t'impressionner.

Je lui sors une commande de l'imprimante et demande :

– On dîne ensemble, ce soir ?

Deux fois par semaine au moins nous nous retrouvons pour la soirée, chez elle et Marshall, son mari. Il arrive que Ryle se joigne à nous, mais je m'arrange le plus souvent pour venir quand il est de garde. Je ne sais même pas si Allysa l'a remarqué. Si oui, elle ne m'en veut sans doute pas. Elle dit que ça lui fait mal au cœur de voir Ryle en ma présence car elle soupçonne qu'il garde l'espoir d'une réconciliation. Elle préfère passer du temps avec lui quand je ne suis pas là.

– Les parents de Marshall arrivent ce soir, tu te souviens ?

– Oh oui, c'est vrai... bon courage.

Allysa aime bien le père et la mère de Marshall, mais je ne pense pas qu'elle, ou n'importe qui d'autre, puisse s'enthousiasmer à l'idée de voir ses beaux-parents séjourner à la maison durant une semaine.

La clochette de l'entrée du magasin tinte soudain et nous levons la tête, Allysa et moi, dans un bel ensemble. Je doute cependant que son univers se mette à tournoyer autant que le mien.

Atlas s'avance vers nous.

– Est-ce que...

– Oh mon Dieu...

– Oui, c'est un dieu, murmure Allysa avec un sourire.

Qu'est-ce qu'il fait là ?

Et pourquoi a-t-il l'air d'un dieu ? Ce qui rend la décision que j'ai à prendre plus difficile encore. Je ne trouve même pas assez de souffle pour lui dire bonjour.

Je ne parviens qu'à lui sourire et à attendre qu'il nous rejoigne, mais on dirait que la distance entre la porte d'entrée et le comptoir fait des kilomètres !

Il ne me quitte pas des yeux tandis qu'il approche. Enfin arrivé devant nous, il salue Allysa d'un sourire. Puis il reporte les yeux sur moi tout en posant un bol en plastique sur le comptoir.

– J'ai apporté de quoi dîner, dit-il d'un ton tranquille, comme s'il faisait ce geste chaque jour.

Et cette voix... J'avais oublié à quel point elle me touchait au plus profond.

J'attrape le plat, mais je ne sais pas quoi dire, avec Allysa qui nous observe et attend de voir nos réactions. Je lui jette un regard appuyé... qu'elle fait mine de ne pas remarquer mais, voyant que j'insiste, elle finit par lâcher prise.

– Très bien. Je vais... m'occuper des fleurs.

Elle se lève et nous laisse à nos retrouvailles.

Une main sur le bol et son couvercle, je souffle :

– Merci... Qu'est-ce que c'est ?

– Ma spécialité du week-end, répond Atlas. Des pâtes *Pourquoi tu m'évites ?*

Je me mets à rire puis me reprends :

– Je ne t'évite pas...

Je secoue la tête et lâche un petit soupir. Impossible de lui mentir :

– Oui, je t'évite.

Les coudes sur le comptoir, je couvre mon visage de mes mains et murmure :

– Je suis désolée.

Comme Atlas ne réplique rien, je finis par lever les yeux vers lui. Il semble sincère quand il demande alors :

– Tu veux que je parte ?

Je secoue la tête, et aussitôt, je le vois plisser les yeux. Une esquisse de sourire qui me fait délicieusement chaud au cœur.

Hier matin, quand je suis tombée sur lui, je n'ai pas cessé de parler. Et aujourd'hui, je suis trop troublée pour articuler quoi que ce soit. Comment suis-je censée discuter avec lui de tout ce qui se presse dans ma tête depuis vingt-quatre heures quand sa présence me noue la gorge ?

Il me faisait le même effet quand j'étais ado, mais j'étais plus naïve à l'époque. J'ignorais que les hommes comme Atlas étaient si rares, donc je ne savais pas quelle chance j'avais de le côtoyer.

Cependant, aujourd'hui, j'en suis consciente, et je suis terrifiée à l'idée de risquer de tout gâcher. Ou que Ryle puisse tout gâcher.

– Ça sent trop bon, dis-je en soulevant le plat de pâtes qu'il vient d'apporter.

– *C'est* bon. C'est moi qui l'ai fait.

Je devrais rire de cette réflexion, ou sourire, mais cette réaction ne cadrerait pas avec notre conversation. Je pousse le bol de côté. Quand je relève les yeux sur Atlas, il devine, à mon expression perdue, ce que je ressens. Et me rassure d'un regard compréhensif. Nous n'échangeons quasiment aucune parole, mais nos silences en disent long. Mes yeux confessent combien je regrette ce mutisme de vingt-quatre heures ; et lui m'assure qu'il ne m'en veut pas, et nous nous demandons tous les deux ce qui va se passer ensuite.

Lentement, Atlas glisse une paume sur le comptoir, tout près de la mienne. De l'index, il me caresse le petit doigt. C'est le geste le plus léger, le plus tendre du monde, mais qui fait bondir mon cœur.

Il retire alors sa main et serre les poings comme s'il avait ressenti la même chose que moi.

– Je peux t'appeler ce soir ? demande-t-il d'une voix rauque.

Je m'apprête à acquiescer quand Allysa surgit à mes côtés, les yeux écarquillés. Se penchant vers moi, elle articule à voix basse :

– Ryle arrive.

Mon sang se glace dans mes veines.

– *Quoi ?*

Je n'ai pas parlé à haute voix pour qu'elle répète sa phrase, mais parce que je suis abasourdie. Mais elle insiste :

– Ryle arrive. Il vient de m'envoyer un texto.

Une main dirigée vers Atlas, elle ajoute :

– Tu as dix secondes pour le cacher.

Atlas devine la peur dans mes yeux quand je le regarde, pourtant il reste très calme et demande :

– Où est-ce que je peux aller ?

Je lui indique mon bureau et le pousse dans cette direction. Une fois que nous sommes entrés, je me ravise :

– Attends, il pourrait venir jusqu'ici.

Une main tremblante sur la bouche, je réfléchis à toute vitesse, puis je lui montre un réduit qui fait office de remise, dans le fond de la pièce.

– Tu peux te cacher là-dedans ?

Atlas observe le petit local avant de se tourner vers moi :

– Dans le placard ? Tu es sûre ?

J'entends tinter la clochette de l'entrée, et le stress monte encore d'un cran.

– Oui… s'il te plaît.

J'ouvre la porte. Ce n'est pas l'endroit idéal pour y cacher un être humain mais c'est assez large pour qu'Atlas… y survive quelques minutes.

Je n'arrive même pas à le regarder dans les yeux quand il passe devant moi et y entre. J'en suis malade. C'est tellement embarrassant. Je ne peux que lui murmurer :

– Je suis désolée...

Et je referme derrière lui.

Le temps de me recomposer une expression tranquille, je rejoins Allysa en train de parler à Ryle dans le magasin. Il m'accueille d'un bref signe de tête puis reporte son attention sur Allysa. Qui fouille dans son sac à la recherche de quelque chose.

– Je les avais là tout à l'heure, dit-elle doucement.

Ryle tape nerveusement des doigts sur le comptoir. Je demande à Allysa :

– Qu'est-ce que tu cherches ?

– Des clefs de voiture. Je les ai emportées par erreur, et Marshall a besoin du SUV pour aller chercher ses parents à l'aéroport.

Agacé, Ryle demande :

– Tu es sûre de ne pas les avoir mises de côté quand je t'ai dit que je venais les chercher ?

La tête inclinée, je m'étonne :

– Tu savais qu'il venait ?

Comment a-t-elle pu oublier de me le dire quand Atlas est arrivé ?

Rougissante, elle répond :

– J'ai été distraite par... des événements inattendus.

Puis elle lève une main en signe de victoire et annonce :

– Je les ai !

Elle les dépose dans la paume tendue de Ryle en lui disant :

– C'est bon, tu peux y aller, maintenant.

Il fait mine de s'éloigner avant de se retourner, humant l'air ambiant.

– Qu'est-ce qui sent bon comme ça ?

Son regard tombe sur le bol, et Allysa se hâte de répondre :

– C'est le déjeuner que j'ai préparé pour Lily et moi.

– Toi ? Tu cuisines ? s'étonne-t-il en tendant la main vers les pâtes. Il faut que je goûte ça. Qu'est-ce que c'est ?

Allysa hésite avant de répondre :

– Du poulet... au *pak choï*.

Elle se tourne vers moi, les yeux affolés. *Elle ment vraiment très mal.*

– Du poulet... quoi ? reprend Ryle en ouvrant le couvercle. On dirait des pâtes aux crevettes.

– Euh... oui, j'ai cuit les crevettes dans... un bouillon de poule. D'où son nom... du poulet au *pak choï*.

Ryle remet le couvercle en place et me jette un regard inquiet tandis qu'il fait glisser le plat sur le comptoir vers Allysa.

– Je commanderais de la pizza, si j'étais toi.

Je lâche un petit rire forcé, aussitôt imitée par Allysa. Une réaction bien trop artificielle pour une blague qui n'avait rien de drôle.

Les sourcils froncés, Ryle se dirige vers la porte du magasin. Il doit être habitué aux plaisanteries qu'on échange toutes les deux car il ne cherche même pas à mettre en doute ce qu'on vient de lui raconter. Il finit par sortir, pressé de rejoindre sa voiture pour aller rapporter ses clefs à Marshall.

Allysa et moi restons plantées là, immobiles, attendant d'être sûres qu'il ne nous entende pas parler. Puis je lui jette un regard incrédule.

– Du poulet *pak... quoi* ? Tu viens d'inventer une nouvelle recette ?

– Non, ça existe, ce plat. Et puis il fallait bien que je dise quelque chose, rétorque-t-elle sur la défensive. Toi, tu restais là comme une empotée ! Merci de ton aide.

J'attends encore d'être sûre que Ryle s'est bien éloigné, que sa voiture est partie. Puis je me rue vers le réduit dans mon bureau pour annoncer à Atlas que le champ est libre. Je souffle un grand coup avant d'ouvrir la porte.

Les bras croisés, appuyé contre une étagère, l'air parfaitement détendu, il demande :

– Il est parti ?

Je hoche la tête, mais plutôt que de sortir de la petite pièce, il prend ma main, m'attire à l'intérieur et claque le battant.

Nous voici tous les deux enfermés dans ce réduit.

Dans l'*obscurité*. Mais pas assez totale pour que je ne discerne pas son regard luisant et le sourire qu'il dissimule à peine. *Peut-être qu'il ne me déteste pas tant que ça de l'avoir enfermé.*

Il lâche ma main, mais nous sommes si serrés l'un contre l'autre qu'il ne reste quasi plus d'espace entre nous. L'estomac noué, je m'aplatis contre l'étagère derrière moi dans l'espoir de ne pas rester trop collée à lui, mais j'ai l'impression qu'il m'enveloppe de tout son être. Il est si près que je sens l'odeur de son shampooing. M'exhortant au calme, j'essaie de respirer tranquillement malgré ma fébrilité.

– Alors ? Je peux ? murmure-t-il.

Je n'ai pas la moindre idée de ce qu'il me demande, mais je voudrais répondre avec un *oui* plein de confiance. Au lieu de bredouiller mon consentement à une question qui m'échappe, je compte en silence jusqu'à trois. Puis j'articule :

– Tu peux... quoi ?

– T'appeler ce soir ?

Oh... Il reprend la conversation que nous avions un peu plus tôt, comme si Ryle n'était jamais intervenu.

Je me mords la lèvre. Je voudrais dire *d'accord* car je veux qu'Atlas m'appelle ; mais je veux aussi qu'il sache que ce réflexe de le cacher dans ce réduit va de soi puisque Ryle sera toujours dans le décor, étant donné que nous avons un enfant ensemble.

– Atlas...

Je prononce son nom avec angoisse, comme si quelque chose de terrible allait nous tomber dessus.

– Lily... coupe-t-il avec un sourire.

Comme si rien de terrible ne pouvait nous arriver.

– J'ai une vie compliquée, dis-je en regrettant que cela lui apparaisse déjà comme un obstacle.

– Je voudrais t'aider à la « décompliquer ».

– J'ai peur que ta présence ne la complique encore plus.

– Que je complique *ta* vie... ou *celle de Ryle* ?

– Ses complications deviennent les miennes. C'est le père de mon enfant.

– Exactement, confirme-t-il la tête inclinée vers moi. C'est son père. Et ce n'est plus ton mari. Donc, tu ne devrais pas te laisser dévorer par la crainte qu'il cherche à te persuader de te détourner de la seconde meilleure chose qui t'arrive.

Il prononce ces mots avec une telle conviction que mon cœur menace d'exploser. *La seconde meilleure chose qui m'arrive...?* J'aimerais avoir une telle confiance en nous. Je hasarde alors :

– Et la première meilleure chose qui me soit arrivée, c'était...

– Emerson.

Une réponse qui me fait littéralement fondre de plaisir.

– Tu ne vas pas lâcher l'affaire, n'est-ce pas ? Tu vas me compliquer la vie, c'est ça ?

– Te compliquer la vie… c'est la dernière chose que je voudrais pour toi, Lily.

Il s'écarte et la porte commence à s'ouvrir, laissant entrer un rai de lumière. Une main sur le battant, une autre sur le mur, Atlas ajoute :

– Quel est le meilleur moment pour t'appeler, ce soir ?

Il semble tellement à l'aise que je voudrais l'attirer contre moi et l'embrasser pour qu'un peu de son assurance et de sa patience s'infiltre en moi.

La gorge sèche, je lui réponds :

– Quand tu veux.

Ses yeux se posent un instant sur mes lèvres et je sens son regard pénétrer tout mon corps. C'est l'instant qu'il choisit pour sortir du réduit, refermer la porte et me laisser seule à l'intérieur.

Je l'ai bien mérité.

Un mélange d'embarras, de nervosité et peut-être un peu de désir m'échauffe le visage. Je reste immobile jusqu'à entendre le tintement de la clochette de l'entrée du magasin.

Je suis en train de m'éventer quand Allysa ouvre la porte quelques instants plus tard. D'un geste vif, je laisse tomber mes mains sur mes hanches pour dissimuler l'effet qu'a la présence d'Atlas sur moi.

Elle me demande, les bras croisés :

– Tu l'as caché dans la remise ?

– Oui… dis-je, honteuse.

– *Lily.*

Elle a l'air déçue, mais qu'aurait-elle fait à ma place ? Présenter de nouveau Atlas à Ryle ?

– Je veux dire... c'est bien d'avoir réagi ainsi parce que je ne sais pas comment ça aurait tourné, mais, franchement... le planquer dans le *débarras.* Tu l'as fourré là comme un vieux manteau.

Me ressasser ce moment ridicule, ce n'est pas ce qui va m'aider à m'en remettre. Je retourne vers l'entrée du magasin, Allysa sur mes talons.

– Je n'avais pas le choix. Atlas est le seul homme sur cette planète que Ryle ne supporterait pas de me voir fréquenter.

– C'est sûr que le seul homme que Ryle aimerait te voir fréquenter c'est Ryle lui-même, ironise-t-elle.

Elle a tellement raison que ça me terrifie.

– Attends, lâche-t-elle soudain, toi et Atlas, vous sortez ensemble ?

– Non.

– Mais tu viens de dire que c'est le seul homme que Ryle ne supporterait pas de voir avec toi.

– J'ai dit ça parce que, si Ryle l'avait vu ici, c'est évidemment ce qu'il en aurait déduit.

Les coudes sur le comptoir, Allysa a l'air un peu confuse.

– Je... il y a un truc qui m'échappe, là. J'ai loupé quelque chose ou quoi ?

– Loupé quoi ? Qu'est-ce que tu veux dire ?

Je m'affaire autour d'un vase et de fleurs, mais elle me le prend des mains et insiste :

– Il t'a apporté à déjeuner. Pourquoi, si vous ne vous parlez pas déjà depuis un moment ? Et, si vous vous parlez depuis un moment, pourquoi *je* ne suis pas au courant ?

Je lui reprends le vase des mains en expliquant :

– On s'est retrouvés nez à nez hier en pleine rue. Ce n'était rien. Je ne lui parlais déjà plus avant la naissance d'Emerson.

Allysa me reprend le vase :

– Je tombe sur d'anciens amis tous les jours que Dieu fait. Ce n'est pas pour ça qu'ils m'apportent à déjeuner.

Elle repousse le vase vers moi... comme on se repasserait un micro pour parler chacune à notre tour.

– Tes amis ne sont peut-être pas cuisiniers. C'est ce que font les cuisiniers : ils apportent à manger aux gens.

Je lui retends le vase mais elle ne réplique rien. Elle a l'air si concentrée qu'elle doit chercher à lire dans mes pensées, sans doute pour outrepasser tous les mensonges dont elle me croit coupable.

Je tire le vase vers moi.

– En toute honnêteté, Allysa, il n'y a rien. *Encore rien.* Tu seras la première à le savoir, si quelque chose se passe.

Elle paraît momentanément satisfaite par cette réponse, mais je décèle comme un éclair de méfiance dans ses yeux avant qu'elle ne détourne le regard. Impossible de dire si c'est de l'inquiétude ou de la tristesse. Je ne le lui demande pas car je sais que c'est dur pour elle. Le fait qu'un homme autre que Ryle m'apporte à déjeuner doit la chagriner.

Dans l'idée qu'elle se fait d'un monde parfait, elle aurait un frère qui ne me ferait jamais souffrir, et je serais toujours sa belle-sœur.

7

ATLAS

– Quand tu travailles la limande, tiens toujours ton couteau comme ça.

Je montre d'abord à Theo comment tenir un poisson par la queue, mais il se détourne dès que je commence à l'écailler.

– Beurk, marmonne-t-il en se couvrant la bouche. Je ne peux pas.

Il recule jusqu'au bout du comptoir afin de mettre le maximum d'espace entre lui et la leçon de cuisine.

– Je ne fais que l'écailler. Je ne l'ai pas encore ouvert.

Theo ne peut réprimer un haut-le-cœur.

– Bosser dans la nourriture, ça ne m'intéresse absolument pas. Je préfère être ton thérapeute.

Se rapprochant juste un peu, il ajoute :

– À propos, tu as envoyé un message à Lily ?

– Oui.

– Elle t'a répondu ?

– Si on veut. Un texto plutôt bref, alors j'ai décidé de lui apporter son déjeuner aujourd'hui, histoire de voir où elle en est.

– C'est culotté, quand même.

– J'ai passé ma vie à ne rien oser en ce qui la concernait. Je voulais juste m'assurer qu'elle sache où je veux en venir, maintenant.

– Oh non, qu'est-ce que tu as bien pu lui dire de ringard sur les poissons, le sable et le rivage ?

Jamais je n'aurais dû lui raconter ce que j'avais dit à Lily sur le fait d'avoir enfin atteint le rivage. Il va me soûler avec ça.

– Tais-toi. Avec tes douze ans, je suis sûr que tu n'as jamais parlé à une fille.

Theo se met à rire, mais sans qu'il s'en rende compte, je remarque chez lui une sorte de gêne. Il devient soudain muet, au milieu de l'animation qui nous entoure. Il y a au moins cinq personnes dans la cuisine en ce moment, mais tout le monde est si concentré sur son travail que nul ne fait attention à notre conversation. J'en profite pour lui demander :

– Il y a quelqu'un qui te plaît ?

– On peut dire ça, fait-il en haussant les épaules.

Les discussions que j'ai avec Theo se font en général à sens unique. Autant il aime poser des questions, autant il répond du bout des lèvres à celles que je lui pose. J'y vais donc avec prudence.

– Ah oui ?

J'essaie de prendre l'air dégagé dans l'espoir qu'il m'en dise un peu plus.

– Comment elle s'appelle ?

Theo regarde ses mains, se tripote l'ongle du pouce, et je le vois se tasser un peu, hésiter, comme si j'avais fait quelque chose de mal.

Ou *dit* quelque chose de mal.

Alors je précise ma question, à voix basse, pour m'assurer qu'il est le seul à m'entendre :

– Ou comment *il* s'appelle ?

Theo relève brusquement la tête et me fixe.

Il n'a pas à confirmer ni à nier quoi que ce soit. Je vois la crainte dans son regard, et cela me suffit. Je reporte mon attention sur le poisson que je prépare, et je lâche de l'air le plus détaché possible :

– Vous êtes dans le même collège ?

Theo ne répond pas tout de suite. J'ignore si je suis la première personne à qui il se confie, donc je fais en sorte de me montrer le plus compréhensif possible. Je veux qu'il sache qu'il a en moi un allié, et j'espère qu'il en est de même pour son père.

Il regarde autour de nous pour s'assurer que personne n'a suivi notre conversation puis me dit :

– Il est en club de maths avec moi.

Ses mots sont brefs et concis, comme s'il acceptait de les lâcher d'un seul coup pour ne plus jamais les prononcer ensuite.

– Ton père le sait ?

Theo secoue la tête. Je le vois ravaler ce qui m'a tout l'air d'être des pensées inquiètes.

Mon écaillage terminé, je repose mon couteau et m'approche de l'évier, auprès duquel il s'est réfugié.

– Ça fait longtemps que je connais ton père. C'est l'un de mes meilleurs amis pour une bonne raison : je ne m'entoure que de personnes bien.

Je vois la confiance renaître en lui, mais je devine aussi son malaise et je sens qu'il aimerait changer de sujet.

– Je pense que tu devrais envoyer un message à cette personne qui te plaît, sauf que tu dois être le seul garçon sur terre à ne pas avoir de portable. Si ça continue, tu ne pourras jamais sortir avec personne. Tu resteras probablement seul et sans téléphone pour le reste de ta vie.

Theo semble soulagé que je le taquine ainsi.

– Oui, eh bien je suis content que tu aies choisi d'être cuisinier plutôt que thérapeute. Parce que tes conseils, c'est pas ça.

– Là, tu me vexes. Je pense que je suis de bon conseil, au contraire.

– Ouais, c'est ça...

Il semble se détendre un peu et me suit jusqu'à mon poste de travail.

– Tu as proposé à Lily de sortir avec elle quand tu es allé la voir à son boulot ?

– Non. Je le ferai ce soir. Je l'appelle en rentrant.

J'ébouriffe ses cheveux d'une main avant d'ouvrir le frigo.

– Hé, au fait, Atlas ?

Je m'arrête. Le regard inquiet, il s'apprête à me dire quelque chose quand l'un des serveurs pousse les portes battantes et passe entre nous, l'empêchant de me parler. Mais avec moi, il n'a rien à craindre.

– Je serai muet comme une tombe, bien sûr, Theo. Le secret professionnel, ça marche dans les deux sens.

Ce qui paraît le rassurer.

– Cool, parce que si tu répètes quelque chose à mon père, je lui dirai comment tu peux être ringard dans tes messages.

Les paumes plaquées sur ses joues, il ajoute :

– On a fini par rejoindre le rivage, mon petit baleineau.

– Ce n'est pas du tout comme ça que je l'ai dit !

– Regarde ! poursuit-il, moqueur, c'est le sable... on a atteint la côte !

– Ça suffit.

– Lily, qu'est-ce qui se passe, notre bateau coule !

Il me suit partout dans la cuisine en continuant à me taquiner, jusqu'à ce que son père l'embarque à la fin de son service. Jamais je n'ai été aussi content de le voir partir.

8

LILY

Il est presque vingt et une heures trente et je n'ai manqué aucun appel. Emerson dort depuis une heure et demie, et elle se réveille d'habitude vers six heures du matin. Je me mets au lit aux alentours de vingt-deux heures, car si je n'ai pas mes huit heures de sommeil, je suis un vrai zombie. Pourtant, si Atlas ne m'appelle pas avant que je me couche, je ne suis pas certaine d'être capable de m'endormir. Car je ne cesserai de me demander si je n'aurais pas dû m'excuser au moins soixante-dix fois pour l'avoir caché dans le débarras aujourd'hui.

J'entre dans la salle de bains pour procéder comme chaque soir à mes soins du visage, sans omettre de prendre mon téléphone avec moi. Celui-ci ne m'a pas quittée depuis qu'Atlas a fait son apparition dans le magasin à l'heure du déjeuner et m'a dit qu'il appellerait ce soir. J'aurais dû clarifier avec lui ce que *ce soir* signifiait.

Pour lui, cela veut peut-être dire vingt-trois heures.

Pour moi, ce serait plutôt vingt heures.

Nous avons sans doute tous les deux une notion totalement différente du soir et du matin. Lui est un cuisinier réputé qui rentre se détendre chez lui après minuit ; et moi, à sept heures du soir, je suis en pyjama.

Mon téléphone émet un son, mais ce n'est pas la sonnerie habituelle. C'est plutôt comme si on essayait de m'appeler sur FaceTime.

Pitié, faites que ce ne soit pas Atlas.

Je ne suis carrément pas prête pour une conversation en vidéo ; je viens d'appliquer un masque sur mon visage. Je regarde l'écran et... évidemment, c'est lui.

Je réponds mais retourne aussitôt l'appareil pour qu'il ne me voie pas, et je me dépêche de terminer mes soins.

– Tu m'as demandé si tu pouvais m'*appeler*. Tu n'avais pas précisé *en visio*.

Je l'entends rire.

– Je ne te vois pas...

– Oui, parce que je suis en train de me laver le visage avant de me mettre au lit. Tu n'as pas besoin de me voir, en fait.

– Si, Lily.

Sa voix me fait frissonner. J'attrape mon téléphone et me place face caméra, en prenant devant lui un petit air piteux style *je te l'avais bien dit*. Mes cheveux mouillés sont entortillés dans une serviette, je porte une chemise de nuit que ma grand-mère aurait sans doute déjà utilisée pour elle, et mon visage est encore couvert de crème verdâtre.

Son sourire est détendu et sexy. Assis sur son matelas, il est vêtu d'un tee-shirt blanc et adossé à la tête de lit en bois sombre. La seule fois où je suis allée chez lui, je n'étais pas entrée dans sa chambre. Je découvre que les murs sont bleu denim.

– Ça valait carrément le coup d'un appel en visio, commente-t-il.

Je repose le téléphone sur le bord du lavabo, côté endroit, cette fois, et j'achève de me rincer le visage.

– Merci pour le déjeuner de ce midi.

Sans vouloir me confondre en remerciements, je dois avouer que je n'avais jamais mangé de pâtes aussi bonnes. Et elles avaient refroidi pendant deux heures avant que j'aie pu m'offrir une petite pause pour les déguster.

– Tu as aimé mes pâtes *Pourquoi tu m'évites?*

– Tu sais bien qu'elles étaient délicieuses.

Je sors de la salle de bains et vais m'asseoir sur mon lit. Mon téléphone posé sur un oreiller, je m'allonge sur le côté.

– Ta journée s'est bien passée ?

– Très bien, répond-il.

Pourtant, au son de sa voix, je ne le sens pas très convaincu.

Je fais une petite moue pour lui montrer que je ne le crois pas.

Il s'écarte une seconde de l'écran, comme s'il réfléchissait.

– Oh, c'est juste que j'ai eu une mauvaise semaine, Lily. Mais ça va mieux, maintenant.

Ses lèvres s'étirent en un léger sourire, ce qui me pousse à lui en offrir un aussi.

Je n'éprouve pas le besoin d'une conversation suivie. Une heure à le regarder comme ça me satisferait pleinement.

– Comment s'appelle ton nouveau restaurant ?

Je sais déjà que c'est son nom de famille, mais je ne veux pas qu'il sache que je l'ai cherché sur Google.

– Le Corrigan's.

– On y mange comme au Bab's ?

– Un peu, oui. De la nourriture assez fine, avec en plus une petite touche d'italien.

Il roule sur le côté et pose son téléphone à côté de lui ; il est un peu dans la même position que moi, maintenant. Cela me rappelle l'époque où on restait tard tous les deux à bavarder sur mon lit.

– Mais arrêtons de parler de moi, ajoute-t-il. Toi, comment vas-tu ? Les fleurs, ça marche ? Comment ça se passe avec ta fille ?

– Ça fait beaucoup de questions, dis-je en souriant.

– J'en ai encore tout un tas. Mais on peut commencer avec celles-là.

– D'accord. Eh bien... ça va pour moi. Je suis le plus souvent assez fatiguée, mais j'imagine que c'est le prix à payer quand on gère une boutique et qu'on est une mère qui élève son enfant seule.

– Tu n'as pas l'air fatiguée.

– Oh, c'est l'éclairage qui fait ça, dis-je en riant.

– Quand Emerson aura-t-elle un an ?

– Le onze. Je crois que je vais pleurer ; la première année a si vite passé.

– C'est incroyable à quel point elle te ressemble.

– Tu trouves ?

– Oui, fait-il en hochant la tête. Et le magasin, ça marche bien ? Tu es contente ?

Je secoue un peu la tête, en esquissant une petite moue.

– Ça va.

– Ça va ? C'est tout ?

– Je ne sais pas. Je pense que ça me fatigue. Je suis fatiguée de tout, en fait. Ça fait beaucoup de travail, pour un salaire loin d'être terrible. Je reconnais que ça marche bien, et j'en suis fière, mais parfois, mon rêve c'est de travailler à la chaîne en usine, figure-toi.

– Je peux comprendre. L'idée de rentrer chez soi sans plus penser à son boulot, c'est tentant.

– Toi, ça ne te lasse pas d'être chef ?

– Parfois, si. C'est pour ça que j'ai ouvert le Corrigan's, à vrai dire. Pour être propriétaire. Je continue à cuisiner plusieurs soirs par semaine, mais je passe aussi beaucoup de temps à administrer ces deux commerces.

– Tu as des horaires de folie ?

– Oui. Mais rien qui m'empêche de sortir le soir.

Ce qui me fait sourire. Je m'agite sur ma couette, évitant tout contact visuel car je sais que je rougis :

– Serais-tu en train de me proposer un rencard ?

– Parfaitement. Tu acceptes ?

– Je peux me libérer un soir, oui.

On sourit tous les deux, maintenant. Puis, sur un ton soudain grave, Atlas me demande :

– Je peux te poser une question délicate ?

– Vas-y.

J'essaie de lui cacher l'anxiété qu'il provoque en moi.

– Tout à l'heure, au magasin, tu m'as dit que ta vie était compliquée. Si c'est... Si *nous* entamons une relation, est-ce que ça posera un problème pour Ryle ?

– Oui.

– Pourquoi ?

– Il ne t'apprécie pas, disons.

– Moi spécifiquement ou celui avec qui tu pourrais avoir une relation ?

– Toi. Spécifiquement toi.

– À cause de la dispute dans mon restaurant ?

– À cause de beaucoup de choses, dois-je avouer.

Je roule sur le dos en embarquant mon téléphone avec moi.

– Il trouve que tu es responsable de la plupart de nos conflits.

Comme Atlas paraît sincèrement confus, j'ajoute aussitôt pour dissiper son malaise :

– Tu te rappelles quand on était ados et que je tenais un journal ?

– Je m'en souviens, oui. Même si tu ne m'en as jamais laissé lire la moindre ligne.

– Eh bien, Ryle est tombé dessus, un jour. Il l'a lu. Et il n'a pas aimé.

– Lily, on était des gosses, soupire-t-il.

– La jalousie n'a pas de date d'expiration, apparemment.

Atlas serre les lèvres, comme s'il essayait de refouler sa frustration.

– Je déteste te voir craindre sa réaction à des choses qui ne sont même pas encore arrivées. Mais je comprends la situation délicate dans laquelle tu te trouves.

Il me jette un regard rassurant puis enchaîne :

– On va avancer pas à pas, d'accord ?

– Oui, des pas très lents.

– Entendu... très lents, dit-il en ajustant l'oreiller sous sa tête. Je te voyais aligner des mots dans ton journal et je me demandais toujours ce que tu pouvais écrire à mon sujet. *Si* tu écrivais à mon sujet...

– Presque tout était à ton sujet.

– Tu as toujours tes carnets ?

– Oui. Dans une boîte, dans mon placard.

S'asseyant sur son lit, il me demande alors :

– Lis-moi quelque chose.

– Non. Mon Dieu, non !

– Lily.

Il a l'air tellement plein d'espoir, mais comment lui lire en FaceTime mes réflexions d'ado ? Je rougis, rien que d'y penser.

– S'il te plaît, insiste-t-il.

Je couvre mes yeux de ma main, et je lui réplique :

– Non, ne supplie pas.

S'il ne cesse pas immédiatement, je suis sûre de craquer devant son regard aussi bleu qu'implorant.

Et il voit très bien qu'il m'aura à l'usure.

– Lily, depuis mon adolescence je rêve de savoir ce que tu penses de moi. Un paragraphe. Juste un seul.

Comment lui refuser ça ?

Je marmonne quelque chose et jette mon téléphone sur le matelas.

– Donne-moi deux minutes.

Résignée, je pars chercher dans mon placard une boîte en carton que je viens poser sur le lit avant de feuilleter l'un de mes carnets pour y trouver quelque chose qui ne m'embarrassera pas trop.

– Que veux-tu que je te lise ? Comment je raconte notre premier baiser ?

– Non, on va pas à pas, tu te rappelles ? Commence avec une anecdote du début.

Nettement plus facile.

J'attrape le premier carnet et y cherche quelque chose qui semble court et pas trop humiliant.

– Tu te rappelles le soir où je me suis réfugiée auprès de toi en larmes parce que mes parents se disputaient ?

– Oui, je m'en souviens.

Il réinstalle son oreiller et se glisse un bras sous la tête.

– Oui, c'est ça, mets-toi à l'aise alors que je suis mortifiée.

– C'est moi, Lily. C'est *nous.* Tu n'as pas à être gênée.

Sa voix a toujours le même effet apaisant sur moi. Assise, les jambes croisées, je tiens le téléphone d'une main, mon journal de l'autre, et je commence à lire.

Quelques secondes plus tard, la porte s'est ouverte et il a jeté un coup d'œil derrière moi puis à droite et à gauche. C'est seulement lorsqu'il a regardé mon visage qu'il a vu que je pleurais.

– Ça va ? m'a-t-il demandé en mettant un pied dehors.

Je me suis essuyé le visage avec le bord de mon tee-shirt, tout en remarquant qu'il préférait sortir plutôt que de m'inviter à entrer. Je me suis assise sur une marche du perron et il est venu me rejoindre.

– Ça va, lui ai-je répondu. Je suis juste furieuse. Je pleure quand je suis furieuse.

Il a tendu la main vers moi et m'a glissé une mèche de cheveux derrière l'oreille. J'ai bien aimé ce geste et, brusquement, j'ai senti ma fureur disparaître. Puis il m'a passé un bras autour du cou et m'a attirée contre lui, si bien que ma tête est venue toute seule se caler sur son épaule. Je ne sais pas comment il a réussi à me calmer sans même prononcer un mot, mais il l'a fait. Certaines personnes ont le don d'apaiser les gens par leur seule présence, et lui en fait partie. Carrément l'opposé de mon père.

On est restés comme ça pendant un moment, jusqu'à ce que je voie la lumière de ma chambre s'allumer.

–– Tu devrais y aller, m'a-t-il murmuré.

On voyait tous les deux la silhouette de ma mère debout dans la pièce, en train de me chercher. C'est à ce moment que j'ai compris la vue parfaite qu'il avait de ma chambre.

En retournant chez moi, j'ai essayé de me rappeler depuis combien de temps Atlas vivait dans cette maison... et de me remémorer si je m'étais baladée le soir devant ma fenêtre, la lumière allumée, parce que la seule chose que je porte la nuit dans ma chambre c'est un tee-shirt.

Et là, c'est complètement dingue, Ellen : j'en étais presque à espérer que, oui, ça m'était arrivé.

Lily

Atlas ne sourit pas quand j'achève ma lecture. Il m'observe avec gravité, et l'émotion dans son regard me serre le cœur.

– On était si jeunes, dit-il d'une voix où je sens pointer pas mal de nostalgie.

– Oui. Trop jeunes pour gérer ce que nous avions à gérer. Surtout toi.

Atlas se détourne de son écran et hoche la tête en signe d'assentiment. L'atmosphère entre nous n'est plus la même, à présent, et je devine qu'il pense à tout autre chose, maintenant. Sans doute à ce qu'il cherchait à oublier, un peu plus tôt, quand il disait avoir eu une *mauvaise semaine*.

– Qu'est-ce qui te tracasse ?

Les yeux revenus sur son téléphone, il semble un instant vouloir repousser cette idée qui le travaille, puis il soupire soudain et se redresse sur son lit.

– On a vandalisé les restaurants, laisse-t-il alors tomber.

– Les deux ?

– Oui. Ça a commencé il y a déjà plusieurs jours.

– Tu penses que c'est quelqu'un... que tu connais ?

– Personne que je reconnaisse, en tout cas. Mais la vidéosurveillance n'était pas très claire. Je ne suis pas encore allé voir la police.

– Pourquoi ?

– L'auteur semble plutôt jeune, répond Atlas en fronçant les sourcils. Un ado… qui serait peut-être dans une situation similaire à la mienne quand j'avais son âge. Dans le dénuement, je ne sais pas…

L'air grave, il ajoute :

– Et il n'a pas une Lily pour le sauver ?

Il me faut quelques secondes pour intégrer ce qu'il vient de dire. Quand j'y parviens, je me garde bien de sourire et je ravale la boule qui me serre la gorge, en espérant qu'il n'en verra rien. Ce n'est pas la première fois qu'Atlas prétend que je l'ai sauvé, à l'époque. Mais, chaque fois qu'il le dit, je cherche à le contredire. Je ne l'ai pas sauvé. Tout ce que j'ai fait, c'est tomber amoureuse de lui.

Je vois *pourquoi* je suis amoureuse de lui. Quel propriétaire s'inquiète plus pour la situation de celui qui vandalise son établissement que pour les dommages occasionnés ? Sidérée, je me surprends à souffler :

– Quel altruisme, Atlas !

– Quoi… ?

Je ne pensais pas le dire à voix haute. Je passe la main dans mon cou que je sens s'embraser.

– Rien…

Il se penche alors en avant, une trace de sourire sur les lèvres.

– Pour en revenir à ton journal, je me demandais si tu savais que je voyais toute ta chambre par ta fenêtre… parce que, dès le soir venu, tu laissais longtemps, très longtemps, la lumière allumée.

J'éclate de rire, heureuse qu'il ait ainsi égayé la conversation.

– Tu n'avais pas de télé. Je voulais te donner quelque chose à regarder.

– Lily, gronde-t-il, il *faut* que tu me laisses lire le reste.

– Non.

– Tu m'as enfermé dans un placard, aujourd'hui. Tu seras pardonnée si tu me laisses lire ton journal.

– Je croyais que tu ne m'en voulais pas.

– En fin de compte, si.

Il se met à hocher lentement la tête :

– Oui... je commence à t'en vouloir, maintenant. Je t'en veux même *vraiment*.

Je pouffe de rire et soudain Emmy se met à pleurer là-bas dans sa chambre. Je soupire car je n'ai pas envie de raccrocher, mais je ne suis pas non plus une mère prête à laisser crier son enfant.

– Emmy se réveille, dis-je à Atlas. Je vais y aller. Mais tu me dois une sortie ensemble.

– Quand tu veux.

– Je suis libre le dimanche, donc un samedi soir m'irait parfaitement.

– Demain c'est samedi. Mais on avance un pas après l'autre, rappelle-toi.

– Tu sais... on n'avance pas très vite, si tu comptes à partir du jour où on s'est rencontrés. Ça met pas mal d'années entre une première rencontre et un premier rendez-vous.

– Dix-huit heures ?

Je souris.

– Dix-huit heures, parfait.

J'ai à peine répondu qu'Atlas ferme les yeux.

– Attends... je ne peux pas, demain. *Merde.* On a une réception au restaurant ; je ne peux pas me permettre de m'absenter. Dimanche ?

– J'ai Emmy, dimanche. Je préfère attendre un peu avant de l'amener avec moi.

– Je comprends. Samedi prochain ?

– Oui, ça me donnera le temps de lui trouver une baby-sitter.

– On a notre rendez-vous, donc, lâche Atlas en souriant.

Il se lève et se met à marcher dans sa chambre.

– Tu es libre les dimanches, c'est ça ? Je peux t'appeler dimanche qui vient ?

– Quand tu dis « appeler », tu veux dire en visio ? Je préférerais être... moins moche, cette fois.

– Même si tu essayais, tu n'arriverais pas à être moche, Lily. Et, oui, ce sera un FaceTime. Pourquoi je perdrais mon temps à t'appeler au téléphone alors que je peux te regarder ?

J'aime ce petit côté séducteur chez Atlas. Je dois me mordre la lèvre pour ne pas sourire.

– Bonne nuit, Atlas.

– Bonne nuit, Lily.

Le regard vibrant qu'il me jette alors me donne le frisson. Je raccroche et enfouis le visage dans mon oreiller. Et je glousse, comme si j'avais de nouveau seize ans.

9
ATLAS

– Montre-moi une photo, me demande Theo.

Assis sur les marches de derrière, il me regarde ramasser les bris de verre et les détritus du troisième acte de vandalisme, survenu la nuit dernière. Brad a appelé ce matin pour me dire que le Bab's avait de nouveau été saccagé. Lui et Theo m'ont retrouvé ici pour nettoyer, même si je leur ai dit que je pouvais me débrouiller seul. Je déteste que mes employés se sentent obligés de venir le seul jour de la semaine où nous sommes fermés.

– Je n'ai pas de photo d'elle.

– Ça veut dire qu'elle est moche ?

Je jette la boîte de verre brisé dans la poubelle.

– Elle est divine, et trop bien pour moi.

– Même moche, elle serait de toute façon trop bien pour toi, ironise-t-il. Elle n'est pas sur les réseaux sociaux ?

– Si, mais ses comptes sont privés.

– Tu n'es pas son « ami » ? Sur Facebook ? Instagram ? Ou même Snapchat ?

– Qu'est-ce que tu connais de Snapchat ? Tu n'as même pas de téléphone.

– Je me débrouille.

Son père revient avec un sac poubelle. Il me le tend ouvert, et on commence à y jeter des détritus pendant que Theo reste assis sur les marches.

– Je vous aiderais bien mais je viens de prendre une douche.

– Une douche qui date d'hier, rétorque Brad.

– Oui, mais je me sens encore propre.

Puis, s'adressant à moi, il ajoute :

– Tu es sur un réseau ?

– Non, pas le temps pour ça.

– Alors comment tu sais que son truc reste privé ?

Même si j'ai du mal à l'admettre, je reconnais que j'ai plusieurs fois essayé de la trouver en ligne. Je me demande d'ailleurs s'il existe quelqu'un sur cette planète qui n'a pas cherché sur Google des anciennes connaissances.

– Parce que je l'ai quand même cherchée, figure-toi. Tu dois avoir un profil et la suivre pour voir ce qu'elle fait, ce qu'elle aime, et tout.

– Alors, crée-toi un profil et suis-la, réplique Theo. C'est dingue, on dirait que tu fais exprès de rendre les choses plus difficiles qu'elles ne le sont.

– C'est compliqué, Theo. Elle a un ex-mari qui ne m'aime pas, et s'il voyait qu'on est amis sur Facebook ou autre, ça pourrait devenir un vrai problème pour elle.

– Son mari ne t'aime pas ? Pourquoi ?

– On s'est bagarrés. Ici, au restaurant, justement.

– Sérieux ? Quoi... une vraie bagarre ?

– Attends, lance tout d'un coup Brad en se redressant. Ce gars avec qui tu t'es battu, c'était le *mari* de Lily ?

– Je croyais que tu le savais.

– Personne ne savait qui c'était, ni pourquoi tu te battais avec lui. C'est d'ailleurs la seule fois où on t'a vu dégager un client du restaurant. Je comprends mieux, maintenant.

Et moi, je crois que c'est la première fois que j'en parle depuis que c'est arrivé. Je me souviens d'avoir quitté le restaurant juste après ma bagarre avec Ryle, si bien que personne n'a pu me demander ce qui s'était passé. Quand je suis revenu travailler le lundi suivant, tout le monde a dû capter mon humeur et comprendre que je n'avais surtout pas envie de parler de ça.

– Pourquoi vous vous êtes battus, tous les deux ? demande Theo.

Je jette un coup d'œil à Brad car il sait ce que Lily a traversé. Elle en a discuté avec lui et Darin, un soir chez moi. Cependant, Brad a l'air de vouloir me laisser le choix de tout dire ou non à Theo. Je suis le plus souvent d'accord pour parler, mais je ne me reconnais pas le droit de raconter la vie de Lily. Je me contente alors de marmonner :

– Je ne m'en souviens même plus.

Je pense en fait que ce serait le bon moment pour apprendre à Theo comment bien se comporter avec un partenaire, seulement je refuse d'évoquer cet aspect de la vie de Lily en dehors de sa présence. Aussi immature qu'ait pu paraître ma réaction ce fameux soir où j'ai frappé Ryle, je me suis maîtrisé. Je voulais le cogner bien plus. Jamais je n'avais été aussi furieux contre un être humain – même pas ma propre mère ou mon beau-père. Même pas le père de Lily.

C'est une chose de ne pas aimer quelqu'un pour la façon dont il me traite, mais c'en est une autre, totalement différente, quand la personne que j'admire le plus au monde est maltraitée.

Mon téléphone se met à vibrer dans ma poche. Je m'empresse de le sortir et vois que Lily essaie de répondre à mon appel en FaceTime d'il y a une heure. Elle était au volant et m'a dit qu'elle me contacterait une fois rentrée chez elle.

Nous avons échangé plusieurs textos depuis notre conversation de vendredi, mais j'ai hâte de lui reparler de vive voix.

– C'est elle ? demande Theo.

Je hoche la tête et passe à côté de lui pour rentrer dans le restaurant. Il se lève et m'emboîte le pas.

– Sérieux ? dis-je en me tournant vers lui.

– Je voudrais juste voir à quoi elle ressemble.

Il faut absolument que je réponde avant qu'elle ne raccroche, donc je passe le doigt sur l'écran tout en repoussant Theo dehors.

– Je te ferai une capture d'écran. Va aider ton père.

Je lance la visio, et le gamin tente toujours d'entrer dans la salle.

– Salut ! dis-je en souriant à Lily.

– Salut, répond-elle.

– Laisse-moi voir, insiste Theo en faisant mine d'attraper mon téléphone.

– Une petite seconde, Lily.

Je plaque l'appareil contre mon torse pour qu'elle ne voie rien, puis j'ouvre grand la porte, presse une paume sur le visage de Theo et le repousse vers les marches du perron.

– Brad, attrape ton fils !

– Theo, viens là ! lui lance celui-ci. J'ai besoin de toi.

L'air résigné, le gamin finit par se tourner vers son père.

– Mais je suis *propre*, maugrée-t-il.

Je referme la porte et reprends la conversation avec Lily, hilare :

– Qu'est-ce que c'était ?

– Rien.

J'entre dans mon bureau et m'y enferme avant de m'installer sur le canapé.

– Comment se passe ta journée ?

– Bien. Je viens juste de rentrer d'un déjeuner avec ma mère et son ami. On est allés dans une sandwicherie sur Borden Street. C'était très sympa.

– Comment va-t-elle ?

Nous n'avons pas encore parlé de ses parents, à part quand elle m'a annoncé la mort de son père.

– Très bien, répond Lily. Elle sort avec un mec qui s'appelle Rob. Elle est heureuse, même si ça fait un peu bizarre de la voir fondre devant un homme. Cela dit, il est très sympa.

– Elle habite Boston, maintenant ?

– Oui, elle a emménagé ici après la mort de mon père, pour être plus près de moi.

– C'est bien. Je suis content que tu aies de la famille ici.

– Et toi ? Ton oncle vit toujours à Boston ?

Mon oncle ?

Oh ! c'est vrai que je lui ai raconté ça. Je me frotte la nuque en grimaçant.

– Mon oncle...

Je ne sais plus trop quel mensonge j'ai pu lui raconter à ce sujet – ça remonte à si longtemps.

– Il est mort quand j'avais neuf ans, Lily.

Elle fronce les sourcils :

– Non, tu as emménagé avec un oncle à l'âge de dix-huit ans. C'est pour ça que tu es parti.

Je soupire. Si je pouvais revenir en arrière et revivre le temps passé ensemble, reprendre ce que je lui ai dit ou ai manqué de lui dire afin de l'épargner... Mais ne ferait-on pas tous ça, si on pouvait revivre nos années d'adolescence ?

– Je t'ai menti, Lily. Je n'avais aucun oncle à Boston, en fait.

– Quoi ?

Elle secoue encore la tête, sans comprendre. Au moins, elle ne semble pas fâchée. Plutôt désorientée.

– Mais alors... avec qui es-tu parti vivre ?

– Avec personne. Je n'allais pas continuer éternellement à me glisser dans ta chambre. Je savais que ça finirait mal. Et puis, à part toi, rien dans cette ville ne pouvait m'aider à améliorer ma situation. Boston proposait des abris, offrait des ressources aux plus démunis. Je t'ai dit que mon oncle était encore en vie pour que tu ne t'inquiètes pas pour moi.

Lily s'appuie contre la tête de lit et ferme les yeux.

– Atlas.

Elle prononce mon nom avec douceur, et quand elle rouvre les yeux, on dirait qu'elle retient ses larmes.

– Je ne sais pas quoi dire. Je croyais tellement que tu avais de la famille ici...

– Je suis désolé, Lily. Il n'y avait aucune malveillance dans ce mensonge. Je voulais juste t'épargner...

– Ne t'excuse pas, tu as fait ce qu'il fallait. L'hiver arrivait et tu n'aurais pas survécu dans cette maison.

Essuyant une larme, elle ajoute :

– Je n'imagine pas à quel point ça a dû être difficile. Déménager à Boston à cet âge, avec rien. Ni personne.

– Je m'en suis sorti, lui dis-je avec un sourire. Tout s'est bien passé, finalement.

J'essaie de l'arracher à la tristesse soudaine dans laquelle je viens de la plonger.

– Ne pense pas à là où on en était arrivés, toi et moi ; pense à là où nous en sommes maintenant.

Elle sourit :

– Où es-tu en ce moment ? C'est ton bureau ?

– Oui.

Je parcours la pièce avec mon téléphone pour qu'elle la voie.

– C'est petit. Il y a juste un canapé et un ordinateur, mais j'y suis rarement. Je passe presque tout mon temps à la cuisine.

– Tu es au Bab's, là ?

– Oui. Les deux restaurants sont fermés le dimanche ; je ne suis là que pour nettoyer.

– J'ai hâte de découvrir le Corrigan's. C'est là où on ira pour notre soirée de samedi ?

– Oh non ! fais-je en riant. Pas question de t'emmener passer une soirée dans un de mes restaurants. Les gens avec qui je bosse s'intéressent bien trop à ma vie personnelle.

– C'est drôle, parce que moi, ta vie personnelle m'intéresse aussi.

– À toi, je peux tout dire. Qu'est-ce que tu voudrais savoir ?

Lily hésite quelques secondes puis lâche :

– Je voudrais savoir quelles sont les personnes importantes de ta vie. Tu n'avais pas grand monde quand on était ados ; mais aujourd'hui tu es un adulte avec un métier, des amis, et une vie entière dont je ne sais rien. Qui sont les gens qui t'entourent, Atlas Corrigan ?

Pour toute réponse, je n'ai qu'un éclat de rire à lui offrir.

Elle ne sourit pas en retour, cependant, j'imagine que, si elle me pose cette question, c'est plus par inquiétude que par curiosité. Je lui réponds d'un regard doux censé atténuer un peu le souci qu'elle semble se faire à mon sujet.

– J'ai des amis, dont certains que tu as rencontrés chez moi, à l'époque. Je n'ai pas de famille, mais ce n'est pas comme si j'avais un vide à combler de ce côté. J'aime mon métier, et l'existence que je mène.

Je marque une pause avant d'ajouter en toute franchise :

– Je suis heureux, si c'est ce que tu veux savoir.

Je vois le coin de sa bouche se relever quand elle articule :

– Tant mieux. Je me suis longtemps demandé où tu en étais de ta vie. J'ai essayé de te trouver sur les réseaux sociaux, mais sans succès.

Ce qui m'arrache un petit rire en repensant à la conversation que je viens d'avoir avec Theo.

– Je ne suis pas très réseaux sociaux.

Je lui avouerais bien que je m'y plongerais chaque jour si son profil n'était pas privé, mais Theo m'avertirait que ça risquerait de l'effrayer.

– J'ai des pages pour les restaurants, dis-je d'un ton las, mais ce sont deux de mes employés qui les gèrent. Je suis trop occupé pour ça. J'ai téléchargé TikTok il y a quelques mois, et je n'aurais jamais dû. Une nuit, j'y ai passé plusieurs heures, et j'ai loupé une réunion le lendemain. J'ai fini par virer l'appli plus tard dans la journée.

Petit rire de Lily :

– Je ferais n'importe quoi juste pour te voir faire des vidéos TikTok.

– Ha, ha, dans tes rêves !

Elle détourne un instant les yeux et s'assied sur son lit :

– Attends une seconde, il faut que je pose mon téléphone.

Elle lâche son appareil, sans se rendre compte qu'elle est encore dans le champ ; je la vois alors passer Emerson d'un sein à l'autre. Ça ne dure que quelques secondes, trop vite pour que je comprenne tout de suite ce qui se passe, puis ça s'arrête. Je ne pense pas qu'elle savait que l'objectif était pointé sur elle.

Lorsqu'elle remarque le téléphone, ses yeux s'arrondissent d'un coup et elle plaque une paume sur son écran, qui s'obscurcit soudain. Quand il s'éclaircit de nouveau pour fixer son visage, elle murmure, une main devant la bouche :

– Désolée...

– Pour quoi ?

– Pour cette exhibition... involontaire.

– Ne sois pas désolée. Je devrais plutôt te remercier.

Elle rit, paraissant apprécier ce commentaire.

– Ce n'est pas comme si tu ne connaissais pas... reprend-elle dans un haussement d'épaules.

Elle réajuste l'oreiller avant d'y caler le bras avec lequel elle tient Emerson pour la nourrir.

– J'essaie de la sevrer, puisqu'elle va bientôt avoir un an. Je ne l'allaite plus qu'une fois par jour, mais le dimanche c'est difficile car je suis avec elle toute la journée.

Elle ajoute, le nez froncé :

– Excuse-moi. Tu n'as certainement pas envie d'en connaître plus sur l'allaitement.

– Je ne vois pas quel sujet de conversation avec toi pourrait m'ennuyer.

– Oh, je suis sûre d'en trouver un avant samedi ! réplique-t-elle sur un ton de défi.

Ses yeux quittent un instant l'écran de son téléphone. Je ne vois pas Emerson, mais je devine que Lily la regarde, car elle a ce petit sourire qui n'apparaît chez elle que lorsqu'elle parle de sa fille ou la contemple. Un sourire de fierté, l'une des expressions que je préfère voir naître sur son visage.

– Elle s'endort, souffle Lily. Je vais y aller.

– Oui, je devrais y aller moi aussi.

Je ne veux pas laisser Brad et Theo gérer sans moi tout ce qui reste à nettoyer dehors.

– Je peux t'appeler dans la soirée, si tu veux, propose-t-elle.

– Bien sûr.

Je me souviens que Theo me demandait, un peu plus tôt, une photo de Lily ; donc, avant de raccrocher, je fais une rapide capture d'écran... dont le clic résonne évidemment aux oreilles de Lily... qui penche la tête d'un air curieux.

– Tu viens de prendre une...

– Oui, je voulais juste une photo de toi. Au revoir, Lily.

Je m'empresse de mettre fin à l'appel avant de me prendre les pieds dans le tapis. Je ne m'attendais pas à ce clic, et encore moins à ce qu'elle l'entende. Theo a intérêt à apprécier ce que je fais pour lui.

Je sors de mon bureau et trouve Brad en train de balayer la cuisine. Ce qui m'étonne car la pièce est toujours nettoyée avant la fermeture du restaurant et que le vandalisme de la nuit dernière a eu lieu dehors.

– Tu n'avais pas lavé le sol hier soir ?

– Si, la cuisine est propre… je fais juste semblant de balayer.

Devant mon regard interloqué, il explique :

– Je voulais forcer Theo à nettoyer le bazar dehors puisqu'il déteste tellement ça. Une histoire entre père et fils…

– Ah, je comprends !

En fait, je ne comprends *rien*, mais je laisse Brad à son faux balayage et pars rejoindre Theo dehors. Il est bien là, l'air absolument dégoûté, en train de ramasser un à un les débris qui jonchent le sol.

– C'est trop dégueu, marmonne-t-il en les jetant dans un sac. Tu devrais engager un vigile, un gardien privé ou quelque chose. Ça devient ingérable.

Il n'a pas tort.

Je lui brandis mon téléphone sous le nez pour qu'il voie la photo de Lily.

Il recule la tête, surpris.

– C'est Lily ?

– C'est Lily.

Je glisse l'appareil dans ma poche et lui prends le sac des mains.

– Ça explique tout, commente-t-il en se laissant tomber sur la marche supérieure du perron.

– Ça explique quoi ?

– Pourquoi tu es totalement muet à son sujet et pourquoi tu lui dis aussi tous ces trucs stupides.

Je ne suis pas d'accord avec le fait que ce que je dis à Lily soit stupide, mais il a raison sur un point. Elle est tellement belle que, parfois, je reste muet.

– J'ai hâte que tu commences à fréquenter quelqu'un, lui dis-je alors. Là, je te prie de croire que je ne te lâcherai plus.

10
LILY

– Maman, ça va bien, vraiment, dis-je, le téléphone coincé entre ma joue et mon épaule. Je suis déjà chez Allysa. Ça ne me pose aucun problème.

– Tu es sûre ? Rob disait qu'il pouvait très bien la garder.

– Non, il doit s'occuper de toi.

– D'accord. Dis à Emmy que sa Mamie est désolée.

– Sa Mamie ? Tu voudrais qu'elle t'appelle Mamie, maintenant ?

– On va essayer, oui. Je n'aimais pas *grand-mère*.

Elle s'est choisi quatre noms de grand-mère, depuis la naissance d'Emmy. Mais aucun d'eux n'a semblé la satisfaire.

– Je t'aime, maman. Soigne-toi bien.

– Oui, promis. Moi aussi, je t'aime.

Je raccroche puis sors Emmy du siège auto, heureuse de constater que la voiture de Ryle n'est pas là. Je n'avais pas prévu de venir dans l'immeuble où Allysa et lui possèdent chacun un appartement, mais ma mère et ma fille ont attrapé la même maladie, cette semaine.

Quand j'ai repris Emmy chez ma mère, hier, elle avait juste un peu de température ; qui a grimpé aux alentours de deux heures du matin, et rien ne l'a fait baisser. Et ce matin, alors que j'étais prête pour aller travailler, sa fièvre avait disparu... Mais dans l'après-midi, ce fut le tour de ma mère. C'est pourquoi j'ai dû aller récupérer Emmy au beau milieu de la journée. Et j'ai eu un petit moment de panique car ce soir je sors avec Atlas. J'ai cru que j'allais devoir annuler, mais Allysa nous a sauvées, moi et ma soirée.

Je ne lui ai pas dit que j'avais besoin d'une baby-sitter. Je lui ai juste envoyé un texto demandant si elle pouvait garder Emmy pendant quelques heures cet après-midi et en début de soirée, et elle m'a répondu par ces mots :

`Laisse-la-moi.`

Je l'ai prévenue que ma fille avait eu un peu de fièvre la nuit dernière, mais Emmy et Rylee passent tellement de temps ensemble qu'on a cessé de se demander qui rendait l'autre malade, puisque ça nous tombe dessus environ toutes les semaines. C'est donc tout bêtement Rylee qui a dû refiler sa crève à Emmy.

Je frappe à la porte d'Allysa, et quand elle ouvre, elle s'empresse de prendre Emerson dans ses bras.

– Viens là, toi, lui dit-elle en la serrant contre elle. Elle sent si bon ! Rylee, elle, ne sent plus le bébé. Ça m'attriste.

Elle ouvre largement la porte pour me laisser passer, et lorsque j'entre, mon sac à langer à la main, Allysa daigne enfin remarquer ma tenue.

– Attends ! lance-t-elle, un doigt inquisiteur levé devant moi. Qu'est-ce que c'est que ça ? Tu veux bien me dire pourquoi je suis de garde, ce soir ?

Non, je n'ai aucune envie de lui dire où je vais, mais c'est Allysa. Elle lit en moi comme dans un livre ouvert. Elle devine mon hésitation et la prend exactement pour ce qu'elle est :

– C'est une tenue pour un rendez-vous, si je ne m'abuse ? soupire-t-elle avant de fermer la porte d'un coup de pied. C'est le dieu grec ?

– Atlas, oui. S'il te plaît, n'en parle pas à ton frère.

Pile au moment où je dis ça, je remarque Marshall debout dans le salon. Il se couvre aussitôt les oreilles et lâche :

– Je n'ai rien entendu. Je ne vois rien. La la la la.

Il traverse le vestibule et disparaît dans la cuisine.

Allysa balaye sa présence d'un revers de main.

– Il est la neutralité même, ne t'inquiète pas.

Elle me fait signe de la suivre dans le salon, où je trouve Rylee en train de s'amuser sur son tapis de jeu. Allysa lui amène alors Emmy en chantonnant :

– Rylee, regarde qui est là !

Celle-ci sourit en l'apercevant et les petites filles ont l'air ravies de se retrouver. J'apprécie beaucoup le fait qu'elles ne soient pas trop éloignées en âge. Les six mois qui les séparent ont l'air de disparaître à mesure qu'Emmy grandit.

– Où est-ce qu'il t'emmène ?

Je passe une main rapide sur ma tenue, puis j'explique :

– Dans un restaurant... où je ne suis jamais allée. J'espère ne pas être trop habillée pour ça.

– C'est ton premier rendez-vous avec lui ? Tu as l'air anxieuse, je me trompe ?

– Oui, c'est notre première sortie ensemble. Et oui, je suis un peu anxieuse. Mais... dans le bon sens. Je le connais déjà si bien que je n'ai pas l'impression de devoir passer la soirée avec un inconnu.

Allysa m'étudie avec bienveillance.

– Tu sembles tout excitée. Ça me manquait de te voir comme ça.

– Oui, à moi aussi, j'avoue.

Je me penche au-dessus d'Emmy et Rylee pour leur donner un baiser.

– Je ne rentrerai pas tard. Je dois d'abord retourner au magasin et le fermer pour Lucy, donc c'est là qu'Atlas passe me prendre. Je devrais être de retour vers vingt et une heures trente ; donc, essaie de la garder réveillée jusque-là, si tu veux bien.

– Pourquoi veux-tu rentrer si tôt ? C'est nul.

– Je n'ai pas dormi, la nuit dernière. Je suis crevée. Mais comme je ne veux pas annuler cette sortie, je vais essayer de tenir le coup.

– Je comprends... la maternité, dit Allysa en levant les yeux au ciel. Je vais la garder éveillée, pas de problème. Allez, amuse-toi. Prends-toi un café, un remontant, quelque chose qui te donne de l'énergie.

Je ne compte plus les cafés que j'ai bus aujourd'hui.

– Tu es trop gentille, Allysa. Merci de sauver ma soirée.

Sur le palier, devant la porte encore ouverte, je l'entends qui me lance :

– C'est pour ça que je suis là.

II
ATLAS

Pressé que la journée se termine, je suis allé aider en cuisine au Bab's, même si la brigade était déjà au complet. Et maintenant je sens l'ail. C'est la troisième fois que j'essaie de me débarrasser de cette odeur en me frottant énergiquement, sans succès. Mais si je ne pars pas maintenant, je serai en retard pour notre rendez-vous.

Comme on a décidé d'y aller lentement, je passe la prendre à son travail plutôt que chez elle. Je ne sais pas où elle vit maintenant, ni si elle habite toujours l'immeuble où je me suis pointé il y a presque deux ans, quand elle avait besoin d'aide. Pour une raison que j'ignore, pas une fois nous n'avons parlé de ça pendant nos conversations. Elle ne sait peut-être pas non plus que j'ai vendu ma maison pour emménager en ville un peu plus tôt cette année. Je suis curieux de savoir à quelle distance on réside l'un de l'autre aujourd'hui.

– Je sens comme de l'eau de toilette, me dit Darin en chemin vers le frigo.

Il s'arrête brusquement puis se retourne pour me jauger d'un coup d'œil :

– Tu mets de l'eau de toilette, maintenant ? Et... tu es sapé comme jamais ?

Je renifle mes deux mains.

– Je ne sens pas trop l'ail ?

– Non, tu sens comme quelqu'un qui s'apprête à sortir. Tu pars ?

– Oui, je pars. Mais je serai là pour la fermeture. Je crois que je vais rester ici cette nuit, histoire de peut-être surprendre celui qui s'amuse à vandaliser mes restaurants.

Plusieurs jours ont passé depuis les premiers incidents, mais on s'est fait attaquer une quatrième fois la nuit dernière. Sans subir de trop gros dégâts, heureusement. Il s'est contenté d'éparpiller le contenu des poubelles. Nettement plus facile à nettoyer que de devoir repeindre les lieux. Sans doute aussi parce que Brad continue d'amener Theo avec lui pour l'aider. Je devrais d'ailleurs le prévenir que, plus il se plaint des tâches à accomplir, plus on lui demandera d'y participer.

J'ai bien l'intention de me confronter ce soir à celui qui s'en prend à nous presque chaque nuit, déjà pour comprendre quelles sont ses motivations et ensuite pour le calmer avant que je ne finisse par prévenir la police. Je pense sincèrement que les choses peuvent s'arranger avec une discussion simple et directe plutôt qu'avec une intervention spectaculaire. En attendant, je n'ai franchement aucune idée de qui ça peut être.

Darin passe une tête dans la cuisine et demande :

– Tu sors avec qui, ce soir ? Lily ?

Je m'essuie les mains et me contente de hocher la tête.

Darin sourit et s'éloigne. J'aime bien que mes amis apprécient Lily. Mais s'ils m'ont plusieurs fois questionné sur elle au cours de nos soirées poker, ils ont fini par comprendre que ça m'ennuyait. Je n'aimais pas parler d'elle alors qu'elle ne faisait pas partie de ma vie.

Aujourd'hui, cependant, la situation pourrait changer. Peut-être. Voilà sans doute pourquoi je me sens aussi nerveux : je sais quel risque énorme elle prend en sortant avec moi ce soir. Si les choses évoluent dans le bon sens entre nous, cela pourrait en revanche affecter sa vie dans le mauvais sens. Ce qui explique pourquoi je stresse depuis deux heures en me demandant si cette soirée avec moi n'aura pas sur elle un impact négatif.

Quoi qu'il en soit, je dégage toujours l'odeur d'un chasseur de vampires, donc là, déjà, c'est mal parti pour moi.

*

*   *

Je me gare sur le parking à dix-sept heures cinquante-cinq. Lily devait m'attendre car elle surgit du magasin et ferme la porte derrière elle avant même que je sorte de ma voiture.

À peine ai-je posé les yeux sur elle que je sens ma nervosité monter d'un cran. Elle est stupéfiante, vêtue d'un pantalon noir, avec des escarpins d'au moins dix centimètres. Elle enfile à la hâte une veste assortie, puis me rejoint au milieu du parking.

Je l'accueille avec un léger baiser sur la joue.

– Tu es superbe.

Je jurerais qu'elle a un peu rougi à mon commentaire.

– Vraiment ? Je n'ai pas dormi de la nuit, pourtant. J'ai l'impression d'avoir quatre-vingt-dix ans.

– Tu n'as pas dormi ?

– Non… Emmy avait de la fièvre. Elle va mieux maintenant, mais…

Elle étouffe un bâillement.

– Excuse-moi. Je viens de prendre un café… Il n'a pas encore fait son effet.

– C'est bon. Perso, je ne suis pas fatigué mais j'empeste l'ail.

– J'aime bien l'ail.

– Tant mieux.

Elle baisse les yeux sur sa tenue et déclare :

– Je ne suis jamais allée dans ce restaurant… je ne savais pas quoi porter.

– Moi non plus je n'y suis jamais allé, donc je ne sais pas plus que toi. Mais je suis sûr que ça ira bien.

J'ai choisi un nouvel établissement que je voulais essayer. Il est à quarante-cinq minutes d'ici, mais je me suis dit que ça nous donnerait le temps de bavarder en chemin, de façon à nous retrouver un peu.

– J'ai un cadeau pour toi, me dit-elle. Il est dans ma voiture. Je vais le chercher.

Je la suis jusqu'à son véhicule dans lequel elle attrape quelque chose sur le siège passager. Lorsqu'elle me le tend, je ne peux retenir un sourire.

– C'est ton journal ?

Elle m'en a lu un autre petit passage, hier soir, mais elle était si gênée de le faire à haute voix qu'elle a refusé de continuer davantage.

– Oui, l'un de mes carnets. On va voir comment se passe la soirée avant que je t'en donne un autre.

– Rien ne presse, dis-je en l'entraînant vers ma voiture.

Je lui ouvre la portière côté passager, elle s'assied, étouffe un nouveau bâillement et je ferme derrière elle.

Je m'en veux. Peut-être est-elle trop fatiguée pour cette soirée. J'imagine mal ce que c'est que d'élever un enfant. Comme je me sens un peu égoïste de ne pas avoir cherché à reprogrammer cette sortie, je lui propose, avant de quitter le parking :

– Si tu préfères rentrer te reposer, on peut faire ça le week-end prochain.

– Rien ne me ferait plus plaisir, au contraire, Atlas. Je dormirai quand je serai morte.

Elle attache sa ceinture et ajoute :

– C'est vrai que tu sens un peu l'ail.

Je pense qu'elle plaisante. Lily blaguait tout le temps quand on était plus jeunes. C'est un des traits de son caractère que j'aimais le plus – elle semblait toujours de bonne humeur malgré l'univers négatif dans lequel elle vivait. J'ai admiré cette force chez elle le jour où elle a découvert qu'elle était enceinte, dans la salle des urgences. Je sais que c'était l'un des moments les plus sombres de sa vie, mais elle est parvenue à sourire, malgré tout, et même à passer une soirée entière à impressionner mes amis par son humour, un soir de poker.

Chacun appréhende le stress de façon différente, parfois de façon efficace, mais Lily le fait avec grâce. La grâce étant la qualité que je trouve la plus attrayante chez les gens.

– Comment as-tu réussi à te libérer un samedi soir ? me demande-t-elle.

Je déteste devoir conduire car j'aimerais la regarder en lui répondant. Jamais je ne l'ai vue aussi... femme ? Est-ce un compliment ? Je l'ignore. Je ne devrais sans doute pas le lui dire – elle le prendrait mal –, mais quand Lily et moi sommes tombés amoureux, ni elle ni moi n'étions encore des adultes. Ce soir, c'est différent. Nous avons grandi, nous avons une carrière, et elle est mère, cheffe d'entreprise et indépendante. *C'est sexy à mort.*

Elle était encore avec Ryle lorsque nous avons passé un moment ensemble en tant qu'adultes. Je ne me sentais donc pas très à l'aise en pensant à elle comme je le fais maintenant. *En la désirant.*

Je garde mon attention sur la route en essayant d'entretenir la conversation en même temps, mais j'avoue que je suis un peu troublé. Ce qui me surprend.

– Comment j'ai réussi à me libérer ?

Je prétends réfléchir à la question plutôt que de me laisser obséder par mon désir de me tourner vers elle.

– Je délègue à des employés fiables.

– Tu travailles toujours les week-ends ?

– Je fais une pause le dimanche, quand on est fermés. Et le lundi, de temps à autre.

– Qu'est-ce que tu aimes le plus dans ton travail ?

Elle déborde de questions, ce soir. Je lui jette un regard de côté et souris.

– Lire les critiques et les commentaires.

Elle fait mine de s'étrangler.

– Pardon... tu as bien dit les *critiques* ? Tu lis les critiques concernant ton restaurant ?

– Je n'en rate pas une seule.

– *Quoi* ? Mon Dieu, tu dois être bien sûr de toi. Moi, je laisse Serena s'occuper des réseaux sociaux ; comme ça, j'évite tous les commentaires.

– Ils sont très bons, tu sais.

Elle se retourne brusquement vers moi.

– Tu lis les commentaires négatifs sur *mon* magasin ?

– Je lis ceux concernant le commerce de mes amis, oui. Ça te semble étrange ?

– Non, pas du tout.

Je mets mon clignotant et enchaîne :

– J'aime beaucoup lire les critiques, savoir ce que les gens pensent de mes restaurants. C'est constructif, ça aide à évoluer. Je n'ai pas l'expérience de certains grands chefs et les critiques sont les meilleurs professeurs.

– Et à quoi te servent les commentaires sur les commerces de tes amis ?

– À rien, en fait. Je trouve ça distrayant.

– Et moi, je n'ai pas de mauvais retours sur ma boutique ?

– Tout le monde *aime* tes fleurs.

Elle dissimule tant bien que mal son sourire.

– Qu'est-ce que tu aimes le moins dans ton job ?

J'adore cet interrogatoire ininterrompu. Cela me rappelle ces soirs où on restait si tard à bavarder, où elle me bombardait de questions sur moi et ma vie.

– Jusqu'à la semaine dernière, c'étaient les inspections sanitaires. C'est terriblement stressant.

– Pourquoi jusqu'à la semaine dernière ? Qu'est-ce qui a changé ?

– Le vandalisme.

– C'est encore arrivé ?

– Oui, deux fois cette semaine.

– Et tu n'as toujours aucune idée de qui ça peut être ?

Je secoue la tête :

– Pas la moindre.

– Des ex qui t'en voudraient, peut-être ?

– Non, je ne pense pas. Ce n'est pas leur genre.

Lily se débarrasse de ses escarpins et glisse une jambe sous elle.

– Tu as eu beaucoup de relations sérieuses ?

Nous y voilà. D'accord.

– Qu'est-ce que tu entends par « sérieuses » ?

– Je ne sais pas. Plus de deux mois...

– Une seule, dans ce cas.

– Vous êtes restés combien de temps ensemble ?

– Un peu plus d'un an. J'étais dans l'armée.

– Vous avez rompu... pourquoi ?

– On a vécu ensemble.

– C'est pour ça que vous avez rompu ? insiste-t-elle, étonnée.

– Je pense que le fait de vivre ensemble nous a aidés à comprendre à quel point on était incompatibles. Ou peut-être qu'on se trouvait chacun à un stade différent de notre vie. J'étais concentré sur ma carrière, alors qu'elle ne pensait qu'à la tenue qu'elle porterait dans les boîtes où j'étais trop crevé pour l'accompagner. Quand j'ai quitté l'armée, je suis retourné à Boston, et elle s'est installée dans un loft avec deux amies.

– Ha ha ! Je t'imagine très mal dans une boîte.

– C'est clair. Voilà sans doute pourquoi je suis célibataire.

Mon téléphone sonne, je vois apparaître sur l'écran le numéro du Corrigan's, ce qui m'empêche de lui retourner la question sur ses anciennes relations.

– Il faut que je prenne cet appel, désolé.

– Bien sûr, vas-y.

J'apprends que nous avons un problème de congélateur... qui m'oblige à donner deux autres coups de fil pour trouver un réparateur. Lorsque je reporte enfin mon attention sur Lily, je la trouve endormie, la tête inclinée sur une épaule.

Le café n'a pas eu l'effet escompté, j'imagine.

Je ne prononce plus un mot jusqu'à notre arrivée au restaurant, à dix-huit heures cinquante. Il fait sombre et la salle a l'air pleine à craquer, mais comme il nous reste quelques minutes avant l'heure de notre réservation, je laisse Lily dormir.

De sa gorge s'échappe un délicat ronflement, aussi léger que celui d'un bébé. C'est attendrissant. Je ne peux m'empêcher de la filmer avec mon téléphone... une mini-vidéo que je lui repasserai plus tard pour la taquiner. Puis j'attrape son journal posé sur la banquette arrière. Je sais qu'elle préfère que je ne le lise pas en sa présence, mais techniquement, elle n'est pas là puisqu'elle dort.

Je l'ouvre à la première page et commence à lire.

Dès les premiers mots, je suis déjà complètement captivé. J'ai l'impression d'enfreindre une règle, mais c'est quand même Lily qui l'a apporté... pour moi.

Je lis le second passage, puis le troisième. C'est là que je décide d'annuler notre réservation parce que, à moins de la réveiller sur-le-champ, on sera en retard. Je préfère laisser notre table à quelqu'un d'autre car Lily semble réellement avoir besoin de sommeil.

Et puis je voudrais continuer à lire. Je l'emmènerai dîner ailleurs une fois qu'elle sera réveillée.

Chaque phrase, chaque mot de ce qu'elle a écrit me ramène à nos années d'adolescence. Je me surprends plus d'une fois à étouffer mon rire en lisant ce qu'elle décrit, ce qu'elle raconte. Je ne veux pas la réveiller.

Je finis par tomber sur un passage où, j'en suis quasi certain, elle parle de ce qui a précédé notre premier baiser. Je regarde l'heure : nous sommes là depuis une bonne trentaine de minutes, mais Lily est encore profondément endormie, et je ne peux pas m'arrêter en si bon chemin... dans ma lecture. Je continue donc, en espérant qu'elle dorme assez longtemps pour me laisser aller jusqu'au bout de ce passage.

– Il faut que je te dise quelque chose.

J'ai attendu la suite en retenant mon souffle ; je ne savais pas trop où il voulait en venir.

– J'ai parlé à mon oncle, aujourd'hui. Ma mère et moi, nous vivions avec lui à Boston. Il m'a annoncé que, dès son retour de voyage d'affaires, je pourrais rester avec lui.

J'aurais dû être très heureuse pour lui, à cet instant. J'aurais dû sourire, le féliciter. Mais mon infinie tristesse m'a juste fait comprendre à quel point j'étais immature.

– Tu vas y aller ?

Il a haussé les épaules.

– Je ne sais pas. Je voulais t'en parler d'abord.

Il se tenait si près de moi, sur le lit, que je captais la tiédeur de son souffle. J'ai aussi remarqué qu'il sentait la menthe, et je me suis demandé s'il utilisait de l'eau en bouteille pour se brosser les dents avant de venir ici. Je lui donne toujours beaucoup d'eau quand je le laisse repartir chez lui, chaque matin.

J'ai posé ma main sur l'oreiller pour en sortir une plume qui dépassait, avant de la faire rouler entre mes doigts.

– Je ne sais pas que dire, Atlas. Je suis heureuse que tu aies trouvé quelque part où t'installer. Mais, et tes études ?

– Je pourrai les finir là-bas.

J'ai hoché la tête. On aurait dit qu'il avait déjà pris sa décision.

– Quand est-ce que tu pars ?

Je me demandais à quelle distance se trouvait Boston. Sans doute à quelques heures ; mais quelle importance qu'un monde nous sépare si on n'a pas de voiture ?

– Je ne sais pas encore si je pars.

J'ai laissé tomber la plume que je faisais danser entre mes doigts, et j'ai reposé ma main près de moi.

– Qu'est-ce qui te fait hésiter? Ton oncle t'offre un endroit où loger. C'est génial, non?

La mâchoire serrée, il a hoché la tête, a pris la plume et, comme moi, l'a fait jouer entre ses doigts. Puis il l'a reposée sur l'oreiller dans un geste auquel je ne m'attendais pas : il a levé une main vers moi pour me toucher les lèvres.

Mon Dieu, Ellen. J'ai cru mourir, sur le moment. Jamais mon corps n'avait rien ressenti de tel. Il est resté ainsi, sans bouger, pendant quelques secondes, puis il m'a dit :

– Merci, Lily. Pour tout.

Il a alors passé une main dans mes cheveux, s'est penché vers moi et m'a déposé un baiser sur le front. Le souffle court, j'ai ouvert la bouche pour respirer, et j'ai vu sa poitrine se soulever aussi fort que la mienne. Puis ses yeux sont lentement descendus vers ma bouche et il a murmuré :

– On t'a déjà embrassée, Lily?

J'ai secoué la tête et levé le visage vers lui car il fallait que je fasse quelque chose, là, tout de suite, sinon j'étouffais sur place.

C'est alors qu'il a approché ses lèvres des miennes et les y a posées, tout doucement, presque comme si j'étais en porcelaine. Je n'ai pas su quoi faire mais, au fond, je m'en moquais. Je me moquais de savoir si on allait rester comme cela toute la nuit… toute la vie. Ce baiser était tout.

Ses lèvres se sont fermées sur les miennes et j'ai senti sa main trembler. J'ai fait comme lui, j'ai commencé à bouger mes lèvres contre les siennes, et, l'espace d'une seconde, le bout de sa langue est venu se promener sur les miennes.

La tête renversée en arrière, j'ai alors cru perdre conscience. Il a recommencé, une deuxième puis une troisième fois, et je l'ai finalement imité. Quand, enfin, nos langues se sont rencontrées, j'ai souri car j'avais souvent pensé à ce que serait mon premier baiser. Où cela se passerait, et avec qui. Mais jamais, jamais je n'aurais imaginé éprouver une telle sensation.

Une main plaquée sur mon dos, l'autre sur ma joue, il a continué de m'embrasser. Plus cela allait, plus je me sentais à l'aise, au comble du bonheur. J'ai adoré l'instant où il s'est écarté une seconde, m'a regardée puis s'est quasiment jeté de nouveau sur moi.

J'ignore combien de temps on est restés à s'embrasser. Longtemps. Si longtemps que mes lèvres ont fini par devenir douloureuses et que je ne pouvais plus garder les yeux ouverts. Lorsqu'on s'est endormis, je suis sûre que sa bouche touchait encore la mienne.

On n'a pas reparlé de Boston.

Je ne sais toujours pas s'il part ou non.

Lily

Waouh.

Waouh.

Je referme le journal et pose les yeux sur Lily. Elle a décrit notre premier baiser avec tant de détails que j'ai l'impression de ne plus être à la hauteur de l'adolescent que j'étais.

Ça s'est réellement passé comme ça ?

Je me rappelle cette soirée, mais j'étais bien plus nerveux que ce que Lily dit de moi. C'est drôle comme, quand on est ado, on pense qu'on est le seul humain sur la planète à ne pas avoir d'expérience. On pense que presque tous les autres de notre âge maîtrisent bien mieux leur vie que vous, mais c'est archi-faux. On avait peur tous les deux. Et on était épris l'un de l'autre. Amoureux.

Mais j'étais tombé amoureux d'elle bien avant notre premier baiser. Je l'aimais plus que je n'avais jamais aimé personne avant cet instant... et plus que je n'ai jamais aimé personne *après* cet instant.

Je crois que c'est encore vrai.

Il y a tant de choses que Lily ne sait pas sur ma vie d'alors. Tant de choses que j'aimerais lui dire, maintenant que j'ai lu sa version de certains des moments que nous avons passés ensemble. De toute évidence elle n'a aucune idée du rôle clé qu'elle a joué à ce moment-là de mon existence. À cette époque où tout le monde me tournait le dos, Lily a été la seule à m'écouter.

Comme elle continue de dormir, je sors mon téléphone et ouvre une page vierge de mon bloc-notes et commence à décrire ce qu'était ma vie avant de la rencontrer. J'écris beaucoup plus que prévu ; finalement, j'ai tant de choses à lui dire...

Vingt minutes s'écoulent avant que j'achève de taper tout ce que j'avais en tête, puis cinq autres encore avant que Lily ne se réveille.

Je glisse mon téléphone dans le porte-verre, pas tout à fait certain de vouloir la laisser lire ce que je viens d'écrire sur elle... sur nous. Je crois que j'attendrai quelques jours. Quelques semaines. Elle veut y aller doucement, et je ne pense pas que ce que j'ai écrit à la fin de ma lettre corresponde à son idée de « doucement ».

Sa main se lève et elle se gratte le front. Comme elle est tournée vers la fenêtre, je ne vois pas son visage, mais je sais qu'elle est réveillée car elle se redresse lentement.

Elle jette un regard au-dehors puis tourne la tête dans ma direction. Quelques mèches de cheveux restent collées sur sa joue.

Appuyé contre ma portière, je l'observe d'un air tranquille, comme si s'endormir lors d'un premier rendez-vous était la chose la plus normale qui soit.

– Atlas...

Le ton sur lequel elle prononce mon nom tient à la fois de l'excuse et de l'interrogation.

– C'est bon... tu étais fatiguée.

Elle attrape son téléphone et regarde l'heure.

– Oh, mon Dieu...

Elle se penche en avant et enfouit son visage dans ses mains.

– Comment j'ai pu...

– Lily, tout va bien. Vraiment.

Je lui montre son journal et ajoute :

– Tu m'as tenu compagnie.

– Oh... c'est affreusement gênant.

Je jette le carnet sur le siège arrière.

– Moi, je trouve ça plutôt... instructif, disons.

– Arrête de rire, lance-t-elle en me tapant l'épaule. J'ai trop honte pour trouver ça drôle.

– Mais non... tu étais épuisée, c'est tout. Et tu dois mourir de faim. On pourra se prendre un burger sur le chemin du retour.

Retombant lourdement contre son siège, elle marmonne :

– Et un chef à la mode qui se sent obligé de m'emmener dans un *fast food* car je n'ai rien trouvé de mieux que de m'endormir avant le dîner. C'est lamentable !

Elle tourne le rétro vers elle, remarque qu'elle a une mèche de cheveux collée sur sa joue.

– Waouh, j'ai tellement l'air de la mère dépassée ! Ce sera donc notre dernier rendez-vous ? Certainement. J'ai tout fichu en l'air ? Je ne t'en voudrais pas de le penser…

Je démarre, replace le rétro et passe la marche arrière.

– Loin de moi cette idée… après ce que je viens de lire. Rien ne vaudra cette soirée.

– Tu as de drôles de critères, Atlas.

J'adore sa façon de se déprécier.

– J'ai une question au sujet de ton journal.

– Oui ?

Elle essuie une trace de mascara sur le coin de son œil. Elle est tellement mortifiée par ce qui s'est passé qu'elle pense réellement avoir gâché notre soirée. Quant à moi, je ne peux m'empêcher de sourire.

– Le soir de notre premier baiser… c'est exprès que tu as mis les couvertures à la machine ? Une astuce pour m'obliger à dormir dans ton lit ?

– Tu as lu jusque-là ?

– Tu as fait une longue sieste.

Elle étudie ma question puis hoche la tête :

– Je voulais que *tu sois* mon premier baiser ; et ça ne serait jamais arrivé si tu avais persisté à dormir par terre.

Elle a sans doute raison. Et ça a marché.

Ça marche toujours, d'ailleurs, car sa description de notre premier baiser a fait revivre en moi toutes les émotions qu'elle m'avait arrachées ce soir-là. Lily pourrait se rendormir sur le chemin du retour, je continuerais de penser que je viens de vivre la meilleure soirée de mon existence.

12
LILY

– Je n'arrive pas à croire que tu m'aies laissée dormir tout ce temps.

Cela fait dix minutes, et j'en suis encore toute retournée.

– Tu as lu le journal entier ?

– J'ai arrêté après le passage sur notre premier baiser.

Tant mieux. C'est moins gênant. S'il avait lu, pendant que je dormais dans la voiture à côté de lui, ce que je raconte sur notre première nuit d'amour, je crois que je ne m'en serais pas remise.

– C'est trop injuste, dis-je encore. Tu dois faire un truc humiliant pour toi afin qu'on soit quittes, car là, j'ai l'impression d'avoir complètement gâché notre soirée.

Atlas éclate de rire.

– Tu crois vraiment pouvoir te sentir mieux après ça ?

– Oui, c'est une loi universelle. Œil pour œil, humiliation pour humiliation.

Il tapote du pouce sur le volant tout en frottant sa mâchoire de l'autre main. Puis, du menton, il désigne son téléphone posé sur le tableau de bord :

– Ouvre Notes, et lis ce que je viens d'écrire.

Waouh... je plaisantais. Ce qui ne m'empêche pas de me jeter sur son portable.

– Ton mot de passe ?

– Neuf cinq neuf cinq.

Je tape les chiffres puis regarde son écran. Chaque appli est bien rangée dans un dossier, il n'y a pas le moindre texto non lu, et juste un seul mail.

– Tu viens de quelle planète ? Je ne connais personne qui n'ait qu'un seul mail non lu.

– Je n'aime pas le désordre. Un reste de l'armée, sans doute. Et toi, tu as combien de mails non lus ?

– Des milliers.

J'ouvre Notes et clique sur le texte le plus récent. Dès que je vois les deux mots en haut, je plaque le téléphone sur ma cuisse.

– *Atlas.*

– Lily.

Ma gêne est engloutie par une vague brûlante d'anticipation.

– Tu m'as écrit une lettre ? *Chère Lily* ?

Il hoche la tête.

– Tu dormais depuis un moment.

Quand il me regarde, son sourire s'évanouit, comme s'il s'inquiétait soudain de ce qu'il avait écrit. Puis il braque de nouveau les yeux devant lui, et je vois les muscles de son cou se raidir.

La tête appuyée contre la vitre, je commence à lire en silence.

Chère Lily

Tu vas te sentir gênée lorsque tu te réveilleras et que tu constateras que tu t'es endormie le soir de notre premier rendez-vous ; je redoute un peu ta réaction. Mais tu semblais si fatiguée quand je suis passé te prendre que je suis ravi de te voir dormir.

La semaine dernière a été un peu irréelle, non? Je commençais à penser que je ne jouerais jamais un rôle consistant dans ta vie, et puis, pouf, tu es apparue.

Je pourrais continuer des heures à te dire quel impact cette rencontre a eu sur moi, mais j'ai promis à mon psy que j'arrêterais de te dire des trucs ringards. Ne t'inquiète pas, j'ai prévu de rompre plus d'une fois cette promesse, seulement, comme tu m'as demandé de ne pas précipiter les choses, je saurai attendre le temps de quelques sorties ensemble avant de me lancer.

Donc, je pense que je vais voler une page de ton manuel et parler moi aussi de notre passé. Ce n'est que justice, après tout. Tu m'as laissé entrevoir quelques-unes de tes pensées les plus intimes à un point crucial de ta vie, je me dis que le moins que je puisse faire à mon tour c'est de te dévoiler ce qui m'occupait l'esprit à la même époque.

Ma version est cependant un peu moins douce, disons. Je vais essayer de t'épargner les pires détails, mais je ne sais pas si tu pourras totalement comprendre ce que ton amitié a signifié pour moi sans connaître ce que j'ai traversé avant de te rencontrer.

Je t'en ai un peu parlé – je t'ai dit comment je me suis retrouvé à vivre dans une maison abandonnée. Mais voilà bien longtemps que je me sentais comme un sans-abri. Depuis ma plus tendre enfance, même si j'avais un toit, une mère et, de temps à autre, un beau-père.

Je ne me souviens pas comment se passait mon existence quand j'étais petit. J'ai envie de me dire qu'elle a été une bonne mère un jour. Je me souviens d'un séjour au Cap Cod où on a mangé pour la première fois des crevettes au lait de coco. Mais en dehors de cette occasion, je ne pourrais te donner aucun autre exemple.

Les souvenirs que j'ai sont plutôt ces longs moments passés tout seul, ou ceux où je tentais de l'éviter. Ma mère était coléreuse, impulsive. Jusqu'à mes dix ans, elle a été plus forte et plus rapide que moi, j'ai donc passé les premières années de ma vie à fuir ses gifles, ses cigarettes, ses coups de gueule.

Je sais qu'elle était stressée. Mère célibataire, elle travaillait la nuit pour m'élever décemment, mais malgré les excuses que je lui trouvais à l'époque, j'ai rencontré depuis assez de parents dans sa situation, qui n'en sont jamais venus aux mêmes extrémités.

Tu as vu mes cicatrices. Je n'entrerai pas dans les détails mais, si c'était déjà grave, les choses ont empiré lorsqu'elle s'est mariée pour la troisième fois. J'avais douze ans lorsqu'ils se sont rencontrés.

Je l'ignorais encore, mais cet âge de douze ans allait être le plus tranquille de ma vie. Elle n'était jamais là pour la bonne raison qu'elle était toujours avec lui. Et quand elle rentrait à la maison, je la trouvais de bonne humeur car elle était amoureuse. C'est drôle comme l'amour d'un partenaire peut influencer dans un sens ou dans l'autre le comportement des parents avec leurs enfants.

Lorsque j'ai eu treize ans, Tim est venu s'installer chez nous et les quatre années qui ont suivi ont été pour moi un véritable enfer. Quand je ne contrariais pas ma mère, c'était Tim que je contrariais. Quand j'étais chez nous, ils me hurlaient sans cesse dessus. Quand j'étais à l'école, c'était la maison qui subissait leurs violentes disputes... et je devais tout nettoyer et remettre tout en place dès que je rentrais.

La vie avec eux était un cauchemar, et lorsque j'ai été assez fort pour me défendre, Tim a décidé qu'il ne voulait plus vivre avec moi.

Ma mère l'a choisi, lui, et j'ai été obligé de partir. Ils n'ont pas eu besoin de me le demander deux fois ; j'étais plus que prêt à les quitter, mais seulement parce que je savais où aller.

Mais ça n'a pas duré. Au bout de trois mois, l'ami avec qui je logeais a suivi sa famille dans le Colorado.

À ce stade, je n'avais nulle part où aller, personne à contacter ni argent pour voyager ; j'ai été obligé de retourner chez ma mère pour qu'elle m'héberge.

Je revois le jour où je me suis pointé chez elle. Après trois mois d'absence, j'ai retrouvé la maison dans un état catastrophique. Le jardin n'avait pas été tondu une seule fois depuis qu'on m'avait jeté dehors. Il ne restait pas une seule moustiquaire aux fenêtres et la poignée de la porte d'entrée n'était plus qu'un trou béant. J'avais l'impression d'être parti depuis des années.

Dans l'allée, il n'y avait plus la voiture de Tim, juste celle de ma mère, qui semblait ne pas avoir bougé depuis des siècles. Le capot était grand ouvert, des outils gisaient tout autour sur le sol, et au moins une trentaine de canettes de bière s'empilaient en pyramide contre le garage.

Les journaux, habituellement distribués le matin, étaient éparpillés sur le béton craquelé ; je me rappelle les avoir ramassés pour les mettre à sécher sur une chaise en fer avant de me diriger vers l'entrée.

Ça m'a d'ailleurs paru étrange de sonner à la porte d'une maison où j'avais vécu des années, mais au cas où Tim serait à l'intérieur, je n'allais pas ouvrir d'emblée sans m'annoncer. Je possédais bien une clef, seulement Tim m'avait bien fait comprendre qu'il avertirait la police si je cherchais à l'utiliser.

Je n'aurais de toute façon pas pu car il n'y avait plus de poignée sur le battant.

J'ai entendu quelqu'un traverser le salon. Le rideau d'une lucarne sur la moitié supérieure de la porte s'est entrouvert, et j'ai vu ma mère jeter un coup d'œil dehors. Elle est restée à regarder, totalement immobile pendant plusieurs secondes.

Elle a fini par entrouvrir le battant de quelques centimètres. Assez cependant pour que je voie qu'à quatorze heures elle était encore en pyjama, en fait, un tee-shirt XXL des Weezer *qu'un de ses ex avait dû laisser en la quittant. Je détestais ce vêtement, car j'aimais ce groupe, et chaque fois qu'elle le portait, j'avais l'impression qu'elle détruisait un peu ces musiciens.*

Elle m'a demandé ce que je faisais là, et je n'ai pas voulu le lui expliquer tout de suite. À la place, j'ai cherché à savoir si Tim était à la maison.

Elle a ouvert un peu plus grand, avant de croiser les bras, si fort que ça a décapité l'un des Weezer. *Elle m'a dit que Tim était au boulot et m'a demandé ce que je voulais.*

Je lui ai demandé à mon tour si je pouvais entrer. Elle a hésité, a regardé par-dessus mon épaule pour scanner la rue. Je ne sais pas ce qu'elle cherchait à vérifier. Peut-être craignait-elle qu'un voisin ne l'aperçoive en train de recevoir son fils.

Elle a laissé la porte ouverte devant moi pendant qu'elle allait se changer dans sa chambre. La maison m'a paru étrangement sombre, je me souviens. Les rideaux étaient tirés, si bien qu'on ne savait plus quelle heure il était, d'autant que la pendule de la cuisinière clignotait avec au moins huit heures de retard, ce qui n'aidait pas. Si j'avais vécu encore ici, j'aurais bien évidemment réglé ça.

Les rideaux auraient été ouverts, aussi, le comptoir de la cuisine n'aurait pas été jonché de vaisselle sale, il n'aurait pas manqué la poignée sur la porte d'entrée, le jardin aurait été entretenu et il n'y aurait pas eu de journaux trempés éparpillés dans l'allée. Je me suis alors rendu compte que j'étais le seul à m'occuper de la maison durant mon enfance.

Ce qui me donnait un peu d'espoir. L'espoir qu'ils se rendent compte tous les deux que j'étais un atout plutôt qu'un inconvénient, et qu'ils me laisseraient rentrer à la maison jusqu'à mon bac.

Apercevant un kit de poignée neuf sur la table de la cuisine, je l'ai examiné. Le ticket de caisse se trouvait en dessous. J'ai regardé la date de l'achat : deux semaines plus tôt.

La poignée se fixait parfaitement au trou de la porte d'entrée. J'ignorais pourquoi Tim ne l'avait pas installée alors qu'il l'avait achetée depuis quinze jours. J'ai donc cherché les outils dans un tiroir et ouvert le paquet. Quelques minutes plus tard, ma mère est sortie de sa chambre. Cette porte était déjà réparée.

Elle m'a demandé ce que je faisais, alors j'ai tourné la poignée pour lui montrer que ça fonctionnait.

Jamais je n'oublierai sa réaction. Elle a poussé un soupir, avant de dire :

– Pourquoi t'attaquer à ces conneries ? Tu voudrais qu'il te déteste, tu ne ferais pas pire.

Me prenant le tournevis des mains, elle a ajouté :

– Tu ferais mieux de t'en aller avant qu'il se rende compte que tu étais là.

Une des raisons pour lesquelles je ne pourrai jamais m'entendre avec les habitants de cette maison, c'est que chacune de leurs réactions est déplacée. Quand j'aidais à quelque chose sans qu'on me le demande, Tim disait que je cherchais à le contrarier. Quand je n'aidais pas assez selon eux, il me traitait de paresseux ou d'ingrat.

J'ai alors répondu à ma mère :

– Je ne cherche pas à contrarier Tim, j'ai juste réparé la poignée.

– Il allait le faire dès qu'il en aurait eu le temps.

Le problème de Tim c'était qu'il avait toujours le temps. Il ne gardait jamais un job plus de six mois et passait le plus clair de sa vie à jouer plutôt qu'à être avec ma mère.

– Il a un boulot ? lui ai-je demandé.

– Il cherche.

– C'est ce qu'il fait en ce moment ?

J'ai vu à son expression que Tim ne cherchait pas de travail. Où qu'il soit, j'étais certain qu'il endettait ma mère, bien plus qu'elle ne l'était déjà. Ses dettes… c'était déjà la goutte qui avait fait déborder le vase et la raison pour laquelle ils m'avaient mis dehors. Je l'ai affronté lorsque j'ai découvert les crédits qu'il avait contractés au nom de ma mère.

Il détestait être pris en défaut comme ça. Il préférait la version pré-ado qu'il avait connue chez moi à celle de l'adulte que j'étais devenu. Il aimait bien plus demander des comptes qu'en rendre.

Cette version de moi a disparu quand j'avais entre quinze et seize ans. Lorsque Tim a réalisé qu'il ne pouvait plus me menacer physiquement, il a tenté par tous les moyens de me pourrir la vie. En me fichant dehors, par exemple.

J'ai donc ravalé ma fierté et dit à ma mère que je n'avais nulle part où aller.

Elle m'a répondu froidement :

– J'espère que tu ne viens pas me demander de revenir t'installer ici, après tout ce que tu as fait.

– Tout ce que j'ai fait ? Tu veux dire quand je lui ai reproché d'être addict au jeu et de te ruiner ?

C'est là qu'elle m'a traité de trou du cul. Ou plutôt trouducu, *comme elle l'écrivait. Elle faisait toujours la faute.*

J'ai essayé de plaider ma cause, mais j'ai tout de suite retrouvé en elle la personne que je connaissais. Elle m'a balancé le tournevis à la figure. Un geste si soudain et inattendu – on ne se disputait pas encore, à ce moment-là – que je n'ai pas pu me baisser à temps. Il m'a atteint juste au-dessus de l'œil gauche, au milieu du sourcil.

Lorsque j'ai passé les doigts sur la plaie, j'ai senti que je saignais.

Je n'avais fait que lui demander de m'héberger, après tout. Je ne lui avais pas manqué de respect. Je ne l'avais pas injuriée. Je m'étais simplement pointé chez elle, j'avais réparé sa porte puis essayé de la raisonner... tout ça pour me retrouver le visage en sang.

Je me souviens de m'être dit :

« Ce n'est pas Tim qui a fait ça. C'est ma mère. »

Longtemps je l'avais accusé d'être responsable de tout ce qui allait de travers dans cette maison, mais ma mère en était la cause. Tim ne faisait qu'amplifier ce qui était déjà à la base un environnement toxique.

Je me rappelle avoir alors pensé que je préférerais mourir plutôt que de retourner vivre avec elle. Jusqu'à ce moment, j'étais encore un peu attaché à elle. J'ignore si c'était une trace de respect, mais j'arrivais encore à apprécier le fait qu'elle avait su me garder en vie quand j'étais plus jeune. Mais n'est-ce pas quelque chose d'inné, d'instinctif chez un parent quand il met un enfant au monde ?

J'avais été bien trop indulgent avec elle. Je mettais le manque d'affection de sa part sur le dos de son statut de parent isolé. Mais il y avait beaucoup de femmes aussi occupées qu'elle, qui étaient très attachées à leurs enfants. Qui les défendaient quand ils étaient victimes de maltraitance. Qui ne se détournaient pas quand leur gamin de treize ans recevait des coups en guise de punition. Qui ne laissaient pas leur compagnon mettre dehors leur enfant encore en âge d'aller à l'école. Qui ne jetaient pas leur tournevis au visage de leur fils unique.

Bien que j'aie compris alors quel être insensible elle était, j'ai tenté une dernière fois de trouver quelque humanité en elle.

– Est-ce que je peux au moins récupérer des vêtements à moi, avant de partir ?

– Tu n'as plus rien ici, m'a-t-elle répondu sèchement. On avait besoin de place.

Je n'ai pas pu la regarder en face, après cela. C'était comme si elle ne voulait qu'une chose : m'effacer de sa vie. Je me suis promis de l'y aider.

Le sang s'écoulait dans mon œil lorsque je suis parti.

Je ne peux pas te dire comment s'est passé le reste de ma journée. Se sentir à ce point non désiré, non aimé, seul. Je n'avais personne. Rien. Pas d'argent, pas de bien, pas de famille.

Juste une plaie.

On est impressionnable quand on est jeune. Et quand on s'entend répéter durant des années, par la personne qui devrait nous aimer, qu'on n'est rien, on finit par y croire. Et peu à peu, on commence à devenir... rien.

Mais je t'ai rencontrée, Lily. Et même si je n'étais rien, lorsque tu m'as regardé, tu as vu quelque chose en moi. Quelque chose que je ne voyais pas. Tu as été la première personne dans ma vie à montrer de l'intérêt à l'humain que j'étais. Personne ne m'avait jamais posé de questions comme tu l'as fait toi-même. Après ces quelques mois passés à mieux te connaître, j'ai cessé de penser que je n'étais rien. Grâce à toi, je me suis senti intéressant et unique. Ton amitié m'a donné de l'importance.

Et je t'en remercie. Infiniment. Même si cette soirée ne nous mène nulle part, si plus jamais nous ne nous revoyons, je te serai toujours reconnaissant d'avoir su voir en moi ce que ma propre mère ne voyait pas.

Tu es ma personne préférée, Lily. Et maintenant tu sais pourquoi.

Atlas

J'ai la gorge serrée, je suis au bord des larmes, je n'ai pas de mots après ce que je viens de lire. Je laisse tomber le téléphone sur ma cuisse et essuie mes yeux. Je hais le fait qu'il soit au volant, là, tout de suite, car si nous étions arrêtés, je l'aurais pris dans mes bras pour le serrer contre moi, plus fort qu'il ne l'a jamais été. Je l'aurais sans doute embrassé aussi, avant de l'entraîner sur le siège arrière, parce que, de ma vie, personne ne m'a dit des choses aussi désespérément tristes, d'une façon aussi douce.

Atlas attrape alors son téléphone et le remet dans le porte-gobelet… avant de prendre ma main. Il entremêle ses doigts avec les miens, les serre, le regard fixé droit devant lui. Un geste qui me fait trembler d'émotion. Je pose alors ma main libre sur la sienne et, soudain, je me revois dans le bus avec lui, lorsque nous rentrions du lycée, assis côte à côte, silencieux, collés l'un à l'autre.

Je me tourne vers la fenêtre, lui garde les yeux sur la route, aucun de nous ne prononçant la moindre parole sur le chemin du retour.

*

* *

À moins de trois kilomètres de mon magasin, nous nous arrêtons quelques minutes pour acheter deux burgers. Atlas sait que je n'aime pas laisser Emerson se coucher trop tard, alors nous mangeons à la hâte sur le parking de ma boutique. Notre conversation depuis notre retour en ville s'est nettement allégée, je ne me sens plus aussi gênée. La vulnérabilité que j'ai décelée chez lui à la lecture de sa lettre m'a permis de redonner à ce rencard un caractère normal.

Nous avons discuté de tous les voyages que nous avons faits. Il me bat à plate couture, vu le temps qu'il a passé dans les *Marines*. Il s'est rendu dans cinq pays différents, tandis que moi je n'ai visité que le Canada.

– Tu n'es jamais allée au Mexique ?

– Jamais, dis-je en m'essuyant les lèvres.

– Tu n'as pas fait de lune de miel avec Ryle ?

Beurk, ce nom qui résonne au beau milieu de notre rendez-vous… c'est détestable.

– Non, on s'est mariés comme ça, à Las Vegas. On n'a pas pris le temps de s'offrir une lune de miel.

Atlas avale une gorgée de soda puis me jette un regard perçant, comme s'il espérait me faire déballer les pensées que je garde encore pour moi.

– Tu aurais voulu une grande cérémonie ?

– Je ne sais pas, fais-je en haussant les épaules. Je savais que Ryle ne voulait pas d'union officielle ; alors, quand il m'a lâché tout d'un coup après : « On va se marier à Vegas », j'ai vu ça comme une opportunité à ne pas rater. Je me suis dit que faire ça en douce valait mieux que ne pas le faire du tout.

– Et si tu te mariais de nouveau ? Tu crois que tu le ferais différemment ?

Je ris à cette question, hoche aussitôt la tête.

– C'est clair, dis-je en fourrant deux frites dans ma bouche. J'adorerais. Avec des demoiselles d'honneur et tout le tralala. Et des vœux romantiques, et une lune de miel féerique...

– Tu irais où ?

– À Paris. À Rome. À Londres. Je n'ai aucune envie de lézarder sur une plage, je voudrais plutôt voir tous les endroits romantiques d'Europe, faire l'amour dans toutes les villes, et prendre des photos de baisers devant la tour Eiffel. Je veux manger des croissants, voyager en train main dans la main.

Je laisse tomber le reste de mes frites dans le sachet de papier puis demande :

– Et toi ?

Atlas pose sa paume sur la mienne et la garde ainsi, sans répondre. Il se contente de sourire et de serrer mes doigts, comme s'il ne voulait pas dévoiler tout de suite ce qu'il a en tête.

Tenir sa main me semble quelque chose de tellement naturel. Peut-être parce que nous le faisions souvent, adolescents. Mais être assise près de lui dans cette voiture *sans* lui tenir la main me paraîtrait complètement vide de sens.

Malgré ce petit accroc à notre rendez-vous que j'ai causé en m'endormant, cette soirée m'a paru fluide et agréable. Passer du temps avec lui est totalement naturel. Néanmoins, je passe un doigt sur son poignet en soufflant :

– Il faut que j'y aille.

– Je comprends, dit-il en frottant son pouce sur le mien.

À cet instant, son téléphone retentit, il le saisit, lit le message qui arrive puis lâche un bref soupir ; à la façon dont il repose son portable, je me dis qu'il est agacé par ce qu'il vient d'apprendre.

– Ça va ?

Il s'efforce de sourire mais je perçois son malaise, et il le sait. Baissant la tête sur nos mains, il retourne la mienne et y trace lentement les lignes de ma paume. Le contact de ses doigts me fait l'effet d'un éclair qui me traverse le corps entier.

– Ma mère m'a appelé la semaine dernière, lâche-t-il soudain.

Surprise, je lui demande :

– Qu'est-ce qu'elle voulait ?

– Je ne sais pas, j'ai raccroché avant qu'elle me le dise. Mais je suis certain qu'elle voulait de l'argent.

De nouveau, je mêle mes doigts aux siens. Je ne sais quoi lui répondre. Ce doit être difficile de ne pas avoir de nouvelles de sa mère durant presque quinze ans, puis d'en recevoir soudain car elle a besoin de quelque chose. Je ne peux alors m'empêcher d'être reconnaissante envers la mienne, qui tient une place si importante dans ma vie.

– Je ne voulais pas t'embêter avec mes histoires alors que tu es pressée. On pourra reparler de tout ça à notre prochain rendez-vous.

Le sourire qu'il affiche me rend aussitôt ma bonne humeur. C'est fou comme un rien de sa part peut me faire vibrer.

– Allez, je t'accompagne à ta voiture.

Je ris car celle-ci ne se trouve qu'à quelques mètres. Mais Atlas se précipite pour venir ouvrir ma portière et m'aider à sortir. Puis, ensemble, d'un pas lent, nous rejoignons ma voiture.

– Jolie promenade, lui dis-je d'un ton amusé.

Il me répond d'un bref sourire, dont j'ignore s'il se veut charmeur, mais voilà que je vibre de chaleur malgré le froid qui nous entoure.

– Tu aurais d'autres journaux ici ? me demande-t-il en tendant le cou vers le siège arrière.

– Non, je n'en avais qu'un sur moi.

– Dommage.

Il s'appuie contre ma voiture, je l'imite afin que nous nous faisions face.

J'ignore si on va s'embrasser. Je n'y verrais aucun inconvénient, sauf que je viens de manger des oignons après avoir dormi plus d'une heure, donc je doute que ma bouche soit des plus attirantes en ce moment.

– Est-ce que j'aurai droit à une deuxième chance ?

– Une deuxième chance de quoi ?

– Un deuxième rendez-vous. J'aimerais être un peu plus réveillée la prochaine fois.

Atlas se met à rire, puis il reprend aussitôt son sérieux pour me confier :

– J'avais oublié comme c'est sympa d'être avec toi.

Ses paroles me troublent car *sympa* ne serait pas le qualificatif par lequel je décrirais nos instants ensemble, à l'époque. C'était triste, au mieux.

– Tu penses que cette période de notre vie était sympa ?

Il hausse une épaule puis répond :

– C'est vrai que c'était la pire de ma vie, j'avoue. Cependant mes souvenirs avec toi restent parmi mes préférés.

Ce compliment me fait sourire, et je suis contente qu'il fasse sombre.

Mais il a raison. Nous vivions tous les deux des moments difficiles... et j'avoue moi aussi que sa présence a illuminé mes années d'adolescente. Je reconnais, oui, que le terme *sympa* qualifie le mieux ce que nous avons vécu l'un à côté de l'autre. Et si nous nous sommes sentis si bien ensemble alors que nous étions tous les deux au plus bas, je me demande ce que ça serait si nous étions au plus haut.

C'est l'exact opposé de ce que je pensais de Ryle, la semaine dernière. Les moments les plus pénibles de ma vie, je les ai vécus auprès d'Atlas, et il a toujours été d'un respect incroyable avec moi. En revanche, l'homme que j'ai choisi pour mari ne m'a montré que de l'irrespect... alors que nous étions censés partager une période radieuse.

Je suis d'une certaine manière reconnaissante à Atlas car il représente pour moi le niveau que j'attends des gens que je rencontre, ce que j'aurais dû exiger de Ryle dès le début.

Un petit vent frais se lève soudain… Ce serait une excuse parfaite pour qu'Atlas m'attire contre lui. Pourtant il ne bronche pas et laisse le silence s'installer entre nous, jusqu'à ce qu'il ne nous reste qu'un choix : nous embrasser ou nous dire bonsoir.

Il repousse une mèche de cheveux de mon front :

– Je ne vais pas t'embrasser… pas encore.

J'espère que ma déception n'est pas trop flagrante.

– C'est ma punition pour m'être endormie ?

– Bien sûr que non ! C'est juste que j'éprouve un complexe d'infériorité après avoir lu ton récit de notre premier baiser.

J'éclate de rire.

– Un complexe d'infériorité ? Envers qui ? Toi-même ?

– L'Atlas ado que tu connaissais était du genre charmeur.

– L'Atlas adulte l'est aussi.

Il laisse échapper un petit soupir, comme s'il avait changé d'avis à propos du baiser. Et cela ajoute du sérieux à notre conversation. Il s'écarte légèrement de la voiture, de façon à se retrouver face à moi. Le dos contre la portière, je le regarde droit dans les yeux, dans l'espoir qu'il m'embrasse sauvagement.

– Tu m'as demandé d'y aller doucement, donc…

Mince. C'est vrai que j'ai dit ça. Et, si je me souviens bien, j'ai dit *très* doucement. *Je me déteste.*

Atlas se penche sur moi et je ferme les yeux. Je sens son souffle se promener sur ma joue, avant qu'il ne me dépose un rapide baiser sur la tempe.

– Bonsoir, Lily.

– D'accord.

D'accord? J'ai dit « d'accord » ? Je suis tellement nerveuse. N'importe quoi…

Atlas rit doucement. Au moment où je rouvre les yeux, il recule, s'éloigne de moi et se dirige vers sa voiture. Avant de partir, il pose un bras sur le toit en lançant :

– Je te souhaite une bonne nuit de sommeil.

Je hoche la tête, mais je ne sais pas si ce sera possible. J'ai l'impression que toute la caféine que j'ai absorbée dans la journée agit sur moi maintenant et d'un seul coup. Je ne dormirai pas après un tel rendez-vous. Je penserai à la lettre qu'il m'a donnée à lire. Et quand je n'y penserai pas, je me rejouerai toute la nuit notre premier baiser, en me demandant à quoi aurait ressemblé le premier de notre seconde rencontre.

*

*   *

« Nage droit devant toi, nage droit devant toi, nage droit devant toi... »

La bande son du *Monde de Nemo* me parvient du salon d'Allysa et Marshall lorsque j'ouvre la porte de leur appartement.

En passant devant la cuisine, j'aperçois Marshall debout devant le frigo grand ouvert. Il m'accueille d'un signe de tête, et je lui réponds, sans toutefois engager la conversation tant j'ai hâte de prendre Emerson dans mes bras.

Dans le salon, j'ai le choc de découvrir Ryle assis sur le canapé. Pourquoi ne m'a-t-il pas prévenue qu'il ne travaillait pas ce soir ? Emerson dort contre sa poitrine, et Allysa est invisible.

– Salut.

Ryle ne lève pas la tête pour m'accueillir, mais je n'ai pas besoin de voir son visage pour comprendre que quelque chose le tracasse. À ses mâchoires crispées, je devine qu'il est furieux. J'aimerais bien prendre Emerson dans mes bras, cependant, elle a l'air si paisible que je m'abstiens.

– Elle dort depuis combien de temps ?

Il garde les yeux rivés sur l'écran de télévision, une main sur le dos d'Emmy, l'autre derrière la tête.

– Depuis le début du film.

Je reconnais la scène qu'il regarde, ce qui me fait dire qu'elle dort depuis une heure.

Allysa finit par apparaître dans le salon, y apportant un peu de vie.

– Ah, Lily, tu es là... Désolée, elle s'est endormie ; on a pourtant essayé de l'en empêcher.

On se jette toutes les deux un coup d'œil entendu. Elle s'excuse en silence de la présence de Ryle, et je lui réponds d'un regard que ça va. C'est son frère, je ne peux pas m'attendre à ce qu'il ne se pointe pas quand il sait qu'elle garde sa fille.

Ryle lui demande alors :

– Tu peux mettre Emerson dans son cosy ? Je dois parler à Lily.

Le ton sec qu'il emploie nous alerte toutes les deux. Nos regards se croisent une nouvelle fois, et Allysa vient enlever Emerson des bras de Ryle. J'ai tellement envie de la prendre et de la serrer contre moi que ça me fait mal.

Il se lève, et pour la première fois depuis que je suis entrée, il tourne les yeux vers moi. Il m'observe de haut en bas, notant au passage la tenue et les talons que je porte. Je vois sa pomme d'Adam rouler dans sa gorge, puis d'un coup de menton, il m'indique qu'il voudrait me parler sur la terrasse du toit.

Quelle que soit la conversation que nous allons avoir, il la souhaite totalement privée.

Comme il sort de l'appartement et se dirige vers l'étage supérieur, j'interroge Allysa du regard. Une fois qu'il est hors de portée de nos voix, elle me souffle :

– Je lui ai dit que tu avais une soirée quelque part.

– Merci.

Elle me jure alors qu'elle ne lui a rien dit de mon rendez-vous, mais je ne comprends pas comment il peut être à ce point en colère s'il ne sait pas où je suis allée.

– Qu'est-ce qui le contrarie comme ça ?

Allysa hausse les épaules.

– Aucune idée. Il avait l'air bien quand il est arrivé, voilà une heure.

Je sais mieux que quiconque comment Ryle peut sembler bien sur le moment, et la seconde d'après être d'une humeur massacrante. Mais je sais aussi parfaitement ce qui peut le déstabiliser.

S'est-il aperçu que j'avais un rendez-vous ce soir ? *S'est-il aperçu que c'était avec Atlas ?*

Lorsque je le rejoins sur le toit, je le trouve appuyé à la balustrade, le regard tourné vers le bas. J'ai déjà l'estomac noué. Mes talons claquent sur le sol alors que je m'avance vers lui.

Il me jette un rapide coup d'œil avant de déclarer :

– Tu es... *très élégante.*

À l'entendre, cela ressemble plus à une insulte qu'à un compliment. Ou alors c'est juste que je culpabilise...

– Merci.

Je m'appuie contre la balustrade à côté de lui, attendant qu'il s'exprime.

– Tu reviens d'un rendez-vous ?

– D'une soirée, en fait.

Je colle au mensonge d'Allysa. Je n'ai aucune raison d'être franche avec lui car il est trop tôt pour savoir si cette histoire avec Atlas ira loin, et la vérité ne ferait que l'énerver davantage. Me retournant, je m'adosse à la barrière, croise les bras et demande :

– Qu'est-ce qu'il y a, Ryle ?

Il attend un instant avant de déclarer :

– C'est la première fois ce soir que je vois ce dessin animé.

Il essaie juste d'engager la conversation ou il m'en veut ? Je ne comprends pas où il veut en venir.

Enfin, si, maintenant.

Franchement, je peux être une véritable idiote, parfois. *Bien sûr qu'il est furieux.* C'est vrai qu'il a un jour parcouru mon journal. Il sait quelle importance ce film a pour moi, après avoir lu tout ce que j'ai écrit sur le sujet. J'imagine que, maintenant qu'il l'a vu, il a fait le lien. Et, à son attitude, je sens qu'il y a ajouté quelques liens personnels.

Il se tourne vers moi et affiche une expression où je devine un sentiment de trahison.

– Tu as appelé notre fille *Dory* ?

Il s'approche encore :

– Tu as choisi le deuxième prénom de notre fille à cause de ton lien avec *cet homme* ?

Cet homme. Mon sang se met à battre dans mes tempes. Je me détourne en tentant de trouver au plus vite l'explication la plus convaincante. Lorsque j'ai choisi Dory comme deuxième prénom pour Emerson, je ne l'ai pas fait pour Atlas. Ce film m'était cher bien avant que je le connaisse, mais j'aurais sans doute dû y réfléchir à deux fois avant de donner ce nom à ma fille.

Je me racle la gorge, prête à lui dire la vérité :

– Si j'ai choisi ce prénom, c'est que le personnage m'a inspirée quand j'étais plus jeune. Il n'a rien à voir avec personne.

Ryle lâche un petit rire exaspéré… et déçu.

– Tu es vraiment incroyable, Lily.

J'aimerais discuter avec lui, prouver ma bonne foi, mais je me sens fébrile. Son attitude fait renaître en moi toute la peur que j'avais réussi à refouler. J'essaie de calmer le jeu en me défilant :

– Je rentre chez moi, maintenant.

Je me dirige vers l'escalier, mais Ryle est plus rapide. Il se plante devant moi, m'empêchant d'atteindre le palier. Je recule nerveusement, glisse la main dans ma poche à la recherche de mon téléphone, juste au cas où.

– On change son deuxième prénom, laisse-t-il tomber brutalement.

Mais je réponds d'une voix ferme :

– On l'a appelée Emerson en pensant à ton frère. C'est ton lien avec son premier prénom. Son second prénom, c'est mon lien à moi. Voilà tout. Tu te fais un film.

Je fais un pas de côté pour m'ouvrir un passage, mais il se plante devant moi.

Je me retourne à demi pour mesurer la distance qui me sépare de la balustrade. Non pas que je craigne qu'il ne me pousse par-dessus, mais je n'imaginais pas non plus qu'il serait capable de me précipiter au bas d'un escalier.

– Il sait ? demande Ryle.

Il n'a pas besoin de prononcer le nom d'Atlas, je vois de qui il parle. Je sens la culpabilité m'envahir, et je redoute qu'il le devine aussi.

Atlas sait que le second prénom d'Emerson est Dory car j'ai tenu à le lui dire. Mais, en toute honnêteté, ce n'est pas à cause de lui que j'ai appelé ainsi ma fille, c'est à cause de *moi*. Dory était mon personnage préféré bien avant que je ne connaisse l'existence d'Atlas Corrigan. J'admire sa force, et si j'ai donné son nom à ma fille, c'est parce que j'aimerais qu'elle ait cette qualité plus que toute autre en elle.

Cependant, la réaction de Ryle me pousse à vouloir lui demander de m'excuser car *Le Monde de Nemo* signifie quelque chose à la fois pour Atlas et pour moi ; je le savais quand j'ai couru après Atlas dans la rue pour lui expliquer l'origine du deuxième prénom d'Emerson.

Peut-être que Ryle a de bonnes raisons d'être en colère.

C'est ça, notre problème. Il peut m'en vouloir, mais cela ne veut pas dire que je mérite tout ce qui accompagne sa colère. Je retombe dans le même piège, celui d'oublier que rien de ce que je peux faire n'excuse ses réactions extrêmes.

Je ne suis pas parfaite, d'accord, mais, pour autant, je ne devrais pas craindre pour ma vie chaque fois que je commets une erreur. Et celle-ci mérite en l'occurrence une discussion ; cependant, je ne me sens pas à l'aise pour en discuter avec Ryle ici, sur un toit et sans témoin.

– Tu m'inquiètes, lui dis-je. Est-ce qu'on peut redescendre ?

J'ai à peine prononcé ces paroles que son attitude change du tout au tout. Un peu comme un ballon qui se dégonflerait d'un coup.

– Lily, *c'est dingue* !

Il s'éloigne à l'autre bout du balcon.

– On se dispute, lance-t-il, le dos tourné. Tout le monde peut s'engueuler. *Bon Dieu !*

Et voilà, rebonjour la manipulation. Il essaie de me convaincre que ma peur est le signe de mon déséquilibre mental. J'hésite un instant, me demandant si la dispute est terminée ou s'il a encore quelque chose à dire. Comme je voudrais qu'on en finisse, j'ouvre la porte donnant sur l'escalier.

– Lily, attends !

Je m'arrête car sa voix est nettement plus calme, peut-être qu'il pourrait, ce soir, privilégier un désaccord verbal à une bataille explosive. Il revient vers moi, l'air peiné.

– Je suis désolé. Tu sais ce que je ressens dès qu'il s'agit de lui.

Oui, je sais. C'est précisément pourquoi je me pose tant de questions sur le fait qu'Atlas puisse un jour faire partie intégrante de ma vie. La seule idée de confronter Ryle avec cette information me donne envie de vomir. Surtout maintenant.

– Ça me fait mal de découvrir que tu as choisi le deuxième prénom de notre fille dans l'intention de me blesser. Tu ne pouvais pas penser que ça ne m'affecterait pas.

Je m'appuie contre le mur et croise les bras avant de répondre :

– Ça n'avait rien à voir ni avec toi, ni avec Atlas, seulement avec moi. Je te le jure.

Le seul fait d'articuler tout haut le nom d'Atlas semble le faire se matérialiser entre nous comme quelque chose de tangible que Ryle pourrait cogner.

Le visage fermé, il hoche la tête, en semblant toutefois accepter ma réponse. Je ne sais franchement pas s'il le devrait. Peut-être ai-je agi inconsciemment pour le blesser. À ce stade, je l'ignore. Sa colère me force à remettre en question mes véritables intentions.

C'est une sensation terriblement familière.

Nous gardons le silence pendant un moment. Je n'ai qu'une envie, retourner auprès d'Emerson, mais Ryle semble avoir encore quelque chose à dire. Il s'approche de moi et pose une main sur le mur près de ma tête. Si je suis soulagée de constater qu'il n'a plus l'air en colère, je ne suis pas certaine d'aimer ce que je lis dans ses yeux. Ce n'est pas la première fois qu'il me regarde ainsi depuis que nous sommes séparés.

Je sens mon corps se raidir en réaction à ce changement d'attitude. Il se rapproche encore, *trop* près, penche la tête pour dire d'une voix rauque :

– Lily, qu'est-ce qu'on est en train de *faire* ?

Je ne lui réponds pas car je ne suis pas sûre de comprendre ce qu'il demande. On est en train de discuter. D'avoir une conversation qu'il a lui-même lancée.

Il lève une main, effleure le col de ma veste qui dépasse légèrement de mon manteau. Lorsqu'il soupire, son souffle soulève mes cheveux.

– La vie serait bien plus facile si on pouvait juste...

Il s'interrompt, peut-être pour peser les paroles qu'il s'apprête à énoncer. Des paroles que je ne veux pas entendre.

S'il n'achève pas sa phrase, il ne bat pas non plus en retraite. Il a plutôt l'air de se rapprocher encore. Je n'ai rien fait dans le passé qui puisse lui laisser croire qu'il peut se comporter ainsi avec moi. Je ne fais rien non plus qui puisse lui donner espoir d'aller au-delà d'une relation courtoise de co-parents. C'est lui qui essaie en permanence de franchir les limites du territoire que je lui concède, et j'en ai franchement assez.

– Et si j'avais changé ? hasarde-t-il. *Vraiment* changé ?

Ses yeux sont chargés d'un mélange de sincérité et de tristesse.

Ce qui me laisse froide. *Totalement froide.*

– Je me moque de savoir si tu as changé, Ryle. J'espère que oui. Mais ce n'est plus à moi de le vérifier.

Ces paroles le heurtent comme un coup de poing. Je m'en rends compte lorsqu'il prend le temps de ravaler la réponse désagréable qu'il s'apprêtait à me donner. Il ne dit plus rien, se détourne, s'écarte de moi.

Il renifle, frustré, fait encore un pas en arrière puis part vers l'escalier... j'ose espérer en direction de son appartement. Il quitte la terrasse en claquant la porte derrière lui.

Je ne le suis pas immédiatement, pour des raisons évidentes. J'ai besoin d'espace. Besoin de réfléchir, de digérer ce qui vient de se passer.

Ce n'est pas la première fois qu'il me demande ce qu'on est en train de faire – comme si notre divorce était un long jeu dans lequel je m'étais lancée. Parfois, il le dit de vive voix, d'autres fois dans un texto. Parfois encore il en fait une plaisanterie. Mais chaque fois qu'il suggère que notre séparation n'a pas de sens, j'interprète son message pour ce qu'il est : une manipulation tactique. Il pense que, s'il parvient à me faire croire que notre divorce est une idée stupide, je finirai par tomber d'accord avec lui et accepterai une réconciliation.

La vie de Ryle serait plus facile si c'était le cas. Celle d'Allysa et de Marshall aussi, car ils n'auraient plus à composer avec notre séparation et leur relation avec lui.

En revanche, ma vie, elle, deviendrait compliquée. Pas facile de craindre pour sa sécurité chaque fois que l'on fait un faux pas ou une erreur.

L'existence d'Emerson ne serait pas facilitée non plus. Pour en avoir fait l'expérience, je sais que vivre dans ce genre de foyer n'a rien d'aisé.

J'attends de me calmer avant de redescendre chez Allysa, mais je n'y parviens pas. Ma colère ne fait que monter à mesure que je descends les marches. J'ai l'impression d'avoir une réaction disproportionnée après ce qui vient de se passer, ou alors c'est juste la façon dont je me conditionne quand je me trouve en face de Ryle. Peut-être encore est-ce un mélange de cela et de mon manque de sommeil. Ou ce rendez-vous avec Atlas que j'ai failli gâcher. Quelle que soit la raison qui me fait réagir à ce point, je suis encore fracassée en arrivant devant la porte d'Allysa.

Il faut que je me ressaisisse avant de retrouver ma fille, alors je m'assieds par terre pour donner libre cours à mes larmes. J'aime pleurer en privé. Cela m'arrive malheureusement assez souvent, mais je dois reconnaître que, ces derniers temps, j'ai été pas mal bousculée. Un divorce, c'est accablant ; être mère célibataire, c'est accablant ; diriger un commerce, c'est accablant ; avoir affaire à un ex-mari qui continue de vous effrayer, c'est accablant.

Et puis il y a ce grain de peur qui germe tout au fond de moi lorsque Ryle laisse entendre que notre divorce a été une erreur. Car, parfois, je me demande dans quelle mesure ma vie serait plus simple si j'avais encore un mari pour partager l'éducation d'un enfant ; si je ne dramatisais pas la situation en refusant que ma fille passe la nuit chez son propre père. Comment réussir à s'entendre après une séparation ? Il n'existe hélas pas de mode d'emploi.

Je ne sais pas si j'agis chaque fois de la meilleure façon, mais je fais de mon mieux. Je n'ai pas besoin, en plus, de ses tentatives de manipulation et de harcèlement.

J'aimerais être chez moi. Je me dirigerais tout droit vers mon coffret à bijoux pour en sortir ma liste de rappels. J'en prendrais une photo afin de l'avoir toujours sur moi à l'avenir. Je sous-estime encore la difficulté de mes interactions avec Ryle.

Comment les gens se sortent-ils de ces situations quand ils n'ont pas les ressources dont je disposais, ni le soutien de leurs amis et de leur famille ? Comment restent-ils assez forts à chaque seconde qui passe ? J'ai l'impression qu'il suffit d'un minuscule instant de faiblesse ou d'insécurité face à son ex pour se persuader qu'on a pris la mauvaise décision.

Toute personne qui a quitté un époux manipulateur et abusif en parvenant à garder le cap mérite une médaille. Qu'on érige une statue à son effigie. Qu'on en fasse un film de *super-héros.*

La société vénère manifestement les mauvais héros ou les mauvaises héroïnes, car à cet instant, je suis convaincue qu'il faut moins de force pour soulever un bâtiment que pour se détourner à jamais d'une situation d'abus.

Je pleure encore lorsque j'entends la porte d'Allysa s'ouvrir. Je lève les yeux et vois Marshall en train de sortir, deux sacs poubelle à la main. Il s'arrête en m'apercevant assise sur le sol.

– Oh...

Ses yeux font le tour du palier, dans l'espoir que quelqu'un d'autre vienne m'aider. Mais non, je n'ai pas besoin d'aide. J'ai juste besoin de souffler.

Il pose ses sacs par terre et vient s'asseoir en face de moi, les jambes étendues. Se grattant nerveusement le genou, il déclare :

– Je ne sais pas quoi te dire. Je ne suis pas très bon, dans ces situations.

Son embarras me fait sourire à travers mes larmes. Puis je lève la main dans un geste frustré :

– Ça va, ne t'inquiète pas. J'ai juste besoin de pleurer, parfois, quand je me suis disputée avec Ryle.

Il ramène une jambe sous lui comme s'il allait se lever et courir après Ryle.

– Il t'a fait du mal ?

– Non, non. Il a été plutôt calme.

Il reprend appui contre le mur, et j'ignore pourquoi, peut-être juste parce qu'il a la malchance d'être là, tout seul devant moi, mais je vide mon sac :

– Je pense que le problème, c'est qu'il avait le droit de m'en vouloir, cette fois ; et il a relativement gardé son calme. Parfois on se dispute, et on ne tombe pas d'accord, c'est tout. Quand ça arrive, je me dis que j'ai peut-être dramatisé en demandant le divorce. Enfin, je sais que je n'ai pas dramatisé. Je le *sais*. Mais il a une façon d'insinuer le doute en moi, de me suggérer que, si je lui avais laissé un peu plus le temps de travailler sur lui-même, les choses auraient pu s'améliorer.

Je n'aime pas déverser ainsi tous mes problèmes sur Marshall. Ce n'est pas sympa pour lui, car Ryle est son meilleur ami.

– Je suis désolée. Tout ça ne te concerne pas.

– Allysa m'a trompé.

Il me faut cinq bonnes secondes pour intégrer les mots qu'il vient de lâcher.

– Qu... quoi ?

– C'était il y a longtemps. On a assumé la chose ensemble, on s'en est sortis. Mais, merde, ça fait un mal de chien. Elle m'a brisé le cœur.

Je secoue la tête pour mieux digérer cette info qui me tombe dessus. Il continue cependant de parler, donc j'essaie de l'écouter :

– On traversait un passage à vide. On fréquentait une université différente, on essayait tant bien que mal de s'aimer malgré l'éloignement, et on était jeunes. Et ça ne signifiait rien, pour elle. Elle a trop bu lors d'une soirée, elle s'est laissée séduire par un garçon... avant de se souvenir quel gars fantastique j'étais. Mais quand elle me l'a avoué, j'ai cru mourir de douleur. Rien ne m'avait autant blessé de ma vie. Je voulais me venger ; je voulais la tromper, pour qu'elle sache quel mal ça faisait ; je voulais crever ses pneus, vider son compte bancaire, brûler tous ses vêtements. Cependant, j'avais beau être fou de chagrin, jamais, pas une seule seconde, je n'ai pensé à la frapper, à lui faire du mal physiquement. J'avais plutôt envie de la prendre dans mes bras et de pleurer sur son épaule.

Il poursuit en me regardant droit dans les yeux :

– Quand j'imagine Ryle en train de te frapper... c'est absurde mais ça me fiche dans une colère noire. Parce que je l'aime. C'est vrai. C'est mon meilleur ami depuis qu'on est gosses. Mais je le déteste aussi d'être ce qu'il est : imparfait. Rien de ce que tu as fait ou pourrais faire ne peut excuser qu'un homme en colère porte la main sur toi. N'oublie jamais ça, Lily. Tu as pris la bonne décision en le quittant. Tu ne dois jamais t'en sentir coupable. Tout ce que tu dois ressentir, c'est de la fierté.

Même si j'ignorais à quel point tout cela pouvait me peser, ses paroles m'enlèvent un poids énorme. J'ai l'impression de flotter.

Je ne sais pas si ces mots pourraient signifier davantage, venant d'une autre personne. Obtenir d'un homme tel que Marshall la validation en quelque sorte de mes actes me rassure, d'une certaine manière. Me rassure et me donne... une impression de puissance.

– Tu te trompes, Marshall. Tu es très bon dans ce genre de situation, au contraire.

Il sourit puis m'aide à me relever. Je le laisse ramasser ses sacs, et je rentre dans leur appartement pour retrouver ma fille et la serrer très fort dans mes bras.

13
ATLAS

C'est incroyable comme une soirée peut passer du rêve qui m'a obsédé si longtemps à un cauchemar que j'ai redouté des années durant.

Si je n'avais pas reçu ce message au moment précis où je déposais Lily, je l'aurais bien évidemment embrassée. Mais je veux que notre premier baiser d'adultes ne souffre d'aucune distraction.

Le texto venait de Darin, m'annonçant que ma mère se trouvait au Bab's. Je n'en ai pas parlé à Lily car elle ignorait encore que ma génitrice essayait de revenir dans ma vie. Si je le lui avais avoué, je l'aurais regretté. Notre soirée se passait bien, et je risquais de tout gâcher en terminant sur une note sombre.

Je n'ai pas répondu à Darin car je ne voulais pas interrompre ces bons moments. Et bien que ce soit maintenant terminé, chacun repartant dans sa voiture, je n'ai toujours pas renvoyé de message à Darin. Pendant toute la demi-heure qu'a duré mon trajet de retour, je me suis demandé ce que j'allais faire.

J'espère que ma mère s'est lassée de m'attendre. J'ai pris mon temps pour arriver au restaurant, mais j'y suis, maintenant, et je me doute que je ne pourrai pas éviter la confrontation. Elle semble vouloir absolument me parler.

Je me gare dans l'allée derrière le Bab's, de façon à y entrer par la porte de service au cas où elle m'attendrait dans le lobby ou à table. Je ne sais pas si elle me reconnaîtrait en m'apercevant de loin, mais je préfère profiter de l'effet de surprise.

Darin me voit entrer par la porte de derrière et s'approche aussitôt.

– Tu as eu mon texto ?

Je hoche la tête et enlève ma veste.

– Oui. Elle est toujours là ?

– Oui, elle voulait absolument t'attendre. Je l'ai installée à la table huit.

– Merci.

Il me jette un regard prudent.

– Je suis peut-être indiscret, mais... j'aurais juré que tu m'avais dit que ta mère était morte.

Ce qui m'arrache un petit rire.

– Je n'ai pas dit *morte*. J'ai dit qu'elle était partie. Ce n'est pas pareil.

– Je peux aller lui dire que tu n'es pas là ce soir.

Il doit sentir l'orage qui se prépare.

– C'est bon, Darin. J'ai la vague impression qu'elle ne partira pas tant que je ne lui aurai pas parlé.

Il acquiesce, puis il tourne les talons pour se diriger vers son poste dans la cuisine.

Heureusement qu'il ne me pose pas trop de questions car je n'ai aucune idée du pourquoi de sa présence ici, ni de la personne qu'elle peut être aujourd'hui. Elle a sans doute besoin d'argent. Honnêtement, je lui donnerais tout ce qu'elle veut si cela impliquait que je n'aurais plus à supporter ses appels ou ses apparitions soudaines dans mon restaurant.

Prêt à cette éventualité, je vais dans mon bureau, retire du coffre une liasse de billets, ressors et traverse la cuisine en direction de la salle à manger. J'hésite un instant à l'entrée puis pose mon regard sur la table huit.

Je suis soulagé de voir qu'elle tourne le dos.

Je pousse un grand soupir avant de me frayer un chemin jusqu'à elle. Comme je ne veux pas avoir à l'embrasser ni à feindre la gentillesse, je ne laisse pas à nos regards le temps de se croiser et m'assieds directement en face d'elle.

Lorsqu'elle pose les yeux sur moi, ma mère affiche l'expression d'indifférence qu'elle a toujours montrée. Un léger pli de contrariété étire le coin de ses lèvres ; il a toujours été là. Peut-être ne s'en rend-elle pas compte, mais elle fait constamment la moue.

Elle a l'air fatiguée. Cela fait quasiment treize ans que je ne l'ai pas vue, et des dizaines de nouvelles rides se sont formées autour de ses yeux et de sa bouche.

Elle me jauge du regard. Pendant un long moment. Je sais que j'ai beaucoup changé ces dernières années, mais cela n'a pas l'air de la surprendre. Elle est totalement impassible, comme si c'était à moi de parler en premier. Mais je reste muet.

– Tout ça, c'est à toi ? finit-elle par demander en montrant d'une main la salle de restaurant.

Je hoche la tête.

– Waouh !

Ceux qui s'aviseraient de nous regarder pourraient penser qu'elle est impressionnée. Mais ils ne la connaissent pas. Ce mot n'est qu'une pique, en fait, comme si elle voulait dire : *Waouh, Atlas, je ne te croyais pas assez intelligent pour parvenir à ça.*

– Tu as besoin de combien ?

Elle roule des yeux étonnés.

– Je ne suis pas venue pour te demander de l'argent.

– Pour quoi, alors ? Tu as besoin d'un rein ? D'un *cœur* ?

Elle s'adosse à sa chaise et pose les mains sur ses genoux.

– J'avais oublié que c'était si difficile d'avoir une conversation avec toi.

– Mais tu continues à essayer, visiblement...

Ma mère fronce les sourcils. Elle m'a toujours vu intimidé devant elle. Sauf que je ne le suis plus. Seulement furieux et déçu.

Elle lâche un bref soupir, repose ses mains jointes sur la table et, avec un regard appuyé, elle déclare :

– Je ne trouve pas Josh. J'espérais que tu l'avais vu.

Je sais que cela fait longtemps que je ne fréquente plus ma mère, mais je suis incapable de mettre un visage sur cette personne. *Qui diable est ce Josh ? Un nouveau petit ami que je suis censé connaître ? Continue-t-elle à se droguer ?*

– Il lui arrive souvent de s'en aller, mais jamais aussi longtemps. On menace de me poursuivre pour absentéisme s'il ne retourne pas à l'école.

Je suis totalement perdu.

– Mais... Qui est Josh ?

Elle lève les yeux au ciel, agacée que je n'aie pas l'air de suivre ce qu'elle me raconte.

– *Josh.* Ton petit frère. Il a encore fugué.

Mon... *frère*?

Frère.

– Tu sais que les parents peuvent aller en prison si leur enfant ne va pas à l'école? Je risque de *faire de la prison*, Atlas!

– J'ai un *frère*?

– Tu savais que j'étais enceinte quand tu es parti.

J'ignorais totalement...

– Je ne suis pas parti ; c'est toi qui m'as mis dehors.

J'ignore pourquoi je cherche à clarifier ce fait. Elle sait pertinemment que je ne suis pas parti de mon plein gré. Elle essaie juste de reporter la faute sur moi. Mais ce qu'elle a fait à l'époque prend un tout autre sens aujourd'hui. Ils attendaient un bébé, et je ne collais plus dans le paysage.

Frustré, choqué, je croise les mains derrière la tête. Puis je les repose sur la table, et je me penche pour demander :

– Ah bon, j'ai un *frère*? Quel âge a-t-il? Qui est son... c'est le fils de Tim?

– Il a onze ans. Et, oui, Tim est son père... mais ça fait belle lurette qu'il m'a quittée. Je ne sais même pas où il vit.

Je tombe littéralement de ma chaise. Je m'attendais à tout sauf à ça. J'ai tellement de questions, seulement la plus importante maintenant est de savoir où se cache ce gamin.

– Tu l'as vu quand pour la dernière fois?

– Il y a deux semaines à peu près.

– Et tu as prévenu la police?

Elle grimace.

– Non. Bien sûr que non. Il n'a pas disparu, il essaie juste de m'emmerder.

J'appuie sur mes tempes pour ne pas élever la voix. Je ne comprends toujours pas comment elle m'a retrouvé ou pourquoi elle pense qu'un garçon de onze ans cherche à lui faire la leçon. Mais je ne pense qu'à une chose à présent : le retrouver.

– Tu es retournée vivre à Boston ? C'est de là qu'il a fugué ?

– Retournée ? répète-t-elle avec une grimace.

Je me demande si on parle la même langue, elle et moi.

– Tu es revenue habiter ici ou tu vis toujours dans le Maine ?

– Oh, punaise... articule-t-elle, cherchant à se souvenir. Je suis revenue... quoi... ça fait dix ans ? Josh était encore bébé.

Elle vit ici depuis dix ans ?

– On va m'arrêter, Atlas.

Son enfant a disparu depuis deux semaines, et elle s'inquiète plus de se faire arrêter que de sa survie à lui. *Il y a des gens qui ne changent jamais.*

– Qu'est-ce que tu veux que je fasse ?

– Je ne sais pas. J'espérais qu'il chercherait à te joindre, et que peut-être tu saurais où il est. Mais si tu ne savais même pas qu'il existait...

– Pourquoi se tournerait-il vers moi ? Il sait que j'existe, déjà ? Qu'est-ce qu'il sait, au fond ?

– D'autre que ton nom ? Rien. Tu n'étais jamais là.

Submergé par une subite vague d'adrénaline, je me demande comment j'arrive à rester assis en face d'elle.

– Si je comprends bien, j'ai un petit frère dont je n'ai jamais entendu parler, et il pense que je me moque de savoir s'il existe ou pas ?

– Je ne crois pas qu'il pense à toi, Atlas. Tu as été absent de toute sa vie.

J'ignore son attaque car elle a tort. N'importe quel enfant de cet âge penserait au frère qui, selon lui, a abandonné sa famille. Je suis sûr qu'il hait l'idée de me connaître ou de savoir que j'existe. Bon sang, c'est peut-être lui qui a... *Merde. Évidemment.*

Il aurait une raison de vandaliser mes deux restaurants. Et aussi la faute d'orthographe... qui me fait tellement penser à ma mère. Ce gamin a onze ans ; il est certainement capable de trouver sur Google toutes les infos qu'il veut sur moi.

— Tu habites où?

Ma mère se tortille sur sa chaise :

– On est entre deux maisons, en fait. Donc on loge au Risemore Inn depuis deux mois environ.

– Alors, retournes-y, au cas où il reviendrait.

– Impossible pour moi de rester plus longtemps là-bas. Je suis entre deux boulots, donc je vis chez une amie pour quelques jours.

Je me lève, sors l'argent de ma poche et le laisse tomber sur la table devant elle.

– Le numéro d'où tu m'as appelé, l'autre jour... c'est celui de ton téléphone ?

Elle hoche la tête, en ramassant les billets.

– Je t'appelle si je découvre quelque chose, lui dis-je. Retourne à ton hôtel et essaye de reprendre la même chambre. Il faut qu'il te trouve là-bas, s'il revient.

Ma mère acquiesce sans rien dire, et pour la première fois, elle semble un peu honteuse. Je la laisse mariner dans ses pensées, sans lui dire au revoir. J'espère qu'elle éprouve ne serait-ce qu'une infime partie de ce qu'elle m'a infligé pendant des années. De ce qu'elle inflige sans doute aujourd'hui à mon frère.

Je n'arrive pas à y croire. Elle a fabriqué un petit humain et n'a même pas songé à me le dire.

Je traverse la cuisine et ressors par la porte de derrière. Comme il n'y a personne dans l'allée, je prends le temps de me ressaisir. De ma vie je n'ai jamais été aussi stupéfait.

Son enfant est parti en cavale dans les rues de Boston, et elle attend deux foutues semaines pour faire quelque chose ! Je me demande bien pourquoi ça me surprend. Elle est comme ça. Elle a toujours été comme ça.

Mon téléphone se met à sonner. Je suis tellement fébrile que j'ai envie de le jeter à la poubelle, mais quand je vois que c'est Lily qui essaie de me joindre en FaceTime, je me calme.

Je prends la communication, prêt à lui dire que ce n'est pas le meilleur moment pour m'appeler, mais dès que son visage apparaît, je change d'avis. Je suis soulagé de l'entendre, même si cela ne fait pas une heure qu'on s'est quittés. Je donnerais tout pour la serrer dans mes bras à travers mon écran.

– Salut.

Ma voix se voudrait calme mais elle est dure et sèche, malgré mes efforts. Lily le devine aussi car elle prend un air inquiet.

– Ça va ?

Je fais oui de la tête.

– Les choses sont un peu parties en vrille après mon retour au travail. Mais ça va, oui.

Elle a un sourire... un peu triste.

– Moi aussi, ma soirée est un peu partie en vrille.

Je ne l'avais pas remarqué au début, mais on dirait qu'elle a pleuré. Ses yeux ont l'air humides et légèrement gonflés.

– Tu vas bien ?

Nouveau sourire forcé.

– Ça ira. Je voulais juste te dire merci pour ce soir, avant d'aller dormir.

Je hais le fait qu'elle ne soit pas devant moi en ce moment. Je n'aime pas la voir triste ; cela me rappelle trop les instants où je l'ai vue ainsi, plus jeune. Au moins alors, étais-je assez près d'elle pour la serrer contre moi. *Peut-être que je le peux encore.*

– Est-ce qu'un câlin te ferait du bien ?

– Le plus grand bien, j'en suis sûre. Mais j'irai mieux après quelques heures de sommeil. On se parle demain ?

J'ignore ce qui s'est passé entre notre rendez-vous et cet appel, mais elle semble complètement abattue. La copie conforme de ce que je suis en ce moment.

– Un câlin, ça prend deux secondes, et tu n'en dormiras que mieux. Je serai de retour ici avant qu'ils s'aperçoivent que je suis parti. Ton adresse, qu'est-ce que c'est ?

Un petit sourire perce à travers sa tristesse.

– Tu vas conduire huit kilomètres juste pour me faire un câlin ?

– Je *courrais* huit kilomètres juste pour te faire un câlin.

Ce qui la fait sourire encore plus.

– Je te l'envoie par SMS. Mais ne frappe pas trop fort ; je viens de coucher Emmy.

– Promis. À tout de suite.

14

LILY

Voilà longtemps que je n'ai pas eu droit à une soirée de ce genre, donc, si le mot *câlin* signifie aujourd'hui autre chose, personne ne me l'a dit.

Non, c'est évident... un câlin, ça doit encore vouloir dire un câlin.

Je me débrouille à peine avec les réseaux sociaux, encore moins avec les mots qu'ils emploient. C'est clair, je suis la plus dépassée des milléniaux que je connais. C'est comme si j'avais ignoré la génération X pour passer directement au territoire des *boomers.* Je suis une *boomer milléniale.* Une *booléniale.* Oui, ma mère est une *boomer* et en connaît un rayon là-dessus... nettement plus que moi. C'est elle qui a un nouveau petit ami. Je devrais l'appeler pour lui demander des conseils.

Je me brosse les dents, au cas où un câlin serait en fait un *baiser*. Puis je me change, deux fois, pour finalement me retrouver dans le pyjama que je portais lorsqu'on s'est parlé en FaceTime. J'en fais dix fois trop pour essayer de montrer que je n'en fais pas trop. C'est tellement stupide d'être une femme, parfois.

Je fais les cent pas dans mon appartement, l'oreille tendue vers la porte. Pourquoi suis-je si nerveuse ? Je viens de passer trois heures avec lui.

Enfin, une heure et demie, si je ne compte pas la petite sieste que je me suis offerte au milieu de notre soirée.

Quelques dizaines de pas plus tard, je perçois des petits coups tapés à ma porte. Je sais que c'est Atlas, ce qui ne m'empêche pas de regarder par le judas.

Bien que son image soit distordue par le verre grossissant, il est toujours aussi beau. Je souris en notant que lui aussi s'est changé. Il était vêtu d'un épais manteau noir un peu plus tôt dans la soirée, mais maintenant, il ne porte plus qu'un simple sweat gris à capuche.

Mon Dieu, je l'aime tellement comme ça !

J'ouvre la porte, et Atlas me prend aussitôt dans ses bras.

Il me serre si fort que je meurs d'envie de lui demander ce qui s'est passé de si terrible après qu'on s'est quittés, mais je m'abstiens. Je me contente de l'étreindre et, la joue contre son épaule, les yeux clos, je profite de l'instant.

Atlas n'est même pas entré dans mon appartement. Nous nous tenons encore sur le seuil, comme si un câlin signifiait juste un câlin. Son eau de toilette sent bon. Elle me rappelle l'été, comme pour défier le froid.

Il pose une main douce sur ma nuque et me demande :

– Ça va ?

– Maintenant, oui.

Ma réponse se perd dans l'épaisseur de son sweat.

– Et toi ?

Il soupire, sans répondre, puis me relâche lentement. Il dit en lissant une mèche de mes cheveux :

– J'espère que tu dormiras bien cette nuit.

– Toi aussi.

– Je ne rentre pas chez moi, je dors au restaurant, ce soir.

Il chasse cette réflexion d'un revers de main, comme s'il aurait dû ne rien dire.

– C'est une longue histoire, et il faut que je retourne là-bas. Je te raconterai tout demain.

J'aimerais l'inviter à entrer pour qu'il m'explique dès maintenant ce qui s'est passé, mais je me dis qu'il le ferait s'il en avait envie. De mon côté, je ne suis certainement pas d'humeur à lui faire le récit de mon altercation avec Ryle. Je ne vais donc pas l'obliger à me parler de ce qui a pu gâcher *sa* soirée. J'aurais juste aimé trouver le moyen de le rasséréner.

Je me redresse subitement en songeant à la chose qui pourrait l'aider à retrouver un peu de sa bonne humeur.

– Un peu de quoi lire ce soir, ça te dirait ?

– Ah oui, carrément ! répond-il, l'œil soudain plus brillant.

– Attends.

Je me hâte vers ma chambre, trouve dans mon coffret à bijoux le carnet censé suivre celui qu'il vient de lire, et je le lui apporte.

– Celui-ci est un peu plus explicite, lui dis-je avec un sourire amusé.

Atlas prend le journal d'une main, glisse son bras libre autour de mes reins et m'attire contre lui. Puis il me vole un baiser. C'est si doux et rapide que j'ai à peine le temps de me rendre compte qu'il vient de m'embrasser.

– Bonne nuit, Lily.

– Bonne nuit, Atlas.

Aucun de nous ne bouge. Comme si nous craignions chacun de souffrir de cette séparation. Il me serre plus fort contre lui, puis baisse les lèvres au niveau de ma clavicule, là où mon tatouage est caché par mon pyjama. Un tatouage dont il ignore la présence. Il l'embrasse sans le savoir puis, l'air triste, il s'en va.

Je referme ma porte avant d'y appuyer mon front. Je suis soudain envahie d'une sensation que je connais bien : le besoin, l'attirance. Mais une sensation hélas accompagnée d'inquiétude et d'hésitation, même s'il s'agit d'Atlas.

Et j'en veux à Ryle pour cela. Le peu de confiance qu'il me restait encore dans les hommes – merci, papa ! –, il m'en a totalement débarrassée.

Pourtant, je crois que cette attirance pour Atlas est le signe qu'il peut être capable de me rendre ce que mon père et Ryle m'ont volé, même si, peu à peu, les palpitations que je ressens se muent en des tremblements de crainte à l'idée de ce qu'éprouverait Ryle s'il nous savait ensemble.

Plus je me sens bien auprès d'Atlas, plus je crains de devoir un jour ou l'autre annoncer la nouvelle à Ryle.

15

ATLAS

À l'armée, j'étais en poste avec un ami qui avait de la famille à Boston. Son oncle et sa tante, qui se préparaient à la retraite, désiraient vendre leur restaurant, le Milla's. Lorsque je l'ai visité un jour, lors d'une permission, je suis tombé absolument amoureux de l'endroit. Je pourrais dire que c'était la nourriture ou le fait qu'il se trouvait à Boston, mais pour être franc, c'est l'arbre centenaire qui s'épanouissait au centre de la salle à manger que j'ai adoré.

Cet arbre me rappelait Lily.

Ce n'est certainement pas un arbre qu'on voudrait pour se souvenir de son premier amour. Il y en a partout. Ce qui explique sans doute pourquoi je pense à Lily chaque jour depuis mes dix-huit ans... ou alors, c'est parce que je crois encore aujourd'hui que je lui dois la vie.

J'ignore si c'était l'arbre ou le fait que le restaurant soit vendu entièrement équipé et avec son personnel au complet, mais j'ai ressenti le besoin de l'acheter dès que cela a été possible. Je n'avais pas l'intention de devenir propriétaire d'un restaurant en quittant l'armée. J'avais prévu de travailler comme chef cuisinier pour acquérir un peu d'expérience, mais lorsque l'opportunité s'est présentée, je n'ai pas pu résister. J'ai utilisé l'argent que j'avais mis de côté en tant que *Marine*, j'ai obtenu un prêt bancaire, j'ai acheté le restaurant, j'en ai changé le nom et j'ai créé un tout nouveau menu.

Parfois, je culpabilise devant la réussite du Bab's – comme si je n'avais pas payé mon dû. Je n'ai pas seulement hérité du personnel, qui savait déjà ce qu'il avait à faire, j'ai aussi hérité de la clientèle. Comme je n'ai pas créé ce restaurant de zéro, j'ai un peu l'impression d'être un imposteur lorsque des gens me félicitent du succès du Bab's.

C'est pourquoi j'ai ouvert le Corrigan's. Je ne sais pas si je cherchais à me prouver quelque chose, mais je voulais m'assurer que j'en étais capable, me lancer le défi de créer quelque chose à partir de rien et le regarder s'épanouir. Comme ce que Lily a écrit dans son journal à propos de ce qu'elle aimait planter dans son jardin quand nous étions adolescents.

Peut-être est-ce pour cela que je me sens attaché au Corrigan's comme une mère à son enfant. Ce pourrait être aussi la raison pour laquelle j'ai plus besoin de le protéger. Il dispose d'un système de sécurité et il est nettement plus difficile à cambrioler que le Bab's.

Voilà pourquoi j'ai choisi de passer la nuit au Bab's, même si le Corrigan's doit être cambriolé ce soir... si on suit le programme d'alternance que ce gamin a mis en place. La première nuit, c'était au Bab's ; la seconde, au Corrigan's. Ensuite, il s'est offert quelques jours de congé, puis les deux effractions suivantes ont eu lieu au Bab's. Je me trompe peut-être, mais j'ai le sentiment qu'il va réapparaître ici avant de sévir de nouveau au Corrigan's, tout simplement parce qu'il lui a été plus facile de pénétrer dans l'endroit le moins sécurisé. J'espère seulement que ce ne sera pas ce soir qu'il décidera de ne pas se pointer.

Il finira par le faire s'il a faim, je pense. Le Bab's est le plus aisé pour se nourrir, c'est pourquoi j'attends là, caché derrière la benne à ordures. J'ai tiré à moi l'une des chaises défoncées qu'utilisent les fumeurs pendant leur pause, et je passe le temps en lisant. Les mots de Lily me tiennent compagnie. Un peu trop, en fait, car plusieurs fois je me suis tellement laissé emporter par son récit que j'ai oublié de monter la garde.

Je ne sais pas si le gamin qui a vandalisé mes restaurants est aussi celui qui partage une mère avec moi, mais ça paraît logique. Quant aux insultes qu'il tague à l'aérosol, elles n'ont de sens que si elles viennent d'un gosse qui me déteste. Personne d'autre, à mon avis, n'aurait une bonne raison de m'en vouloir plus qu'un petit garçon qui se sent abandonné par son grand frère.

Il est presque deux heures du matin. Je vérifie sur mon téléphone les caméras de surveillance du Corrigan's, mais là-bas non plus il ne se passe rien de nouveau.

Je retourne donc à ma lecture du journal, même si les dernières notations sont difficiles à lire. Je n'avais pas imaginé à quel point mon départ de Boston avait affecté Lily lorsqu'elle était plus jeune. Dans mon esprit, à cet âge, je me sentais plutôt encombrant. J'ignorais alors combien elle m'était reconnaissante de ce que j'avais pu lui apporter dans la vie. Lire ses lettres m'a secoué bien plus que je ne l'aurais cru. J'avais pensé qu'il serait amusant de découvrir ce qu'elle avait à l'esprit, mais en les découvrant, je me suis rappelé combien notre enfance avait été cruelle pour nous deux.

Je n'y pense plus beaucoup maintenant car je suis tellement loin de la vie que je menais alors. Pourtant, depuis une semaine, j'ai l'impression de me retrouver plongé au cœur d'une histoire que j'avais jusque-là tendance à occulter. Avec ce que j'apprends de Lily dans son journal, l'irruption de ma mère, la découverte de l'existence de mon frère, on dirait que tout ce que j'ai tenté de fuir a fini par donner naissance à une rivière qui menace aujourd'hui de m'engloutir.

Sauf que là, il y a Lily qui, avec un merveilleux sens de l'à-propos, est de retour dans ma vie. Elle semble toujours arriver pile au moment où j'ai besoin d'une corde de sécurité.

Je feuillette le journal ; j'ai déjà lu la moitié de sa dernière occurrence. Si j'ai gardé peu de souvenirs de cette soirée, c'est à cause de la façon affreuse dont elle s'est terminée. Au fond de moi, je n'ai même pas envie de la vivre de son point de vue à elle, mais je ne peux pas ignorer la façon dont elle a vécu tout ça pendant des années.

Je reprends là où je me suis arrêté.

Il a pris ma main dans la sienne et m'a dit qu'il partirait pour l'armée plus tôt que prévu, mais qu'il ne pouvait pas le faire sans me dire merci. Il m'a dit qu'il serait absent quatre ans et qu'il ne voulait surtout pas qu'une fille de seize ans comme moi refuse de vivre sa vie à cause d'un petit ami qui ne lui donne pas de nouvelles.

Ce qu'il a dit ensuite lui a mis les larmes aux yeux :

– Lily, la vie est une drôle de chose. On n'a pas trente-six mille ans pour la vivre, on doit donc faire en sorte que ces

années soient aussi remplies que possible. On ne devrait pas perdre du temps à s'inquiéter de ce qui pourrait nous arriver, ou pourrait ne jamais nous arriver.

Je savais ce que ça signifiait. Il partait pour l'armée et il ne voulait pas que je m'accroche à lui après son départ. Il ne rompait pas avec moi puisqu'on n'était pas vraiment ensemble. On était juste deux personnes qui s'aidaient mutuellement quand l'un avait besoin de l'autre, et nos cœurs en ont profité pour fusionner.

C'était dur d'être abandonnée par quelqu'un qui n'avait jamais réussi à totalement m'apprivoiser. Durant tout le temps que nous avons passé ensemble, je crois que l'on savait tous les deux que ça ne perdurerait pas. Je ne sais pas pourquoi, parce que je pouvais facilement l'aimer de cette manière. Je pense que dans d'autres circonstances, si on était des adolescents lambda et qu'il avait une vie normale dans un foyer normal, on pourrait être ce genre de couple. De ceux qui s'unissent naturellement sans connaître les blessures que la vie peut parfois apporter.

Je n'ai même pas tenté de le faire changer d'avis, ce soir-là. Je sens que nous avons le genre de connexion que même les feux de l'enfer ne pourraient briser. Il pourrait faire son temps à l'armée et moi continuer ma vie d'ado, puis tout rentrerait dans l'ordre au bon moment.

– Je te fais une promesse, m'a-t-il dit. Quand ma vie sera assez bonne pour que tu puisses en faire partie, je viendrai te chercher. Mais je ne veux pas que tu m'attendes, car ça pourrait ne jamais arriver.

Je n'ai pas aimé cette promesse car elle voulait dire deux choses : soit il pensait ne jamais revenir vivant de l'armée, soit il estimait que son existence ne serait jamais assez bonne pour moi.

Pour moi, elle était parfaite, mais je me suis forcée à sourire en disant :

– Si tu ne reviens pas me chercher, c'est moi qui viendrai te chercher. Et ça ne sera pas joli, Atlas Corrigan.

Il a ri devant ma menace.

– D'accord, mais tu n'auras pas trop de mal à me trouver. Tu sais exactement où je serai.

J'ai souri en répondant :

– Là où tout est mieux.

– Oui, à Boston, a-t-il dit en me rendant mon sourire.

Et là, il m'a embrassée.

Ellen, je sais que vous êtes une adulte et que vous connaissez tout ce qui va suivre, mais je ne suis pas très à l'aise pour vous raconter ce qui s'est passé pendant les heures qui ont suivi. Disons juste qu'on s'est beaucoup embrassés. Qu'on a beaucoup ri ensemble. Qu'on a beaucoup aimé. Qu'on a beaucoup soupiré. Beaucoup. Et qu'on a dû tous les deux se couvrir la bouche et se montrer aussi discrets que possible afin que personne ne nous entende.

Après cela, on s'est tenus l'un contre l'autre, peau contre peau, main contre cœur. Il m'a embrassée et regardée droit dans les yeux en le soufflant :

– Je t'aime, Lily. J'aime tout ce que tu es. Je t'aime.

Je sais que ces mots se disent partout, surtout chez les adolescents. Le plus souvent trop vite et sans que ce soit mérité. Pourtant, quand il les a prononcés devant moi, je savais qu'il ne les disait pas comme s'il était amoureux de moi. Ce « Je t'aime » était particulier.

Voyez tous les gens que vous rencontrez dans votre vie. Il y en a tellement. Ils arrivent par vagues, vont et viennent au gré de la marée. Certaines vagues sont plus puissantes que les autres et frappent plus fort. Parfois, elles amènent avec elles des choses venues du fond de la mer, qu'elles rejettent sur le rivage. Des empreintes sur le sable qui prouvent, bien longtemps après qu'elle se sont retirées, que les vagues sont venues jusque-là.

C'est ce qu'Atlas me faisait comprendre en me disant « Je t'aime ». Il m'avouait que j'étais la plus grande vague qu'il ait jamais rencontrée. Et que j'apportais tellement avec moi que mon empreinte ne s'effacerait jamais, même lorsque la mer aurait tout recouvert.

Après avoir dit qu'il m'aimait, il a ajouté qu'il avait un cadeau pour moi et m'a tendu un petit sac de papier brun.

– Ce n'est pas grand-chose, mais c'est tout ce que me permettaient mes moyens.

J'ai ouvert le sachet et j'en ai sorti le plus joli cadeau de ma vie. Un magnet avec, écrit en haut « Boston » et, en bas, « Là où tout est mieux ». Je lui ai dit que je le garderais toujours et que chaque fois que je poserais les yeux dessus, je penserais à lui.

Au début de cette lettre, j'ai écrit que mon seizième anniversaire avait été l'un des plus beaux jours de ma vie. Parce que, jusqu'à cette seconde, ça l'était.

Ce sont les minutes suivantes qui ne l'ont pas été.

Avant qu'Atlas n'arrive, ce soir-là, comme je ne l'attendais pas, je n'ai pas songé à fermer la porte de ma chambre. Mon père m'a entendue parler à quelqu'un, et quand il a ouvert et a trouvé Atlas dans mon lit, il a piqué une colère que je ne lui avais jamais vue. Quant à Atlas, il n'était évidemment pas préparé à tout ce qui allait suivre.

Totalement impuissante devant mon père qui se jetait sur lui, armé d'une batte de baseball, je sais que de ma vie je n'oublierai jamais ce moment. Seul résonnait plus fort que mes cris le bruit des os qui craquaient.

Je ne sais toujours pas qui a appelé la police. Je dirais que c'était ma mère, mais cela fait six mois, et depuis, nous n'avons pas reparlé de cette nuit. Quand ils sont entrés dans ma chambre pour enfin arracher mon père de mon lit, je n'ai même pas reconnu Atlas tant il était couvert de sang.

C'était effroyable.

Effroyable.

Non seulement on a dû l'emmener en ambulance, mais de plus il a fallu en appeler une autre pour moi tant j'étais hystérique, incapable de respirer. C'est la première et la seule crise de panique que j'ai jamais eue.

Par la suite, personne n'a voulu me dire où il était ni s'il allait bien. Et mon père n'a même pas été arrêté pour ce qu'il a fait. On a fini par apprendre qu'Atlas vivait dans une vieille maison car il n'avait nulle part où habiter. Mon père, quant à lui, a été félicité pour son acte héroïque – sauver sa petite fille du sans-abri qui l'avait manipulée et forcée à faire l'amour avec lui.

Mon père a dit que j'avais fait honte à toute la famille en offrant à la ville de quoi cancaner sur nous. Ce matin, dans le bus, j'ai entendu Katie raconter qu'elle avait tenté de me prévenir au sujet d'Atlas. Elle disait avoir compris, dès qu'elle avait posé les yeux sur lui, que c'était un mauvais garçon. De la pure connerie. Si Atlas avait été dans le bus avec moi, j'aurais peut-être gardé le silence et me serais montrée mature, comme il me l'avait appris. Mais là, j'étais tellement hors de moi que je me suis tournée vers Katie et lui ai lancé qu'elle pouvait aller se faire voir. Je lui ai dit qu'Atlas était plus humain qu'elle ne l'avait jamais été, et que, si je l'entendais encore raconter des saletés sur lui, elle le regretterait.

Elle a juste levé les yeux au ciel et répliqué :

– Franchement, Lily, il ne t'aurait pas lavé le cerveau, par hasard ? C'était un sale type, un petit voleur sans abri qui se droguait certainement. Il s'est servi de toi pour bouffer et coucher avec toi, et maintenant tu le défends ?

Elle a eu de la chance que le bus s'arrête juste à ce moment devant chez moi. J'ai attrapé mon sac à dos, je suis descendue en vitesse et j'ai couru vers ma maison pour aller m'enfermer dans ma chambre et y pleurer trois heures durant. Maintenant, j'ai mal à la tête, mais je savais que la seule chose qui me ferait du bien serait de tout coucher sur le papier. Cela fait six mois que j'évite d'écrire cette lettre.

Désolée, Ellen, mais j'ai encore mal au crâne. Et au cœur. Peut-être plus maintenant qu'hier. Rédiger cette lettre ne m'a absolument pas aidée.

Je pense que je vais faire une pause, arrêter de vous écrire pendant un moment. Cela me fait trop penser à lui, ça me fait trop mal. Le temps qu'il me revienne, je vais m'efforcer de prétendre que tout va bien, de faire comme si je nageais alors que je ne fais que flotter. J'arrive tout juste à garder la tête hors de l'eau.

Lily

Je ferme le journal après avoir lu la dernière page.

Je ne sais quoi penser car je suis submergé par des sentiments contraires. De la rage, de l'amour, de la tristesse, de la joie.

J'ai toujours détesté ne pas pouvoir me rappeler chaque détail de cette nuit, quoi que je fasse pour tenter de me remémorer les paroles que nous nous sommes dites. Le fait que Lily ait tout écrit est un véritable cadeau – même s'il est triste.

Il se passait tant de choses à cette époque que je craignais qu'elle ne soit trop fragile pour les entendre. Je voulais seulement la protéger de tout ce qui m'arrivait de négatif, mais la lecture de ses mots m'a montré qu'elle n'avait pas besoin de ma protection. Elle aurait même pu m'aider à me sortir de là.

Cela me donne envie de lui écrire une autre lettre, et plus encore, d'être auprès d'elle, de lui parler face à face de ces événements. Je sais que nous prenons les choses lentement, mais plus je suis près d'elle, plus je suis impatient de la retrouver.

Je me lève, emportant le journal avec moi pour prendre quelque chose à boire pendant que j'attends, mais je m'immobilise soudain. Il y a un lampadaire au bout de l'allée, qui éclaire une partie du bâtiment, et je vois une ombre se glisser dans le cercle de lumière. Elle se faufile le long du mur, part dans l'autre direction, comme si ce qui créait cette ombre se dirigeait maintenant vers moi. Je recule d'un pas afin de rester caché.

Quelqu'un arrive enfin dans mon champ de vision. Un gamin, qui s'approche de la porte de service.

J'ignore s'il s'agit de mon frère, mais c'est de toute évidence la même personne que j'ai aperçue sur la vidéo de surveillance du Corrigan's. Les mêmes vêtements, le même sweat à capuche serré autour de son visage.

Je reste dissimulé dans ma cachette de fortune et l'observe, de plus en plus convaincu que c'est celui auquel je pense. Il est bâti comme moi. Il bouge comme moi. Je suis empli d'une anxiété fébrile car je veux lui parler, lui dire que je n'ai rien contre lui et que je sais ce qu'il traverse depuis des années.

Je me demande même si j'en ai voulu à l'auteur de ces tags avant de savoir que cela pouvait être mon frère.

Il est difficile d'en vouloir à un enfant, et encore plus difficile d'en vouloir à celui qui a été élevé par la même personne qui a essayé de m'éduquer. Je sais ce que c'est que de tout faire pour tenter de survivre. De tout faire pour attirer l'attention de quelqu'un. De *n'importe qui*. À une époque, dans mon enfance, je ne désirais qu'une chose : qu'on me remarque ; et j'ai le sentiment que ce soir il se passe la même chose.

Il espère se faire prendre. C'est un appel, plus qu'autre chose.

Sans l'ombre d'une hésitation, il vient se planter devant la porte de service. Un endroit qui lui est devenu familier. Il cherche à voir si elle est verrouillée. Comme elle ne s'ouvre pas, il sort une bombe de peinture de la poche de son blouson. J'attends de le voir la lever vers le mur, et c'est là que je décide d'intervenir :

– Tu ne la tiens pas comme il faut.

Le son de ma voix le fait sursauter. Il fait brusquement volte-face, me regarde, et je vois à quel point il est jeune. Ça me bouleverse. J'essaie d'imaginer Theo, seul ici au beau milieu de la nuit.

Il y a quelque chose d'enfantin dans la peur que je lis dans ses yeux. Lorsque je commence à m'approcher, il recule et cherche autour de lui le moyen le plus rapide de s'échapper. Pourtant il ne tente pas de s'enfuir.

Je suis sûr qu'il est curieux de savoir ce qui va lui arriver. N'est-ce pas la raison pour laquelle il se pointe ici, soir après soir ?

Je tends la main en direction de la bombe de peinture. Il me la donne après un moment d'hésitation. Je lui montre la bonne façon de la tenir.

– Si tu tiens le spray de cette manière, ça ne coulera pas. Tu es beaucoup trop près.

Son expression est traversée par mille émotions qui vont de la colère à la fascination en passant par un sentiment de trahison. On se jauge du regard, silencieux, en se rendant compte à quel point on se ressemble. On tient tous les deux de notre mère. Même bas de visage, mêmes yeux clairs, même bouche, même froncement de sourcils.

C'est trop d'émotion pour moi. Je me suis résigné à l'idée que je n'avais pas de famille, et le voici devant moi, en chair et en os. Je me demande ce qu'il peut bien être en train de penser tandis qu'il me dévisage. De la colère, manifestement. De la déception.

Je m'appuie contre le mur et lance, totalement sincère :

– J'ignorais ton existence, Josh. Je ne l'ai apprise qu'il y a quelques heures.

Le gamin fourre les mains dans les poches de sa veste et baisse les yeux sur ses pieds.

– Conneries, murmure-t-il.

La dureté qu'il montre à cet âge me fait mal. Je choisis d'ignorer la colère que je devine dans sa réponse, et je sors mes clefs pour ouvrir la porte arrière du restaurant.

– Tu as faim ?

Je tiens le battant d'une main pour le laisser passer.

On dirait qu'il voudrait s'enfuir, mais après une seconde d'hésitation, il baisse la tête et entre.

J'actionne l'interrupteur et me dirige vers la cuisine. Je prends les ingrédients pour lui préparer un *grilled cheese,* puis je me mets à cuisiner pendant qu'il s'avance lentement dans la pièce et observe avec prudence ce qui l'entoure. Il touche les ustensiles, ouvre des tiroirs, des placards. Peut-être fait-il l'inventaire pour la prochaine fois où il décidera d'entrer ici par effraction ; ou sa curiosité lui sert à dissimuler sa peur.

Je dispose sa nourriture dans une assiette quand il s'avise enfin de parler :

– Comment tu sais qui je suis, si tu ne savais pas que j'existais ?

Une question qui pourrait mener à une longue conversation, que je préfère avoir tout de suite, pendant qu'il se sent plus à l'aise. Il n'y a pas de table ici, donc je lui indique la double porte qui mène à la salle à manger. Le panneau de sortie de secours diffuse assez de lumière pour éviter de tout allumer autour de nous.

– Assieds-toi là.

Je lui montre la table huit, et il choisit précisément la chaise où ma mère était assise un peu plus tôt dans la journée. Sans attendre, il se précipite sur l'assiette que je viens de poser devant lui.

– Qu'est-ce que tu veux boire ?

Il déglutit, puis il hausse les épaules :

– N'importe quoi.

Je repars à la cuisine, remplis un verre d'eau glacée et prends place sur la banquette en face de lui. Il en boit la moitié d'une seule gorgée.

– Ta mère s'est pointée ici ce soir, lui dis-je. Elle te cherche.

D'une grimace, il m'indique qu'il n'en a rien à faire ; il continue de manger.

– Où est-ce que tu dors ?

– Un peu partout, répond-il, la bouche pleine.

– Tu vas à l'école ?

– En ce moment, non.

Je le laisse croquer quelques bouchées avant de continuer. Je ne veux surtout pas le soûler de questions.

– Pourquoi tu t'es enfui ? À cause d'elle ?

– De Sutton ?

Je hoche la tête. Je me demande quelle peut être leur relation s'il ne l'appelle même pas « maman ».

– Ouais, on s'est embrouillés. On s'engueule toujours pour des trucs stupides.

Il termine le sandwich en une bouchée puis avale le reste de son eau.

– Et ton père ? Tim ?

– Il s'est barré quand j'étais môme.

Ses yeux balayent la salle, avant de s'arrêter sur l'arbre qui trône au milieu.

– T'es riche ?

– Si je l'étais, je ne te le dirais pas. Tu as tenté plusieurs fois de me cambrioler.

Il esquisse un léger sourire, qu'il refuse de laisser s'épanouir. Il se détend un peu sur sa chaise et remonte sa capuche. Quelques mèches de cheveux bruns et pas super propres lui retombent sur le visage ; il les repousse en arrière. À les voir, on devine qu'ils ont subi une coupe un peu à l'arrache, trop longs et inégaux sur les tempes, pour que ce soit intentionnel.

– Elle m'a dit que tu étais parti à cause de moi. Que tu ne voulais pas de frère.

Je me retiens d'exploser. Je prends son assiette et son verre vides, puis je me lève.

– Jusqu'à aujourd'hui j'ignorais ton existence, Josh. Je te le jure. Si je l'avais su, je me serais manifesté, tu penses bien.

De son siège, il m'étudie du regard. En se demandant peut-être s'il doit me croire.

– Ben, maintenant, tu le sais.

Comme s'il me mettait au défi de faire mieux, dorénavant. De lui prouver qu'il peut attendre mieux de ce monde.

– D'accord, dis-je en lui indiquant du menton la porte de la cuisine. On y va.

Il ne se lève pas tout de suite.

– Où?

– Chez moi. J'ai une chambre pour toi, si tu arrêtes d'insulter la terre entière.

– Tu serais pas un de ces religieux à la noix, par hasard?

Je lui fais signe de se lever.

– Quand, à onze ans, on passe son temps à marmonner des injures, c'est signe qu'on est mal dans sa tête. Avant quatorze ans, ça ne fait pas cool.

– J'ai pas onze ans, j'en ai douze.

– Oh... elle a dit que tu avais onze ans. *Même*, tu es trop jeune pour être cool.

Josh finit par se lever et me suit vers la cuisine.

Je me retourne pour lui faire face tout en poussant les portes battantes.

– Et pour ta gouverne, tu as mal écrit *trou du cul*. Ça s'écrit en trois mots, et avec un *l* à la fin.

– Ah... j'ai trouvé ça marrant après l'avoir écrit.

Je pose sa vaisselle dans l'évier, mais comme il est trois heures du matin, je ne me sens pas d'humeur à la laver maintenant. J'éteins les lumières et pousse Josh devant moi vers la sortie. Pendant que je verrouille la porte de service, il marmonne :

– Tu vas raconter à Sutton où je suis?

– Je ne sais pas encore ce que je vais faire.

Il me rattrape en courant.

– J'ai envie de me tirer à Chicago, de toute façon, lance-t-il. Je resterai sans doute pas plus d'une nuit chez toi.

Je ris à l'idée que ce gamin pense que je vais le laisser filer maintenant que je sais qu'il existe. *Dans quoi me suis-*

je fourré ? J'ai le vague sentiment que mes responsabilités quotidiennes viennent soudain de doubler.

– On aurait de la famille là-bas que je ne connaîtrais pas ?

– Juste les jumeaux, me répond-il du tac au tac. Mais ils ont huit ans.

Je stoppe net et me tourne vers lui :

– Hé, je blague ! me rassure-t-il. Non, on n'est que nous deux.

Je secoue la tête et attrape le coin de sa capuche pour la lui remettre sur le crâne.

– Toi, alors...

Il sourit et me suit en direction de ma voiture. Moi aussi, je souris, jusqu'au moment où je me sens envahi d'une inquiétude soudaine.

Je ne le connais que depuis une demi-heure. Je n'ai appris son existence qu'à la fin de la journée. Et, subitement, je me sens devenir pour le reste de ma vie celui qui le protégera.

16

LILY

Quand on a un enfant, on peut dire adieu aux petites matinées tranquilles.

Avant, j'ouvrais les yeux, je restais au lit plusieurs minutes, puis j'attrapais mon téléphone pour me brancher sur tout ce que j'avais pu manquer pendant que je dormais. Ensuite, je buvais mon café, puis je me faisais mentalement le plan de ma journée pendant que je prenais ma douche.

Mais maintenant que j'ai Emmy, ses pleurs matinaux m'arrachent du lit, et je me mets à son service sans même prendre le temps de faire pipi. Je me dépêche de la changer, me dépêche de l'habiller, me dépêche de la nourrir. Lorsque j'ai terminé mes devoirs matinaux de maman, je suis déjà en retard pour aller travailler, sans avoir eu une seule seconde pour m'occuper de moi.

C'est pourquoi je chéris absolument le dimanche matin, le seul jour de la semaine où j'ai une sensation de tranquillité. Quand Emmy se réveille, je l'installe toujours dans le lit avec moi. On reste couchées ensemble et je l'écoute babiller, sans aucune obligation de me lever pour aller quelque part.

Parfois, comme aujourd'hui, elle se rendort, et je me contente de la regarder pendant un temps infini, en m'émerveillant du bonheur d'être mère.

Je saisis mon téléphone et je prends une photo d'elle pour Ryle, mais j'hésite avant de l'envoyer. S'il ne me manque pas du tout, cela m'attriste qu'il ne puisse pas profiter de ces moments avec nous, ou que je ne puisse pas moi-même partager les joies qu'ils connaissent ensemble. C'est génial de chouchouter son enfant avec la personne avec qui on l'a engendré. C'est pourquoi j'essaie toujours de lui envoyer des messages ou des vidéos. Mais je lui en veux encore pour hier et je ne me sens pas d'humeur à le contacter tout de suite. J'attends donc d'être vraiment calmée avant de lui faire ce plaisir.

Foutu Ryle.

C'est difficile, un divorce. Même si je m'y attendais, j'étais loin d'imaginer la réalité. Et naviguer dans cette tempête avec un enfant au milieu est dix mille fois plus piégeux. On est condamné à interagir sa vie durant avec son ex. Soit on doit gérer les anniversaires ensemble, soit on doit les fêter séparément. On doit prévoir quelles vacances, quels jours de la semaine, et jusqu'à quelles heures par jour, parfois, chacun passera avec l'enfant.

On ne peut pas, d'un claquement de doigts, en finir avec la personne qu'on a épousée puis dont on a divorcé. On est obligé de se revoir... tout le temps... pour toujours.

Moi, je suis condamnée à supporter le côté lunatique de Ryle, et franchement, je suis fatiguée de toujours devoir m'apitoyer sur son sort ou m'inquiéter pour lui, de craindre ses sautes d'humeur ou sa brutalité, et, surtout, de prendre en considération ses sentiments.

Combien de temps devrai-je attendre avant de fréquenter quelqu'un sans que Ryle estime avoir le droit d'être jaloux ? Combien de temps avant de lui dire que je sors avec Atlas, si lui et moi devenons un couple ? Combien de temps avant de pouvoir moi-même décider de ma vie sans m'inquiéter de ce qu'il en pensera ?

Mon téléphone vibre. C'est ma mère qui appelle. Je me glisse hors du lit et pars sans bruit vers le salon pour lui répondre.

– Salut, maman.

– Je peux avoir Emerson, aujourd'hui ?

Je souris devant son mépris évident pour sa fille maintenant qu'elle a une petite-fille.

– Je vais bien. Et toi ?

Ma mère adore Emmy tout autant que moi, j'en suis convaincue. Lorsque la petite a eu six semaines, elle a commencé à la prendre quelques heures avec elle pendant que je travaillais. Elle l'a même gardée toute une nuit, le mois dernier – la première fois que l'on se séparait toutes les deux depuis sa naissance. Elle s'était endormie chez ma mère, et ni elle ni moi n'avons eu le courage de la réveiller ; je ne suis donc revenue la chercher que le lendemain matin.

– Rob et moi, on n'est pas loin ; on peut venir la prendre dans une vingtaine de minutes. Nous allons au jardin botanique ; je pensais que ce serait amusant de l'y emmener. Tu pourras en profiter pour faire un break.

– Oui, c'est une bonne idée. Je cours l'habiller.

*
* *

Une demi-heure plus tard, j'entends frapper à la porte. C'est ma mère et Rob. Sans un mot, elle traverse aussitôt le salon, fonce droit vers Emmy qui l'attend, installée dans son cosy.

D'un ton moqueur, je lui lance :

– Salut, maman.

– Mais regardez-moi cette adorable tenue, s'extasie ma mère en la prenant dans ses bras. C'est moi qui la lui ai achetée ?

– Non, ça vient de Rylee, en fait.

Rylee a six mois de plus, et c'est très pratique. Je n'ai pas eu à acheter beaucoup de vêtements pour Emmy car Allysa me ravitaille généreusement avec ceux de sa fille. Et ils sont toujours dans un super état, car je crois que sa petite ne porte jamais plus de deux fois les mêmes vêtements.

Emmy porte la tenue qu'avait Rylee pour son premier anniversaire. J'espérais bien qu'elle finirait sur les épaules de ma fille parce qu'elle est adorable. C'est un legging rose orné de pastèques, assorti à un petit pull vert à manches longues, au milieu duquel apparaît une fine tranche du même fruit.

Ma mère a acheté presque tout le reste des vêtements que porte Emmy, dont la veste bleue que je lui enfile maintenant.

– Ça ne va pas avec sa tenue, me reproche-t-elle. Où est le blouson rose que je lui ai offert ?

– Il est trop petit ; et c'est un blouson, et elle a un an. Ça n'a pas d'importance si ce n'est pas coordonné.

Elle lâche un soupir, et, à sa tête, je devine qu'Emmy rentrera cet après-midi avec une toute nouvelle petite veste. J'embrasse ma mère sur la joue, et sa petite-fille dans les bras, elle se dirige vers la porte.

Je tends à Rob le sac à langer qu'il glisse sur son épaule.

– Tu veux que je la porte ?

– Non, c'est bon, réplique ma mère en la serrant encore plus contre elle. On sera de retour dans quelques heures.

– Quand, à peu près ?

D'habitude, je ne cherche pas à ce qu'elle me donne un horaire précis, mais je pense demander à Atlas ce qu'il fait en ce moment. On pourrait déjeuner ensemble puisque aucun de nous ne travaille aujourd'hui et que je suis sans enfant.

– Je t'enverrai un message, me promet ma mère. Pourquoi ? Tu vas quelque part ? Je me disais que tu en profiterais pour dormir.

Il se pourrait que je m'éclipse pour aller rencontrer un homme. Mais je ne le lui dis pas, elle me poserait tant de questions que le jardin botanique fermerait avant qu'elle y ait mis les pieds.

– Oui, tu as raison, je vais dormir un peu. Mais je garde mon téléphone près de moi. Amusez-vous bien.

Elle est déjà sur le palier quand Rob se tourne vers moi :

– Gare ta voiture à la même place en rentrant. Elle remarquera si tu la bouges, et elle te posera des questions.

Il sourit... l'indication claire qu'il lit bien mieux qu'elle dans mes pensées.

– Merci du conseil, murmuré-je.

Je ferme la porte et attrape aussitôt mon téléphone. Comme je me suis pressée pour préparer Emmy, je ne me suis pas rendu compte que j'ai loupé un appel d'Atlas, datant d'une vingtaine de minutes.

Le cœur battant de joie anticipée, je prie pour qu'il soit libre. J'utilise la caméra de l'appareil pour vérifier mon apparence, puis je lance un appel visio.

Autant je n'ai pas apprécié ses appels en FaceTime les premières fois, autant cela me semble naturel aujourd'hui. J'aime voir son visage ; ce qu'il porte, où il se trouve et les expressions qu'il affiche quand il me parle.

Je souris déjà en entendant le petit son qui m'indique qu'il vient de décrocher. Il lève son téléphone, et quand je peux enfin discerner ce qui l'entoure, je constate qu'il se tient dans une cuisine que je ne connais pas. Elle est blanche et lumineuse, différente de celle dont je me souviens quand j'ai visité sa maison, il y a deux ans.

– Bonjour, me dit-il avec un sourire fatigué comme s'il venait de se réveiller ou qu'il tombait de sommeil.

– Salut.

– Tu as bien dormi ? me demande-t-il.

– Oui... finalement.

Je plisse les paupières pour tenter d'apercevoir la pièce derrière lui.

– Tu as refait ta cuisine ?

Atlas regarde autour de lui, puis se retourne vers moi :

– Non, j'ai déménagé.

– Ah bon ? Quand ?

– Il y a quelques mois. J'ai vendu ma maison pour m'installer plus près du restaurant.

– Oh, c'est bien.

Plus près du restaurant signifie plus près de moi. Je me demande à quelle distance nous vivons l'un de l'autre, maintenant.

– Tu es en train de cuisiner ?

Atlas promène son téléphone au-dessus du comptoir. J'y vois une poêle où cuisent des œufs, des tranches de bacon, des pancakes et... *deux* assiettes. *Deux* verres de jus de fruits... Mon cœur chavire.

– Ça fait beaucoup, articulé-je en m'efforçant de dissimuler la jalousie qui m'étreint soudain.

– Je ne suis pas seul, précise-t-il en ramenant le téléphone devant lui.

La déception doit se lire sur mon visage parce qu'il secoue aussitôt la tête.

– Non, Lily, ce n'est pas…

Il pouffe de rire et est un peu gêné. Sa réaction est adorable mais pas totalement rassurante, malgré tout. Il lève alors son appareil afin que je voie une personne debout derrière lui. Je ne sais pas de qui il s'agit, mais ce n'est pas une femme.

C'est un gamin.

Qui ressemble en tout point à Atlas et qui me regarde avec… les mêmes yeux que les siens. *Il aurait un enfant dont j'ignorais l'existence ?*

Qu'est-ce qui se passe ?

– Elle me prend pour ton fils, dit le gamin. Tu lui fous la trouille.

Atlas ramène vivement le téléphone vers lui.

– Ce n'est pas mon fils. C'est mon frère.

Son frère ?

Il rapproche le téléphone du garçon afin que je le voie mieux.

– Dis bonjour à Lily.

– Non.

Atlas lève les yeux au ciel et me jette un regard désolé.

– C'est un petit con, tu sais, lâche-t-il sans baisser la voix.

– Atlas ! lui dis-je, un peu choquée de l'entendre parler ainsi de son frère.

– C'est bon, il sait très bien qu'il est un peu con.

Je vois le gamin rire derrière lui. Il comprend qu'Atlas plaisante, et ça me rassure. Ce qui ne m'empêche pas d'être un peu perdue.

– Je ne savais pas que tu avais un frère.

– Moi non plus, figure-toi. Je l'ai découvert hier soir après notre rendez-vous.

Je repense à notre soirée et à la façon dont il a réagi à la lecture d'un message qu'il venait de recevoir, mais j'ignorais qu'il s'agissait d'un problème familial. Ce qui explique pourquoi sa mère essayait de le contacter.

– On dirait que tu as beaucoup à faire aujourd'hui.

– Attends, ne raccroche pas tout de suite.

Il sort de la cuisine pour se retrouver seul dans une autre pièce. Il ferme une porte et s'assied sur son lit.

– J'ai dix minutes pendant que les biscuits achèvent de cuire. On peut parler.

– Waouh, des pancakes *et* des biscuits ! Il a de la chance. Moi, je n'avais que du café noir pour le petit déjeuner.

Atlas esquisse un sourire triste. Il avait l'air d'être de bonne humeur devant son frère, mais maintenant qu'il est seul, je ressens bien son stress.

– Où est Emmy ? me demande-t-il.

– Ma mère l'a prise pour quelques heures.

Lorsqu'il comprend que nous ne travaillons ni l'un ni l'autre aujourd'hui, et que je n'ai pas ma fille avec moi, il soupire d'un air déprimé.

– Tu veux dire que tu as ta journée ?

– C'est bon, on avance doucement, Atlas, tu te souviens ? Et puis ce n'est pas tous les jours que tu découvres que tu as un petit frère.

Il se passe une main dans les cheveux et m'avoue alors :

– C'est lui qui a vandalisé mes restaurants.

J'écarquille les yeux de surprise. Il doit m'en dire davantage.

– C'est pour ça que ma mère a tenté de m'appeler, la semaine dernière… pour savoir si j'avais eu de ses nouvelles. Je me sens un peu stupide aujourd'hui d'avoir bloqué son numéro.

– Tu ne savais pas.

Je suis dans le salon, et je voudrais m'asseoir pour continuer cette conversation. Je me dirige vers le canapé et pose le téléphone sur l'accoudoir avant de m'y laisser tomber.

– Il savait que toi, tu existais ?

– Oui, et il pensait que j'étais au courant pour lui ; c'est pourquoi il passait sa rage sur mes restaurants. En dehors du fait qu'il m'a coûté des milliers de dollars, il a l'air d'un gentil gosse. Du moins, il semble en avoir le potentiel. Je ne sais pas s'il a dû affronter les mêmes choses que moi avec ma mère, donc impossible de connaître les conséquences éventuelles.

– Ta mère aussi est ici ?

Il secoue la tête.

– Je ne lui ai pas encore dit que je l'avais retrouvé. J'ai parlé à un ami qui est avocat, et il m'a assuré que plus tôt j'avertirai ma mère, mieux ce sera. Sinon, elle pourrait utiliser cet argument contre moi.

Contre lui ?

– Tu voudrais en obtenir la garde ?

Atlas hoche la tête sans aucune hésitation.

– J'ignore si c'est ce que veut Josh, mais ce serait la seule option pour moi. Je sais quel genre de mère elle est. Il a aussi parlé de retrouver son père, seulement Tim est encore pire qu'elle.

– Quel genre de droit as-tu en tant que frère aîné ? Si même tu en as…

– Aucun, sauf si ma mère accepte de le laisser vivre avec moi. Et franchement, je n'ai aucune hâte d'en discuter avec elle. Elle refusera juste par méchanceté, mais…

Atlas pousse un lourd soupir puis enchaîne :

– Si Josh reste avec elle, il n'aura pas la moindre chance. Il est déjà plus dur que moi au même âge. Plus amer. J'ai peur de ce que cette colère en lui peut produire s'il ne trouve pas une certaine stabilité. Mais qui peut dire si je serai capable de le sortir de la galère qu'il vit ? Et si je merde encore plus avec lui que ma mère ne l'a déjà fait ?

– Ça n'arrivera pas, Atlas. Je sais que tu es capable de le sortir de là.

Il accepte mes encouragements avec l'esquisse d'un sourire.

– C'est facile de le dire, venant de toi ; élever un enfant, c'est quelque chose que tu fais naturellement.

– C'est juste que je fais semblant. Je ne connais pas vraiment le mode d'emploi, tu sais. Aucun parent ne le connaît. On est tous un peu des imposteurs, quand il s'agit d'éduquer des enfants.

– Pourquoi est-ce que ça me rassure et me terrifie à la fois ?

– Avec ces deux mots, tu viens de résumer le rôle des parents.

– Peut-être… soupire-t-il. Mais je devrais retourner près de lui, histoire de m'assurer qu'il n'est pas en train de me dérober quelque chose en douce. Je t'appelle dans la soirée, d'accord ?

– D'accord. Bonne chance.

La façon dont Atlas me renvoie un petit *au revoir* muet est sexy à mourir.

De retour dans ma chambre après avoir raccroché, je me laisse tomber sur le lit et pousse un long soupir. J'adore la sensation qui m'étreint après lui avoir parlé. Il m'étourdit, me rend heureuse et pleine d'énergie, même quand son appel est aussi surprenant et chaotique que l'était celui-ci.

J'aimerais savoir où il habite. Je passerais lui faire un petit câlin comme celui qu'il m'a offert hier soir. Je n'aime pas le savoir pris dans une situation aussi ingérable, mais d'un autre côté, je suis contente pour lui.

Je n'imagine pas à quel point il a dû se sentir seul depuis qu'on s'est rencontrés, sans aucun membre de sa famille avec lui.

Et ce pauvre gamin. C'est un peu une nouvelle version d'Atlas, comme si un enfant rejeté par sa propre mère n'était pas assez.

Mon téléphone tinte à côté de moi sur le lit, annonçant un message. Je souris en voyant que ça vient de lui. Et encore plus quand j'en constate la longueur.

Merci du réconfort que tu apportes à ma vie. Merci de toujours être là, comme un phare, pour me guider lorsque je suis perdu. Que tu brilles dans la nuit pour moi volontairement ou pas, je t'en suis reconnaissant. Tu m'as manqué. J'aurais absolument dû t'embrasser.

Au comble de l'émotion, je lève la main vers ma bouche, et, de l'autre, je tape ma réponse.

Josh a de la chance de t'avoir dans sa vie, maintenant.

Quelques secondes plus tard, je vois qu'il l'a lu. Je lui en envoie un autre.

Et tu as raison. Tu aurais absolument dû m'embrasser.

Atlas accuse également réception de ce message.

17
ATLAS

Josh ne me fait pas confiance, mais je vais le travailler au corps. Comme je suis prêt à parier qu'il ne fait confiance à personne, je ne le prends pas mal. Si son enfance a ressemblé à la mienne, je peux assurer qu'à douze ans il est plus aguerri que n'importe quel gamin de son âge.

Il a beau me regarder en permanence d'un air méfiant, je sens qu'il reste curieux à mon sujet. S'il ne pose pas beaucoup de questions, il m'observe comme s'il en avait dix mille sur le bout de la langue. Pour une raison que j'ignore, il les garde pour lui. Il se demande peut-être pourquoi je me suis tourné si facilement vers lui après avoir découvert qu'il était le responsable du vandalisme de mes restaurants. Il doit aussi se demander pourquoi j'ignorais son existence, et comment j'ai pu devenir aussi différent de ma mère et de Tim.

Quoi qu'il en soit, il fait des efforts considérables pour garder l'air impassible. Comme je ne veux pas qu'il se sente mal à l'aise, je lui fais la conversation pendant qu'il prend son petit déjeuner. Ce n'est pas difficile ; j'ai juste autant de questions à son sujet qu'il en a au mien. C'est l'une des raisons pour lesquelles je n'ai pas pu dormir la nuit dernière, une fois qu'on s'est retrouvés tous les deux chez moi. Il n'a pas cessé de chercher à sortir. Et, honnêtement, j'ai été surpris de le voir encore ici ce matin.

Autant mes questions l'ennuient, autant je me rappelle ce que c'est que d'avoir douze ans. Je ne voulais qu'une chose : que quelqu'un s'intéresse à moi, même si c'était feint. Si la vie de Josh ressemble à la mienne, il aura passé douze ans à être ignoré, et je ne veux en aucun cas qu'il éprouve le même sentiment sous mon toit. Mais je ne lui ai jusque-là posé que des questions tranquilles. Je vais bientôt l'entraîner sur un terrain plus difficile.

Josh ne mange qu'une chose à la fois. D'abord du pain de mie, puis du bacon. Il attaque enfin son pancake quand je lui demande :

– Qu'est-ce qui t'intéresse ? Tu as des loisirs ?

Il avale une bouchée, hausse un sourcil, mais j'ignore si c'est à cause de la nourriture ou de ma question.

– Pourquoi ?

– Pourquoi je te demande ce qui t'intéresse ?

Il hoche la tête brusquement.

– J'ai loupé douze ans de ta vie. J'aimerais savoir qui tu es.

Le regard toujours fixé sur son assiette, Josh enfourne une autre bouchée de pancake avant de marmonner :

– Les mangas.

Ce qui me surprend. Mais, grâce à Theo, les mangas, je connais.

– Ta série favorite, c'est laquelle ?

– *One Piece.*

Puis il secoue la tête, comme pour effacer sa réponse.

– Non, *Chainsaw Man*, c'est celle que je préfère.

Si je me risque à aller plus loin dans cette conversation, j'aurai l'air d'un ignorant.

– On peut aller dans une librairie, tout à l'heure, si tu veux.

– Mmmh, ils sont bons ces pancakes.

– Merci.

Il avale un peu de son jus de fruits, repose son verre et déclare :

– Et toi, qu'est-ce qui t'intéresse ?

Indiquant l'assiette, il ajoute :

– À part faire la cuisine.

Je ne sais pas quoi répondre à ça. Je passe le plus clair de mon temps entre mes deux restaurants. Les moments de loisir qui me restent sont occupés à des réparations ici ou là, à faire la lessive, ou à dormir.

– J'aime regarder les chaînes de cuisine.

– Trop triste, ironise Josh.

– Pourquoi ?

– J'ai dit : à part faire la cuisine.

Question plus difficile que je ne l'imaginais, maintenant qu'elle m'est posée.

– J'aime les musées. Et le cinéma. Voyager, aussi. Mais je ne fais rien de tout ça.

– Parce que tu es toujours en train de bosser ?

– Oui.

– Oui, triste, c'est ce que je disais.

Il se penche sur son assiette pour terminer le pancake.

Ces questions pour apprendre à se connaître, ça se retourne finalement contre moi. Je décide donc d'aller droit au but :

– Pourquoi tu t'es enfui ?

Il hausse les épaules.

– La moitié du temps, je ne sais pas ce que je fais de mal. Elle s'énerve comme ça, d'un coup.

Je veux bien le croire. Je le laisse manger un moment avant de lui poser une autre question :

– Et... tu habites quelque part ?

Josh détourne le regard. Il chipote avec les restes de sa nourriture puis répond :

– Dans ton restaurant.

Ses yeux remontent lentement vers moi.

– Il y a un canapé super confortable dans ton bureau.

– Tu as dormi *dans* le restaurant ? Combien de nuits ?

– Deux semaines.

Je suis sous le choc.

– Comment tu es entré ?

– D'abord, y a pas d'alarme dans ce restau ; et puis j'ai fini par réussir à bidouiller la serrure... après quelques essais. Mais pour l'autre restau, j'ai eu trop de mal... j'ai abandonné.

– Tu sais forcer une...

Impossible de ne pas rire. Brad et Darin vont adorer me dire qu'ils m'avaient prévenu.

– Qu'est-ce qui fait que tu es passé de dormir dans ce restaurant à vouloir le vandaliser ?

– Je sais pas. Juste peut-être parce que j'étais en colère.

Il marque une pause, croise les bras et s'appuie le dos contre sa chaise.

– Je fais quoi maintenant ? Je dois retourner chez elle ?

– Qu'est-ce que tu voudrais faire ?

– Vivre avec mon père, dit-il en se grattant le coude. Tu peux m'aider à le retrouver ?

Chercher à retrouver Tim aujourd'hui ? J'en ai aussi peu envie que de chercher à retrouver ma mère auparavant.

– Tu as des infos sur lui ?

– Je crois qu'il habite dans le Vermont, maintenant. Mais je sais pas où.

– La dernière fois que tu l'as vu, c'était quand ?

– Il y a quelques années. Mais il ne sait plus où me trouver.

Josh fait réellement son âge, maintenant. Un gamin fragile, abandonné par son père mais refusant de perdre espoir. Je ne veux pas être celui qui lui enlèvera cet espoir, donc je me contente de répondre :

– D'accord, je vais voir ce que je peux faire. Mais pour l'instant, il faut que je dise à ta mère que tu vas bien. Je dois l'appeler.

– Pourquoi ?

– Si je ne le fais pas, on pourrait m'accuser de t'avoir enlevé.

– Pas si je reste ici de mon plein gré, proteste-t-il.

– Si, même si tu restes ici de ton plein gré, Josh. Tu es trop jeune pour décider où tu veux vivre, et en ce moment, c'est ta mère qui a ta garde légale.

De plus en plus irrité, il repousse son assiette loin de lui et renonce à son petit déjeuner.

Je me lève, m'éloigne un peu pour appeler Sutton. Je tape son numéro – que j'avais consciencieusement bloqué après sa visite à mon restaurant, hier, au cas où elle chercherait à me joindre. Au bout de plusieurs sonneries, elle finit par décrocher et articuler un *allô* à moitié groggy.

– Je l'ai trouvé, lui dis-je.

– Qui est-ce ?

Je ferme les yeux en attendant qu'elle se réveille et se souvienne que son fils a disparu. Au bout de quelques secondes, elle lâche :

– Atlas ?

– Oui. J'ai retrouvé Josh.

Je distingue un bruissement de tissu, comme si elle s'extirpait des draps.

– Il était où?

Je n'ai vraiment pas envie de répondre à cette question. D'accord, c'est sa mère, mais même si cela peut paraître étrange, j'estime qu'elle n'a pas besoin de savoir où il était.

– Je ne sais pas... mais il est avec moi, maintenant. Écoute, je me demandais s'il pouvait rester ici quelque temps. Histoire que vous fassiez une pause, tous les deux.

– Tu voudrais qu'il reste avec *toi* ?

La façon dont elle accentue ce dernier mot m'arrache une grimace. Cela va être plus difficile que je ne le pensais. C'est le genre de personne à s'opposer juste pour le principe. Je lui propose alors :

– Je pourrais l'inscrire dans une école et m'assurer qu'il ne manque pas un cours. Ça te tranquilliserait.

Silence au bout du fil, comme si elle réfléchissait à cette proposition.

– Pauvre *martyr,* marmonne-t-elle. Ramène-le-moi. Tout de suite.

Puis elle raccroche.

J'essaie de la rappeler, trois fois, mais je tombe sur sa boîte vocale.

– C'était pas génial, j'ai l'impression, commente Josh du seuil de la cuisine.

J'ignore s'il a suivi la conversation de mon côté, mais au moins il n'a pas entendu ce qu'elle a dit.

– Elle veut te récupérer dès aujourd'hui, dis-je en glissant mon téléphone dans ma poche. Mais demain, j'appelle un avocat. Ou mieux, le Service de protection de l'enfance, si tu veux. Aujourd'hui, on est dimanche, je ne peux rien faire d'autre.

Les épaules de Josh se voûtent à ces mots.

– Je peux avoir au moins ton numéro ? finit-il par marmonner, inquiet.

– Bien sûr. Je ne vais pas t'abandonner maintenant que je sais que tu existes.

Jouant avec un trou de sa manche, il évite mon regard quand il dit :

– Je comprendrais si tu m'en veux... Je t'ai coûté beaucoup de fric.

– C'est vrai. Ça coûte cher les croûtons.

Il rit pour la première fois de la matinée.

– Mais c'était une putain de *tuerie* !

Avec un sourire en coin, je maugrée alors :

– Surveille ton langage.

*
* *

Le Risemore Inn se trouve carrément de l'autre côté de Boston. Avec la circulation, il nous faut quarante-cinq minutes pour y arriver, et ce n'est même pas un jour ouvrable. Quand on se gare sur le parking, Josh ne sort pas tout de suite de la voiture. Muet, il reste assis sur le siège passager, contemplant la façade de l'hôtel avec un quasi-dégoût. De toute évidence, c'est le dernier endroit où il voudrait être.

J'aurais aimé ne pas le rendre à sa mère, mais j'ai de nouveau appelé mon ami avocat ce matin, après avoir parlé à Sutton. Il m'a répété que, si je veux agir en toute légalité, sans lui laisser de quoi se retourner contre moi, je n'ai qu'une chose à faire : lui rendre son fils. Ensuite, si je veux l'attaquer en justice, je devrai me trouver un avocat et suivre la procédure.

Tout ce que je pourrais faire *en dehors* du cadre de la loi risquerait de se retourner contre moi.

Apparemment, on ne peut pas enlever un membre de sa famille, même si on le sait en danger.

Je voulais expliquer tout cela en détail à Josh – pour lui assurer que je ne le laissais pas tomber en le rendant à sa mère –, mais il s'est tellement mis en tête d'habiter avec son père que je ne sais même plus s'il a envie de vivre avec moi. Et je ne suis pas certain non plus d'être prêt à élever un petit frère. Cependant, moi vivant, je ferai tout ce qui est en mon pouvoir pour le soustraire à la garde permanente de cette femme.

En attendant, je veux qu'il mange, qu'il puisse payer l'hôtel où ils résident. Je sors mon portefeuille et lui tends une carte de crédit.

– Je peux te faire confiance là-dessus ?

Josh considère la carte dans ma main. Il n'en croit pas ses yeux.

– Pourquoi tu me ferais confiance ? Ça fait deux semaines que je cherche à foutre en l'air ton affaire.

J'insiste pour qu'il prenne la carte en me rapprochant de lui.

– Utilise-la pour ce qui t'est nécessaire. Pour manger, pour tes appels.

On s'était arrêtés en chemin pour lui acheter un téléphone pré-payé afin qu'il puisse me contacter facilement.

– Peut-être quelques nouvelles fringues, aussi...

À contrecœur, il accepte de prendre la carte et avoue :

– Je sais même pas m'en servir.

– Tu la passes devant le lecteur, c'est tout. Mais ne dis pas à Sutton que tu en as une. Cache-la entre ton téléphone et sa coque.

Aussitôt, il fait sauter la protection de silicone et y glisse sa carte avant de la remettre. Puis il murmure :

– Merci.

Avant d'ajouter, une main sur la portière :

– Tu viens lui parler ?

– Non, il vaut mieux éviter. Ça risquerait de la mettre encore plus en colère.

Josh soupire puis sort de la voiture. On se regarde pendant quelques secondes avant qu'il ne referme la portière et ne s'éloigne.

Je me sens vraiment mal de l'avoir ramené ici. Mais il faut que je fasse bien les choses. Si je ne le remets pas à sa mère, elle peut me poursuivre en justice. Et, la connaissant, elle n'hésitera pas. C'est mieux de laisser Josh la retrouver aujourd'hui ; dès demain lundi, j'appellerai qui de droit et ferai ce qu'il faut pour le ramener chez moi.

Je sais que s'il reste ici avec elle, il aura une vie pourrie. J'ai eu de la chance de trouver Lily. Elle m'a sauvé. Mais je ne sais pas s'il existe assez de chance dans le monde pour que nous soyons *tous les deux* sauvés par un étranger tombé du ciel.

Il n'a que moi.

De ma voiture, je regarde Josh traverser le parking en direction du motel. Il monte l'escalier et frappe à la deuxième porte de la coursive. Il se retourne pour me jeter un coup d'œil, et je lui réponds par un petit signe à l'instant où le battant s'ouvre devant lui.

De là où je suis, je devine la rage de Sutton, qui lui crie dessus immédiatement. *Avant de le gifler.*

J'ai la main sur la poignée de ma portière avant même que Josh ait le temps de réagir. Sutton lui agrippe le bras et le propulse violemment dans la chambre. Je suis déjà à quelques mètres de ma voiture quand je le vois trébucher sur le seuil et disparaître à l'intérieur.

Je grimpe les marches deux par deux, le cœur battant à tout rompre. Je parviens à atteindre la porte un quart de seconde avant qu'elle ne se ferme. Josh cherche encore à retrouver son équilibre, mais elle se penche sur lui et le secoue en hurlant :

– J'aurais pu aller en prison à cause de toi, petit merdeux !

Elle ignore que je suis derrière elle. Je passe un bras autour de sa taille et l'arrache à Josh avant de la précipiter sur le lit. Ça se passe si vite qu'elle est trop choquée pour réagir.

J'aide Josh à se redresser. Son téléphone gît un peu plus loin sur le sol, je l'attrape et le lui tends, puis je le pousse vers la porte laissée ouverte.

Comprenant ce qui arrive, Sutton bondit du lit et nous suit dehors.

– Ramène-le ! glapit-elle en s'accrochant à moi.

Elle tire sur ma chemise, dans l'espoir de me faire ralentir ou de m'écarter assez pour attraper Josh.

Je le pousse devant moi en criant :

– Va dans la voiture !

Il continue vers l'escalier, commence à dévaler les marches tandis que je pivote brusquement pour faire face à ma mère. La fureur qu'elle lit dans mes yeux est telle qu'elle hoquette de surprise. Puis elle plaque ses mains sur ma poitrine et me pousse en arrière.

– C'est *mon* fils ! braille-t-elle. J'appelle la police !

Je lâche un rire exaspéré. Je voudrais lui dire d'appeler la police. Je voudrais lui hurler dessus. Mais surtout, je voudrais que Josh la fuie. Elle ne détruira pas sa vie sous mes yeux.

Je n'ai même pas l'énergie de lui dire quoi que ce soit. Cette femme ne mérite pas mes paroles. Je me contente de m'en aller et de la laisser brailler, comme au bon vieux temps.

Mon frère est assis à l'avant de ma voiture lorsque je le rejoins. Je claque ma portière, agrippe le volant et démarre nerveusement. Je dois absolument me calmer avant de prendre la route.

Josh semble étrangement calme après ce qui vient de se passer. Ce qui m'amène à me demander si ce genre d'éclat est habituel entre eux, car il a une respiration des plus normales. Il ne pleure pas. Il ne jure pas. Il se contente de me regarder, et je comprends maintenant que la façon dont je réagis en ce moment restera sans doute imprimée dans sa mémoire toute sa vie.

Pour me détendre, j'ôte une main du volant et lâche un profond soupir.

Josh a une joue rouge ainsi qu'une petite entaille au front, qui saigne un peu. Je sors un mouchoir de la boîte à gants et le lui tends avant de baisser le miroir de courtoisie pour qu'il nettoie son visage.

– Je l'ai vue te gifler, mais d'où te vient cette coupure ?

– Je crois que j'ai heurté la télé.

On se calme, Atlas. Je passe la marche arrière, manœuvre quelques secondes et sors du parking.

– On devrait peut-être aller aux urgences, pour qu'ils voient ta plaie et vérifient que tu n'as pas de traumatisme crânien.

– Non, ça va. D'habitude, je sais quand j'ai quelque chose de grave.

D'habitude il sait... Les mâchoires crispées, je me dis que j'ignore totalement quel enfer ce gamin a déjà pu traverser... un enfer où j'allais justement le renvoyer.

– Autant bien faire les choses, lui dis-je.

Ce qui, dans mon esprit, signifie : *autant montrer sa blessure à un médecin et ainsi l'officialiser, au cas où on aurait besoin plus tard de preuves des violences qu'il a subies.*

18
LILY

Cinq jours, déjà, que je n'ai pas vu Atlas. J'essaie de ne pas m'inquiéter sur le fait qu'on est débordés de travail, lui et moi. Ce sera plus simple lorsque je me sentirai assez à l'aise pour le voir avec Emmy. Mais la première chose à faire – et la plus responsable – avant de présenter Atlas à ma fille, c'est d'annoncer au père de celle-ci que j'ai rencontré quelqu'un.

Le fait que ce qui est responsable me fasse peur est problématique. J'ai l'intention de repousser cette conversation autant que possible. Il n'y a pas de honte à se montrer patient.

Le magasin de fleurs est en sous-effectif cette semaine à cause du mariage imminent de Lucy. De son côté, Atlas est plongé dans ses démarches pour la garde de Josh, gère deux restaurants et s'occupe du gamin. Cerise sur le gâteau, le coup de froid de ma mère la semaine dernière s'est révélé être une véritable grippe ; elle n'a donc pas pu garder Emmy une seule fois, et j'ai dû emmener la petite avec moi deux jours sur les trois où j'ai travaillé.

Une semaine de folie, donc. Où il nous a été impossible de nous retrouver ne serait-ce que pour un petit câlin volé.

Ryle et Marshall ont emmené les filles au zoo, aujourd'hui. Emmy étant bien trop jeune pour apprécier, ce devrait être une journée intéressante pour Ryle.

Tout s'est bien passé ce matin quand il est venu chercher la petite, même si on ne s'est pas parlé depuis notre conversation sur le toit, la semaine dernière, au sujet du deuxième prénom de notre fille. Il s'est montré un peu sec, mais je préfère cela aux sous-entendus dont il m'abreuve parfois.

Allysa travaille avec moi aujourd'hui puisqu'elle n'a pas Rylee. Elle vient de revenir avec du café, maintenant que nous avons fait le tour des diverses commandes. Un camion est parti les livrer il y a une heure, c'est donc la première fois que nous avons le temps de parler tranquillement depuis mon rendez-vous de la semaine dernière avec Atlas.

Elle me tend un mug puis tapote sur le clavier de l'ordinateur pour consulter les nouvelles commandes. Je lui demande alors :

– Qu'est-ce que tu vas porter pour le mariage de Lucy ?

– On n'y va pas.

– Quoi ?

– On ne peut pas. Ce sont les quarante ans de mariage de mes parents ; Ryle et moi, on leur organise un dîner surprise.

Elle m'en avait parlé, mais je n'imaginais pas que ce serait le même jour que le mariage de Lucy.

– C'est le seul soir où Ryle a pu se libérer, précise-t-elle.

Je suis très déçue. Je déteste l'emploi du temps de Ryle. Je sais que ça s'arrangera plus tard, quand il ne fera plus partie des nouveaux chirurgiens, mais même lorsque ses horaires n'entrent pas en conflit avec la garde d'Emmy, il trouve le moyen d'obliger ma meilleure amie à choisir entre un mariage et ses parents.

Je sais que ce n'est pas sa faute, mais j'aime bien lui reprocher des choses qu'il ne peut pas contrôler. Quelque part, ça fait du bien.

– Lucy sait que tu ne seras pas là ?

– Oui. Elle comprend. Deux invités de moins à nourrir...

Elle avale une gorgée de café et demande :

– Tu y vas avec Atlas ?

– Je ne le lui ai pas proposé. Je pensais que Marshall et toi y alliez, et je ne voulais pas vous demander de mentir encore une fois pour moi.

J'étais mal à l'aise d'avoir demandé à Allysa de garder Emmy, la semaine dernière ; je savais qu'elle serait obligée de mentir si Ryle passait la voir. Ce qui s'est produit.

– Quand comptes-tu parler de cette relation à Ryle ?

– Je suis vraiment obligée ?

– Il finira bien par le savoir.

– Je pourrais juste prétendre que je sors avec un certain Greg. Je ne pense pas qu'il se sentirait menacé par un Greg. Et pourquoi préciser avec quel homme j'ai une relation ? Si ça se trouve, ça ne le contrariera peut-être pas tant que ça. Qui sait, je finirai peut-être par lui dire qu'il s'agit d'Atlas dans dix ou vingt ans, je ne sais pas...

Allysa pouffe de rire puis me regarde d'un air curieux.

– Mais pourquoi Ryle déteste-t-il tellement Atlas, au fait ?

– Il n'aimait pas que je garde le souvenir de l'époque où je sortais avec Atlas.

– Et... quoi d'autre ? insiste-t-elle.

Je secoue la tête. Il n'y a rien d'autre.

– Qu'est-ce que tu veux dire ?

– Tu aurais trompé Ryle avec Atlas ?

– Quoi ?! Non, carrément non. Je n'aurais jamais fait ça à Ryle.

D'abord offensée par sa question, je me ressaisis. La réaction de Ryle amènerait naturellement n'importe qui à se demander pourquoi il a réagi ainsi.

Allysa reste néanmoins intriguée.

– Je ne comprends pas. Si tu ne le trompais pas avec ce type, pourquoi Ryle le déteste-t-il ?

Je lâche un profond soupir :

– C'est la question que je me suis posée des millions de fois, Allysa.

L'air ennuyée, elle reprend :

– Je n'ai jamais osé te le demander parce que je pensais que tu avais honte d'avoir trompé mon frère, et que tu ne voulais pas m'en parler.

– Je n'ai même jamais embrassé Atlas depuis mes seize ans. Seulement Ryle ne supportait pas que mon passé s'immisce parfois dans mon présent, même de façon platonique.

– Attends, tu n'as pas embrassé Atlas depuis tes seize ans ?

Elle s'arrête sur le point le moins important de la conversation.

– Même pas pendant votre rendez-vous de la semaine dernière ?

– Non, on y va doucement, Allysa. Et ça me convient tout à fait. Plus on prend les choses calmement, plus ça me donne le temps de l'annoncer à ton frère.

– Perso, je crois que tu devrais tout de suite crever l'abcès, dit-elle en indiquant mon téléphone sur le comptoir. Envoie un texto à Ryle et dis-lui que tu sors avec Atlas. Il s'en remettra ; il n'a pas le choix.

– Non, c'est quelque chose que je dois lui dire en personne.

– Je te trouve bien prévenante.

– Et toi, tu es bien trop naïve. Si tu crois que Ryle va *s'en remettre*, comme tu dis, tu ne connais pas bien ton frère.

– Je n'ai jamais prétendu ça, soupire-t-elle en posant son menton sur sa paume. Marshall m'a dit qu'il t'avait avoué que je l'avais trompé.

Je suis heureuse qu'elle change de sujet.

– Oui, ça m'a fait un choc.

– Un soir où j'étais bourrée... J'avais dix-neuf ans ; rien ne compte avant vingt et un ans.

Je ris.

– C'est vrai ?

– Oui.

Elle saute sur le comptoir et se met à balancer les jambes.

– Mais parle-moi d'Atlas. Comme si j'étais ta meilleure amie et non la sœur de ton ex.

Et nous y revoilà. Le répit a été de courte durée.

– Tu es sûre que ça ne te gêne pas ?

– Pourquoi ? Parce que Ryle est mon frère ? Non, ça ne me gêne pas du tout. S'il avait été plus gentil avec toi, tu n'aurais pas à sortir avec des dieux grecs.

L'air malicieux, elle ajoute :

– Alors, il est comment ? Il a l'air mystérieux.

– Pas vraiment. Pas pour moi.

Je continue, ne pouvant réprimer mon sourire :

– C'est tellement facile de parler avec lui. Et il est gentil. C'est le genre *Marshall*, mais pas aussi extraverti.

Il est plus réservé. Il bosse beaucoup, moi j'ai Emmy tout le temps ; on a donc du mal à se trouver des moments à nous. En plus, il a découvert cette semaine qu'il a un petit frère. Tu imagines que sa vie est plutôt chaotique en ce moment. On communique essentiellement par FaceTime ou textos, c'est vraiment nul.

– C'est pour ça que tu regardes toujours ton téléphone ?

Je me sens rougir à cette question. Je suis furieuse qu'elle l'ait remarqué. J'ai pourtant tout fait pour que ça passe inaperçu. Je refuse qu'on sache à quel rythme je communique avec Atlas, combien de fois par jour je *pense* lui envoyer un message, ou *quand* tout simplement je pense à lui.

Peut-être que j'ai peur d'en parler avec Allysa car je ne veux pas m'autoriser à être heureuse avec Atlas tant que je sais que Ryle sera contrarié par cette relation.

Je reçois un texto au beau milieu de ma réflexion, et j'ai toutes les peines du monde à réprimer un sourire devant ce que je lis sur mon écran.

– C'est lui ? me demande Allysa.

Je hoche la tête.

– Qu'est-ce qu'il dit ?

– Il me demande si j'aimerais qu'il m'apporte à déjeuner.

– *Oui...* soupire dramatiquement Allysa. Dis-lui que tu meurs de faim, et ton amie aussi.

Je ris et réponds à Atlas par ces mots :

Peux-tu apporter à déjeuner pour deux aujourd'hui ? Ma collègue est jalouse quand il n'y en a que pour moi.

Il répond aussitôt :

Je suis là dans une heure.

*

* *

Lorsque Atlas arrive, il nous trouve, Allysa et moi, occupées avec des clients. Il tient un sac de papier brun à la main. Comme je lui fais signe d'attendre près du comptoir, il s'exécute poliment, le temps que nous terminions. Allysa est la première à finir sa vente, et pendant au moins cinq minutes, elle converse avec Atlas ; des paroles dont je ne saisis pas un mot de là où je me tiens dans le magasin. Malgré toute l'attention que je porte à mon client, voir Allysa parler librement à Atlas me rend nerveuse. Je ne sais jamais ce qui peut sortir de sa bouche.

Atlas a l'air content, cependant. Quoi qu'elle puisse lui raconter, il semble apprécier.

J'ai l'impression qu'il s'est passé dix ans lorsque je me libère de mon client et peux enfin les rejoindre. Atlas m'accueille avec un baiser sur la joue. Ses doigts se pressent légèrement sur mon épaule l'espace de quelques secondes. J'ai le plus grand mal à cacher que ce simple geste m'électrise.

Allysa me décoche un sourire entendu :

– Adam Brody, c'est ça ?

J'ignore de qui elle parle jusqu'à ce que je voie Atlas en train de sourire à son tour. Et je me souviens : j'avais un poster d'Adam Brody au-dessus de mon lit, la première fois où il est venu dans ma chambre.

Je riposte en lui tapant le bras :

– Hé, j'avais quinze ans !

Il laisse échapper un petit rire, et j'adore le fait qu'Allysa se montre amicale avec lui. Elle pourrait se sentir obligée d'être totalement loyale envers son frère, mais ce n'est pas non plus son genre de se montrer désagréable avec quelqu'un juste parce que d'autres ne l'aiment pas.

Elle n'est pas amie ou sœur « à la vie à la mort ». C'est ce que j'aime le plus chez elle, car moi non plus je ne suis pas « à la vie à la mort ». Si un ami commet une bêtise, je serai l'amie qui n'hésitera pas à le lui dire en face. Je n'approuverai pas sa stupidité.

Je veux que mes amis me traitent de la même manière. Je préfère l'honnêteté à la loyauté parce que la loyauté découle de l'honnêteté.

– Merci pour ce déjeuner, lui dis-je alors. Tu as pu régler la question de l'école pour Josh ?

Atlas essaie de lui trouver un collège plus proche de l'endroit où il vit.

– Oui. Je croise les doigts pour qu'ils ne regardent pas de trop près le dossier d'inscription que j'ai rempli. J'ai un petit peu menti.

– Je suis sûre que tout ira bien. J'ai vraiment hâte de faire sa connaissance.

– Quel âge a-t-il ? demande Allysa.

– Il vient d'avoir douze ans.

– Waouh, l'âge ingrat ! commente-t-elle. Mais au moins, tu n'as pas à payer la crèche. C'est le bon côté de la chose.

Elle claque des doigts et ajoute :

– Au fait, en parlant d'enfants, Lily n'aura pas Emerson la semaine prochaine car elle va à un mariage. Une nuit toute seule, en adulte.

Je lève les yeux au ciel et réplique :

– J'allais l'inviter, Allysa. Je n'avais pas besoin de ton aide.

– Un mariage ? intervient Atlas avec un petit sourire. Tu as prévu une sieste dans la soirée ?

Je rougis aussitôt, ce qui pique la curiosité d'Allysa. Atlas se tourne alors vers elle et demande :

– Elle ne t'a pas raconté qu'elle avait dormi un bon moment, le soir de notre rendez-vous ?

Sans même regarder Allysa je sens ses yeux sur moi. J'explique alors, pour excuser l'inexcusable :

– J'étais morte de fatigue. Ça m'est tombé dessus d'un coup.

– Oh, mais je veux tout savoir de cette histoire, réplique-t-elle.

– Elle s'est endormie pendant qu'on était là-bas, garés sur un parking, pendant plus d'une heure. On n'a jamais mis les pieds dans le restaurant où j'avais réservé.

Allysa se met à rire et je n'ai qu'une envie, disparaître dix pieds sous terre.

– Qui se marie, au fait ? interroge Atlas.

– Mon amie Lucy. Elle travaille ici.

– À quelle heure, ce mariage ?

– À dix-neuf heures. Un mariage en soirée, si tu peux te déplacer.

– Je peux.

Un éclair soudain dans ses yeux me dit qu'il adorerait que l'on soit seuls tous les deux, à cet instant. Ce qui m'envoie une décharge brûlante dans tout le corps.

– Je dois y aller, maintenant, déclare-t-il. Bon appétit.

Puis, se tournant vers Allysa, il ajoute :

– Ravi d'avoir fait officiellement ta connaissance.

– Moi aussi, je suis ravie.

Il se met à siffloter en sortant de la boutique. Il s'en va tout content, et cela me fait bondir de joie. J'ignore si je suis la cause de cette bonne humeur, mais l'adolescente en moi qui s'inquiétait tant pour lui est aux anges de voir qu'il se sent mieux dans sa vie.

– Qu'est-ce qui ne va pas chez lui ? s'étonne Allysa en le regardant disparaître.

– Qu'est-ce que tu veux dire ?

– Pourquoi il n'est pas marié ? Pourquoi il n'a pas de petite amie ?

– J'ose espérer qu'il en aura une bientôt, dis-je en souriant.

– Il est peut-être nul au lit. Ça expliquerait pourquoi il est célib.

– Il n'est certainement pas nul au lit.

– Mais... tu dis que tu ne l'as même pas encore embrassé ; comment tu peux le savoir ?

– Je ne l'ai pas embrassé... *adulte*. Tu oublies que j'ai eu une histoire avec lui. C'était mon premier, et il était vraiment, vraiment bon. Je suis sûre qu'il s'est encore amélioré.

Allysa me considère un instant puis déclare, l'air grave :

– Je suis heureuse pour toi, Lily. Marshall va bien l'aimer aussi. C'est vrai qu'il est *aimable*.

Elle dit cela comme si c'était la pire conclusion.

– Et alors ?

– Je ne sais pas si c'est une *bonne* chose, Lily. Cette histoire est un peu confuse ; tu le sais, je n'ai pas besoin de te l'expliquer. Mais je comprends parfaitement que tu hésites à en parler à Ryle. Savoir que son ex partage un lit avec ce bloc de perfection doit sembler être une vraie castration.

Je hausse un sourcil :

– Et le fait de battre sa femme, ça ne devrait pas faire redouter une castration ?

Je me choque moi-même en prononçant ces mots, mais impossible de les garder pour moi. Je ne crois pas en avoir besoin, cependant, car, heureusement, ma meilleure amie n'est pas une sœur *à la vie à la mort.*

Plutôt que de se sentir offensée, Allysa acquiesce d'un signe de tête.

– Bien vu, Lily.

19

ATLAS

Je ne sais pas si à douze ans on est trop jeune pour prendre un taxi, mais je ne voulais pas laisser Josh seul chez moi après l'école ; j'ai donc commandé un Uber qui a déposé mon frère devant la porte du restaurant. On avait convenu un peu plus tôt dans la semaine qu'il devrait sans doute venir aider pour payer les dégâts qu'il a causés ici.

Comme je surveille son trajet sur mon smartphone, je sors l'accueillir devant la porte. En le regardant descendre du véhicule, j'ai l'impression d'avoir en face de moi un garçon totalement différent de celui que j'ai rencontré il y a plusieurs jours. Il porte des vêtements qui lui vont, il a une coupe de cheveux correcte – après être passé hier chez le coiffeur –, et il porte un sac à dos rempli de livres plutôt que de bombes de peinture.

Je doute que Sutton le reconnaîtrait si elle le voyait ainsi.

– Comment s'est passée l'école ?

C'était aujourd'hui son deuxième jour de cours dans son nouveau collège. Hier, il m'avait dit que tout allait bien, sans toutefois s'étendre plus que ça.

– Très bien.

J'imagine que je n'en obtiendrai pas plus d'un gamin de douze ans. J'ouvre la porte du restaurant, et Josh marque une pause avant d'entrer. Il observe un instant le bâtiment avant de commenter :

– C'est drôle, j'ai dormi ici pendant deux semaines, et c'est la première fois que je passe par l'entrée officielle.

Je ris et le suis à l'intérieur. J'ai hâte qu'il rencontre Theo, même si je n'ai pas encore eu l'occasion de lui parler de Josh. Il est arrivé quelques minutes plus tôt, en passant par la porte de service, tandis que je sortais accueillir Josh devant l'entrée principale.

Theo n'est pas venu travailler au restaurant de toute la semaine dernière, et je n'y ai pas amené Josh non plus car j'étais occupé à remettre de l'ordre dans sa vie. Josh stoppe net en franchissant la double porte qui conduit à la cuisine. Étonné, il observe l'agitation devant lui. J'imagine que, de jour, l'endroit lui paraît bien différent de ce qu'il pouvait être les nuits où il y a dormi.

La porte de mon bureau est ouverte, ce qui veut dire que Theo est là, en train de faire ses devoirs. Josh me suit dans le couloir et entre à ma suite dans la pièce. Theo est assis à ma table, en train de lire. Il lève les yeux vers moi puis repère Josh. Il se redresse alors sur mon fauteuil et demande, l'air stupéfait :

– Qu'est-ce que tu fais là ?

– Et *toi*, qu'est-ce que tu fais là ? rétorque Josh.

Ils se parlent comme de vieilles connaissances. Je n'aurais jamais imaginé qu'ils se soient déjà rencontrés, vu la taille des écoles ici, et le nombre d'élèves. Je ne savais même pas quel collège Theo fréquentait.

– Vous vous connaissez, tous les deux ?

– Oui, répond Theo, c'est le nouveau de l'école.

Puis, s'adressant à Josh :

– Mais... comment tu connais Atlas ?

Josh lâche son sac à dos et se laisse tomber dans le canapé avant de répondre :

– C'est mon frère.

Theo nous regarde l'un après l'autre puis demande :

– Pourquoi je ne savais pas que tu avais un frère ?

– C'est une longue histoire.

– Tu ne crois pas que tu aurais dû en parler à ton psy ?

– Tu n'as pas été là de la semaine.

– J'avais entraînement de maths tous les soirs après l'école.

– Entraînement de maths ? Comment on peut s'entraîner aux maths ?

– Attends, intervient Josh, Theo c'est... ton *psy* ?

Ce dernier lui répond :

– Oui, mais je ne le fais pas payer. Au fait, tu as Trent en maths ?

– Non, j'ai Sully.

– C'est nul, commente Theo.

De nouveau, il nous regarde tous les deux puis il s'adresse à moi :

– Pourquoi tu ne m'as jamais dit que tu avais un frère ?

Il n'a pas l'air de digérer la chose, mais je n'ai pas le temps de lui expliquer tout ça maintenant. La cuisine n'attend pas.

– Josh te racontera. J'ai un restaurant à faire tourner.

Je les laisse dans mon bureau et cours rejoindre mon staff en cuisine.

Je trouve super qu'ils se connaissent, mais surtout que Theo se sente à l'aise avec lui. Je le connais bien mieux que mon petit frère, et je suis sûr que Theo aurait réagi autrement s'il n'avait pas apprécié Josh.

*

* *

Environ une heure plus tard, la cuisine est au complet et je peux m'évader quelques minutes. Lorsque j'entre dans mon bureau, je trouve Josh et Theo en pleine discussion sur un manga.

– Désolé de vous interrompre. Tu as fini tes devoirs, Josh ?

– Mouais.

– *Mouais* ?

Je ne le connais pas assez pour savoir ce que signifie réellement ce *mouais*.

– C'est un oui ? Un non ? Un... presque ?

– Oui, avoue-t-il en me suivant vers la cuisine. Presque. Je finirai ce soir ; j'ai le cerveau comme une citrouille.

Je le présente à mon personnel, terminant avec Brad :

– Josh, voici Brad. C'est le père de Theo. Et, Brad, voici Josh, mon petit frère.

Brad fronce les sourcils, l'air un peu perdu, mais ne répond rien.

– Josh a une dette à régler, lui dis-je alors. Tu aurais du travail pour lui ?

– J'ai une dette ? s'étonne Josh.

– Oui, pour un vol de croûtons.

– Ah oui... ça.

Brad comprend aussitôt et demande à mon frère :

– Tu sais laver la vaisselle ?

Josh roule des yeux étonnés et le suit vers l'évier.

Je culpabilise un peu de l'obliger à bosser, mais je me sentirais encore plus coupable si je ne lui faisais pas payer d'une façon ou d'une autre les milliers de dollars qu'il m'a coûté. Je le laisse donc faire la vaisselle pendant une heure, et nous serons quittes.

J'attendais surtout qu'il quitte mon bureau pour pouvoir parler de lui à Theo.

Celui-ci est en train de fourrer des papiers dans son sac à dos. Je m'assieds sur le canapé, prêt à lui poser des questions sur Josh, mais il me devance :

– Alors, tu as embrassé Lily ?

On en revient toujours à moi...

– Pas encore.

– Mais enfin, Atlas ! Je te jure, tu es vraiment nul.

Bon sang, autant changer tout de suite de sujet.

– Tu connais bien Josh ?

– Ça ne fait que deux jours qu'il est à l'école, donc pas super bien, non. On a quelques cours ensemble.

– Comment il s'en sort en classe ?

– Aucune idée. Je ne suis pas son prof.

– Je ne parle pas de ses notes mais de ses relations avec les autres. Il se fait des amis ? Il se comporte de façon sympa ?

– Attends, tu *me* demandes si ton frère est sympa ? Tu ne le sais pas, toi ?

– Je viens de faire sa connaissance.

– Moi aussi, reprend Theo. Et tu me poses une sérieuse question, là. Les garçons peuvent être méchants. Tu le sais.

– Tu veux dire que Josh est méchant ?

– Il y a plusieurs genres de méchanceté. On va dire que Josh est du genre... méchanceté positive.

Là, je suis largué. Theo le voit bien et il s'explique :

– Il brutalise les brutes, si ça te parle.

Cette conversation me met mal à l'aise.

– Alors, Josh est... le *roi* des brutes ? Ça ne me rassure pas du tout.

Theo lève les yeux au ciel et poursuit :

– Comment te dire... c'est dur à expliquer. Mais ce n'est pas une surprise, je ne suis pas le gars le plus populaire de cette école. Je fais partie des matheux, et je...

Haussant les épaules, il enchaîne :

– Mais je ne m'en fais pas pour des types comme Josh. Quand tu me demandes s'il est sympa, je ne sais pas quoi te répondre parce que, non, il n'est pas *sympa.* Mais il n'est pas méchant non plus. Ou, du moins, pas avec les gentils.

Je ne réplique rien sur le moment, car je tente d'absorber toutes ces infos. Je risque bien d'être encore plus dérouté que je ne l'étais juste avant cet échange avec Theo. D'un autre côté, je suis rassuré de savoir qu'il n'a pas peur de Josh.

– Enfin, reprend Theo en fermant son sac à dos, toi et Lily... c'est déjà retombé ?

– Non, on est juste très occupés, tous les deux. Mais je l'accompagne à un mariage demain.

– Tu vas enfin l'embrasser ?

– Si elle veut bien.

– Elle voudra sûrement, tant que tu ne lui sortiras pas des machins du genre : *Regarde les bateaux au loin... et embrassons-nous !*

J'attrape un des coussins du canapé et le lui jette à la figure.

– Je vais me trouver un nouveau psy ; un qui ne me brimera pas !

20

LILY

Difficile d'être à la fois la fleuriste et l'invitée d'un mariage. J'ai couru toute la journée pour m'assurer que les bouquets soient disposés comme le demandait Lucy. Et, pour ne rien arranger, nous fermons plus tôt ce soir à cause de la réception. Serena avait donc besoin d'aide pour compléter toutes les commandes et en lancer la livraison.

Quand Atlas passe me prendre à mon appartement, je suis loin d'être prête. Il vient de m'envoyer un texto me demandant s'il pouvait monter. Il est prudent, car il ne sait pas sur qui il pourrait tomber ; et il ne sait pas non plus si j'accepterais qu'on sache qu'il m'accompagne à cette cérémonie.

Si j'ai hésité à l'inviter, c'est précisément pour cette raison. Mais je suis sûre que personne au mariage de Lucy ne saura qui est Ryle. Nous n'évoluons pas dans les mêmes sphères. Et au cas où l'un d'eux connaîtrait

Ryle et lui rapporterait que j'étais avec quelqu'un, le jeu en vaut la chandelle. J'attends cette soirée avec trop d'impatience depuis qu'Atlas a accepté de m'y accompagner.

Monte, je ne suis pas tout à fait prête.

Quelques instants plus tard, Atlas toque à ma porte. Quand je lui ouvre, je sens mes yeux s'arrondir comme des soucoupes, comme dans les dessins animés.

– Waouh !

Il est absolument divin dans son costume noir. J'en suis à ce point interdite que je reste plantée devant lui en oubliant de le faire entrer.

Il a un bouquet à la main, mais ce ne sont pas des fleurs. Ce sont des cookies.

Il me le tend d'un air malicieux :

– J'ai pensé que les fleurs tu dois en avoir par-dessus la tête.

Il s'approche, m'embrasse sur la joue, et j'ai envie de pencher juste un peu le visage pour que ses lèvres rencontrent les miennes... mais j'espère ne pas avoir à attendre trop longtemps pour cela.

– C'est parfait, lui dis-je en m'écartant pour le laisser passer. Viens, entre. Il me faut, quoi... une quinzaine de minutes pour finir de m'habiller.

J'ai eu tant de choses à faire aujourd'hui que je n'ai même pas pris le temps de manger. Je déballe un des cookies et croque dedans, avant de lancer la bouche pleine :

– Désolée si ça ne se fait pas, mais je meurs de faim. Tu n'as qu'à attendre ici avec moi pendant que je me prépare. Ça ne sera pas long.

Il me suit à l'intérieur, regarde tout autour de lui.

Ma robe est posée sur le lit, je la prends et pars dans la salle de bains. Je laisse la porte entrouverte afin de lui parler pendant que je me change :

– Où est Josh ?

– Tu te souviens de Brad, à la soirée de poker ?

– Oui.

– Son fils, Theo, est à la maison avec Josh. Ils vont dans la même école.

– Ça lui plaît, l'école ?

Je ne vois pas Atlas, mais il semble plus près de la salle de bains quand il me répond :

– Oui, assez.

On dirait qu'il est juste derrière la porte. J'enfile ma robe et j'ouvre un peu plus le battant. Je l'ai choisie couleur bordeaux, très près du corps et ornée de fines bretelles. J'ai une étole assortie, mais qui est encore suspendue dans mon armoire.

Le regard d'Atlas se pose sur moi lorsque j'apparais sur le seuil, il m'étudie des pieds à la tête, mais je ne lui laisse pas le temps de me complimenter.

– Tu peux m'aider à fermer ma robe, s'il te plaît ?

Alors que je lui présente mon dos et relève mes cheveux, je le sens hésiter. Ou peut-être qu'il se plaît à goûter ce moment…

Quelques secondes plus tard, ses doigts s'appuient contre mon dos tandis qu'il remonte la fermeture. Je suis saisie de délicieux frissons. Son geste terminé, je lâche mes cheveux et me tourne vers lui :

– Je dois juste me maquiller un peu, maintenant.

Je repars vers la salle de bains mais il m'en empêche en me passant un bras autour de la taille.

– Viens ici, dit-il en m'attirant contre lui.

Il contemple mon visage un court instant, esquisse un sourire appréciateur, séduisant… comme s'il allait m'embrasser.

– Merci de m'avoir invité.

Je lui rends son sourire.

– Merci d'avoir accepté. Je sais que tu as eu une semaine de folie.

Il a l'air fatigué. La lueur que je vois d'habitude dans ses yeux a légèrement pâli, comme s'il était stressé et avait besoin d'une bonne soirée de détente. Je ne peux me retenir d'effleurer sa joue :

– On n'a qu'à prendre un Uber pour y aller, si tu veux. Je suis sûre qu'un verre, avant de partir, te ferait du bien.

Il prend ma main toujours posée sur sa joue et se penche pour embrasser ma paume. Puis il l'écarte et y passe ses doigts. Sur le point de me répondre, il se ravise en apercevant mon tatouage.

Il n'a jamais vu ce cœur dessiné sur mon épaule – celui que je me suis fait faire car il m'embrassait toujours à cet endroit. Il l'effleure des doigts, en trace délicatement les contours, avant que ses yeux ne remontent vers les miens.

– Ça date de quand ?

Je dois me racler un peu la gorge pour répondre :

– De la fac.

Depuis longtemps j'imaginais ce moment... ce qu'il dirait en le découvrant, ce qu'il en penserait.

Il me fixe un instant puis regarde de nouveau le tatouage. Il est si près. Je sens son souffle me caresser la nuque.

– Pourquoi tu t'es fait faire ça ?

Pour tant de raisons, à vrai dire ; mais je choisis de lui donner la plus évidente :

– Parce que tu me manquais.

J'attends qu'il baisse la tête et dépose un baiser sur mon épaule, comme il l'a fait tant de fois auparavant. J'attends qu'il m'embrasse. Qu'il pose sa bouche sur la mienne, dans un merci muet.

Mais il ne fait rien de tout ça. Il contemple mon tatouage quelques minutes encore, puis il ôte son bras de ma taille et s'écarte. Sa voix paraît très détachée quand il articule :

– Tu devrais finir de te préparer, on va être en retard.

Il fait quelques pas vers ma chambre, et sans se retourner, il laisse tomber :

– Je t'attends dans le salon.

J'en reste le souffle coupé.

Son attitude vient de changer du tout au tout. J'en reste figée sur place, avant de me secouer pour aller finir de me préparer. Mais peut-être me suis-je trompée sur sa réaction... peut-être n'était-elle pas si négative. Peut-être a-t-il tellement aimé ce tatouage qu'il lui fallait un peu de temps pour s'en remettre.

Quelle que soit la raison de ce recul soudain, je retiens mes larmes, ce qui rend mon maquillage compliqué. Mais je n'y peux rien. Je suis bouleversée ; j'espérais de lui tout autre chose pour ce soir.

Je prends mes chaussures dans le placard, j'attrape mon étole. Je crains qu'il ne m'ait pas attendue. Mais si, il est toujours là. Appuyé contre le mur du couloir, il contemple les photos d'Emmy. Quand il m'entend, il se tourne vers moi.

– Waouh !

Il a l'air sincèrement heureux de me voir près de lui... Le contraste dans son attitude est saisissant. Et perturbant.

– Tu es superbe, Lily.

J'apprécie bien sûr le compliment, mais je ne peux ignorer ce qui vient de se passer. S'il y a une chose que j'ai apprise de mes relations diverses et de celle qu'entretenaient mes parents, c'est de refuser de tout fourrer sous le tapis. Je ne veux même pas qu'il y ait de tapis sous lequel glisser tout ce que l'on n'a pas le courage de regarder en face.

– Mon tatouage t'a contrarié à ce point ?

Ma question le surprend, c'est évident. Il tripote sa cravate et semble chercher une excuse, mais rien ne vient.

– Ce n'est pas ton tatouage, finit-il par murmurer.

– Alors, qu'est-ce que c'est ? Pourquoi m'en veux-tu ?

– Je ne t'en veux pas, Lily.

Il dit ça avec conviction, mais il n'est pas le même qu'à son arrivée chez moi, et je ne veux pas qu'on entame une relation sur un mensonge. Apparemment, lui non plus, car je le vois chercher ses mots avant de parler. Il semble mal à l'aise, comme s'il ne voulait pas avoir cette conversation… pas maintenant, en tout cas.

Il fourre les mains dans les poches de son pantalon et soupire :

– Le soir où je t'ai emmenée aux urgences… tu te rappelles… ils t'ont bandé l'épaule pendant qu'on était là-bas.

Il s'exprime, la gorge serrée, mais lorsque je croise son regard, je découvre le tumulte d'émotions qui le bouleverse.

– Je t'ai entendue dire à l'infirmière qu'il t'avait mordue, mais je n'étais pas assez près pour voir que…

Atlas s'interrompt, ravale son émotion et poursuit :

– Je n'étais pas assez près pour voir que tu avais ce tatouage, et qu'il t'avait mordue…

Il s'arrête de nouveau, tellement ému qu'il ne parvient pas à finir sa phrase. Il enchaîne donc sur une autre :

—– C'est pour ça qu'il t'a mordue ? Parce qu'il avait lu ton journal et savait que ce tatouage était pour moi ?

Mes jambes menacent de se dérober sous moi.

Je comprends pourquoi Atlas ne voulait pas avoir cette conversation. Le sujet est bien trop grave pour en parler de façon décontractée pendant qu'on sort de mon appartement. Je plaque une main sur mon ventre, prête à lui répondre, en même temps, je n'arrive pas à parler de tout ça. Surtout en sachant à quel point ça l'affecte.

Je ne veux pas le blesser, mais je ne veux pas non plus lui mentir, ni chercher à protéger Ryle. Parce qu'Atlas a raison. Si Ryle a fait ça, c'était exactement dans ce but ; et je hais l'idée qu'Atlas ne voie dans ce tatouage que ce souvenir affreux.

Mon silence suffit d'ailleurs à l'en convaincre. Il grimace et se détourne, comme s'il se retenait de hurler. Il semble prêt à exploser, à mitrailler tout ce qui passe à sa portée, mais Ryle n'est pas là pour lui servir de cible.

Atlas est fou de rage ; cependant, cette rage ne m'effraie pas.

Je comprends le sens de cet épisode. Je suis seule dans mon appartement avec un homme furieux, mais je ne crains pas pour ma vie, car ce n'est pas à moi qu'il en veut. Il en veut à la personne qui m'a *blessée*. C'est une fureur protectrice, et il y a un monde entre la réaction que je peux avoir devant la colère de Ryle et celle que j'ai maintenant devant celle d'Atlas.

Il se tourne alors vers moi, et je vois ses mâchoires crispées, les veines gonflées de son cou quand il me dit :

– Comment veux-tu que je reste poli devant lui, Lily ?

L'air vaguement coupable, il ajoute en soupirant :

– J'aurais dû être là pour toi. J'aurais dû agir autrement.

Je comprends sa colère, pourtant il n'a absolument rien à se reprocher. Au stade où j'en étais dans ma vie, il n'aurait pu dire ou faire quoi que ce soit qui puisse changer ce que je pensais de Ryle. Je devais m'en rendre compte par moi-même.

Je m'approche d'Atlas, m'adosse au mur face à lui. Je vois qu'il est traversé de mille émotions, et je veux lui laisser de l'espace pour les maîtriser. Mais j'ai aussi beaucoup à dire sur le sentiment de culpabilité qui le tourmente.

– La première fois que Ryle m'a frappée, c'était parce que je m'étais moquée de lui. J'étais pompette, je trouvais drôle quelque chose qui ne l'était pas, et il m'a giflée.

Atlas doit détourner le regard en m'entendant dire cela. Je ne sais pas s'il cherche à connaître tous ces détails, mais voilà longtemps que je voulais tout lui raconter. Il reste appuyé contre le mur face à moi, et j'ai l'impression qu'il fait un immense effort pour ne pas partir à la recherche de Ryle. Le regard froid, perçant, il semble attendre la suite de mon explication.

– La deuxième fois, il m'a poussée dans l'escalier. Notre dispute avait commencé quand il avait trouvé ton numéro caché sous la coque de mon téléphone. Et quand il m'a mordu l'épaule... Tu as raison, c'était parce qu'il avait lu mon journal et découvert que j'avais fait ce tatouage pour toi, et aussi que le magnet que je gardais sur mon frigo venait de toi.

Je baisse brièvement les yeux parce qu'il est trop pénible de voir à quel point cela peut l'affliger.

– Je pensais que ce que je faisais justifiait ses réactions. Par exemple... si je n'avais pas ri, il ne m'aurait pas frappée. Peut-être aussi que, si je n'avais pas gardé ton numéro dans ma coque de téléphone, il n'aurait pas éclaté de rage avant de me pousser dans l'escalier.

Atlas ne me regarde plus. La tête contre le mur, il fixe le plafond, assimilant tout ce que je viens de raconter, figé dans sa colère.

Je poursuis néanmoins :

– Chaque fois que je commençais à culpabiliser et à justifier les actes de Ryle, je pensais à toi. Je me demandais quelle aurait été ta réaction. Car je suis convaincue qu'elle aurait été différente. Si j'avais ri de toi dans les mêmes circonstances, tu aurais ri *avec* moi. Jamais tu ne m'aurais giflée. Et si un homme quel qu'il soit m'avait donné son numéro de téléphone afin de me protéger d'une personne dont il savait qu'elle était dangereuse, tu l'aurais *apprécié* pour cela. Tu ne m'aurais pas poussée dans l'escalier. Et si le journal que je t'ai laissé lire parlait d'un autre garçon que toi au lycée, tu te serais moquée de moi. Tu aurais sans doute souligné les passages que tu trouvais ringards, et tu en aurais rigolé avec moi.

Je marque une pause, j'attends qu'il intègre ce que je viens de lui dire, et je termine :

– Chaque fois que je doutais de moi et croyais mériter ce que Ryle m'avait fait, il me suffisait de penser à toi, Atlas. Je sais à quel point chaque scénario aurait été différent avec toi, et cela m'a aidée à me rappeler que rien n'était ma faute. Tu es en grande partie la raison pour laquelle je m'en suis sortie, même si tu n'étais pas là.

L'espace de cinq ou six secondes, Atlas absorbe silencieusement ce que je viens de lui dire, puis il s'approche de moi et m'embrasse. Enfin. *Enfin.*

Son bras s'enroule autour de ma taille, et il m'attire à lui ; sa langue m'effleure délicatement les lèvres, avant de s'ouvrir un passage entre elles. Sa main libre remonte vers mes cheveux, et sa paume vient s'emparer de ma nuque, tandis qu'un désir ardent commence à vibrer en moi.

Il m'embrasse sans aucune hâte. Sa bouche dévore la mienne avec assurance, et je lui rends ce baiser avec soulagement. Je l'attire vers moi, avide de me noyer dans sa chaleur. Je reconnais le doux contact de sa bouche, de ses lèvres puisque ce n'est pas la première fois, mais cela me semble totalement nouveau en même temps car son baiser est fait de toutes nouvelles sensations. Le premier que nous avions échangé était chargé de peur, de jeunesse et d'inexpérience.

Celui-ci est chargé d'espoir. Il est signe de confort, de sécurité et de stabilité. Il représente tout ce qui m'a manqué dans ma vie d'adulte. Je suis si heureuse qu'Atlas et moi nous soyons retrouvés et soyons là l'un pour l'autre que j'en pleurerais presque.

21

ATLAS

Beaucoup de choses m'ont rendu furieux dans ma vie, mais jamais autant que la découverte du tatouage de Lily cerclé de petites cicatrices en forme de morsure.

Comment un homme peut-il faire ça à une femme ? Jamais je ne comprendrai. Comment un être *humain* peut-il faire ça à l'humain qu'il est censé aimer et protéger ? Jamais je ne comprendrai.

Ce que je comprends, en revanche, c'est que Lily mérite mieux. Et il se trouve que je suis celui qui peut lui *offrir* mieux. À commencer par ce baiser auquel ni elle ni moi ne semblons vouloir mettre fin. Chaque fois qu'on s'arrête pour se regarder, on recommence à s'embrasser comme si on devait rattraper tout ce temps perdu loin l'un de l'autre. En un seul baiser...

Je promène mes lèvres sur sa joue, descends vers son cou. J'ai toujours adoré l'embrasser ici ; cependant, avant de lire son journal, j'ignorais qu'elle savait à quel point cela me plaisait. Je colle mes lèvres sur son tatouage, bien décidé à faire en sorte qu'elle se rappelle nos meilleurs instants grâce aux futurs baisers que je lui donnerai encore à cet endroit. S'il en faut un million pour qu'elle oublie les petites cicatrices autour de son cœur tatoué, alors je l'embrasserai un million et *une* fois.

Je dépose des baisers sur son cou, sur le bas de son visage. Alors que je la dévore du regard, je remonte la bretelle de sa robe sur son épaule, car même si je voudrais rester ici des heures entières, je suis censé l'emmener à un mariage.

Je lui souffle alors dans le creux de l'oreille :

– Il faut y aller.

Elle hoche la tête, mais je l'embrasse encore une fois. C'est plus fort que moi. J'attends ce moment depuis mon adolescence.

*

*   *

Je ne saurais pas dire comment s'est déroulé le mariage parce que toute mon attention était focalisée sur Lily. Je ne connaissais personne là-bas, et après l'avoir enfin embrassée ce soir, il m'était difficile de me concentrer sur autre chose que le désir de recommencer au plus vite. Je sentais qu'elle mourait d'envie de se retrouver seule avec moi autant que je mourais d'envie d'être seul avec elle. Alors j'ai souffert le martyre à devoir rester patiemment assis à côté d'elle après ce qui s'était passé.

En arrivant à la réception, Lily a été soulagée de voir que l'endroit était bondé. Elle en a conclu que Lucy ne remarquerait rien si l'on s'esquivait un peu tôt. Quant à moi, ne connaissant pas la mariée, je n'ai pas protesté, lorsque au bout d'une heure de salutations et de bavardages avec les uns et les autres, elle m'a pris la main pour m'entraîner vers la sortie.

On vient de se garer au pied de l'immeuble de Lily, mais j'ai beau être persuadé qu'elle désire me voir monter avec elle, ce n'est pas ce que je vais faire. Je viens lui ouvrir sa portière et attends qu'elle remette ses chaussures, qu'elle a retirées car elles lui faisaient mal aux pieds. Mais elle semble éprouver des difficultés avec les brides. Je doute qu'elle veuille remonter pieds nus.

– Je peux te porter sur mon dos.

Elle me jette un regard surpris puis éclate de rire :

– Tu te prends pour mon poney ?

– C'est ça. Attrape tes chaussures.

Elle m'observe un moment puis sourit, l'air ravie. Je me retourne, et sans cesser de rire, elle passe ses bras autour de mon cou. Je l'aide à se hisser sur mon dos puis, d'un coup de pied, je referme la portière.

Arrivé devant son appartement, je me penche en avant afin qu'elle ouvre la porte avec sa clef. Une fois à l'intérieur, Lily continue de rire lorsque je la dépose à terre. Je me retourne à l'instant où elle lâche ses chaussures et recommence à m'embrasser.

On reprend là où on s'est arrêtés.

– À quelle heure dois-tu être chez toi ? me demande-t-elle.

– J'ai parlé à Josh de vingt-deux ou vingt-trois heures.

Je regarde ma montre ; il est vingt-deux heures passées.

– Je l'appelle pour lui dire que j'arriverai un peu plus tard ?

– Oui. Tu vas rentrer tard, c'est sûr. Préviens-le pendant que je nous prépare un verre.

Elle se rend à la cuisine, et, de mon côté, j'appelle Josh... en visio, histoire de m'assurer qu'il n'a pas organisé une fête chez moi avec des copains. Je doute que Theo l'aurait laissé faire, mais je préfère ne prendre aucun risque.

Lorsque Josh répond à mon appel, je constate que son téléphone est posé par terre. Je vois son menton et la lumière du téléviseur. Il a une manette à la main.

– On est en plein jeu, me dit-il.

– J'appelle juste pour vérifier que tout va bien.

J'entends alors Theo répondre au loin :

– Oui, tout va bien !

Josh secoue sa manette, clique sur des boutons puis crie :

– Merde !

Il la jette et attrape le téléphone, le ramenant plus près de son visage.

– On a perdu.

Theo apparaît derrière lui :

– Ça ne ressemble pas à un mariage. Vous êtes où ?

Je ne réponds pas directement à sa question :

– Je risque de rentrer un peu tard, ce soir.

– Oh, tu es chez Lily ? reprend Theo en s'approchant de l'écran.

Il sourit.

– Tu l'as embrassée, enfin ? Elle m'entend, là ? Qu'est-ce que tu lui as dit pour qu'elle te laisse entrer ? *Lily, on a vu des gens se marier, et si on sautait sur...*

Je raccroche aussitôt, sans lui laisser le temps de terminer sa petite blague, mais Lily a entendu notre conversation. Elle se tient à quelques mètres de moi, un verre de vin dans chaque main. La tête inclinée, elle semble ne pas comprendre.

– Qui était-ce ?

– Theo.

– Quel âge a-t-il ?

– Douze ans.

– Tu parles de nous à un gamin de douze ans ?

Elle paraît amusée par la chose. Je lui prends un verre des mains, et juste avant d'y goûter, j'explique :

– C'est mon psy. On se voit tous les jeudis à seize heures.

Elle rit :

– Ton psy est au collège ?

– Oui, mais il n'est pas loin de se faire virer.

Je lui passe un bras autour de la taille et l'attire contre moi. Quand je l'embrasse, je lui trouve un goût du vin rouge qu'elle vient de nous servir. J'approfondis mon baiser pour savourer encore plus de ce vin. Encore plus d'elle.

L'instant d'après, elle articule :

– C'est étrange.

J'ignore de quoi elle parle. J'espère que cela ne nous concerne pas tous les deux, car *étrange* est le dernier mot que j'utiliserais pour qualifier notre relation.

– Qu'est-ce qui est étrange ?

– De t'avoir ici, à côté de moi. Sans enfant dans les parages. Je n'ai pas l'habitude d'avoir du temps libre... ou du temps pour un mec.

Elle avale une autre gorgée et s'écarte de moi. Elle pose son verre sur le comptoir puis se dirige vers sa chambre :

– Viens, qu'on en profite un peu.

Je la suis, bien trop vite pour être honnête.

22

LILY

J'essaie de me montrer pleine d'assurance, mais dès que j'entre dans ma chambre, je perds toute la confiance qui m'animait.

Cela fait si longtemps que je n'ai pas été avec quelqu'un. Sans doute depuis que je suis tombée enceinte d'Emmy. Je n'ai eu aucune relation sexuelle après sa naissance, et je n'ai pas fait l'amour avec Atlas depuis l'âge de seize ans. Ces deux pensées tourbillonnent dans ma tête au point d'y créer une monstrueuse tornade.

Je me tiens au milieu de ma chambre lorsque Atlas apparaît sur le seuil quelques instants plus tard. Je pose les mains sur mes hanches, et... je reste là, sans bouger. Il me regarde. Je suppose que c'est à moi de faire le premier pas, puisque je l'ai invité à me suivre ici. Alors, je lui avoue :

– Je ne sais pas quoi faire. Ça fait tellement longtemps...

Il se met à rire. Puis il s'avance vers moi d'un pas nonchalant, parce que, bien sûr, sa démarche ne peut être que séduisante. Chacun de ses mouvements est sexy. Sa manière d'ôter sa veste en ce moment est sexy. Il la jette sur la commode puis enlève ses chaussures. *Mon Dieu, même ce geste est sexy.* Puis il vient s'asseoir sur mon lit.

– Si on parlait ? propose-t-il en s'adossant à la tête de lit.

Il paraît totalement détendu. *Et sexy.*

Je ne me vois pas m'allonger à côté de lui dans cette robe. Ce ne serait absolument pas pratique, et sans doute pas très amusant d'essayer de l'enlever... si on en arrivait à ce stade.

– Je vais d'abord me changer, lui dis-je avant de me diriger vers mon dressing.

J'allume la lumière, mais rien ne se passe. L'ampoule est grillée. *Mince.* Je ne peux pas m'habiller dans le noir. Je n'ai pas mon téléphone sur moi, donc pas le recours d'allumer la lampe.

Je fais de mon mieux, mais il ne me faut pas moins d'une minute pour descendre ma fermeture Éclair. Lorsque j'y parviens enfin, au lieu de laisser tomber ma robe sur mes pieds, je l'enlève par le haut et, bien évidemment, elle s'accroche à mes cheveux. Je tente de les libérer mais le tissu est lourd, et dans l'obscurité cela me prend de longues secondes. Et puis je ne peux pas sortir prendre un miroir car Atlas est là, à m'attendre. Je continue donc à essayer de démêler ma chevelure quand, au bout de quelques instants, il vient taper à la porte.

– Tout va bien ?

– Non... je suis coincée.

– Je peux ouvrir ?

Me voilà en soutien-gorge et en culotte, avec une robe à moitié passée par-dessus la tête, mais je l'ai bien mérité. C'est le karma du dressing.

– D'accord, mais je ne suis pas vraiment habillée.

Je l'entends rire, mais lorsqu'il ouvre et me découvre dans cette situation, il bondit pour allumer la lampe... sans aucun résultat.

– L'ampoule est morte.

– Qu'est-ce qui s'est passé ? demande-t-il en s'approchant.

– J'ai les cheveux pris dans la fermeture de ma robe.

Atlas sort son téléphone et l'allume pour mieux voir ce qui m'arrive. Il tire à la fois sur mes cheveux et ma robe, et là, comme par magie, celle-ci se retrouve sur le sol.

Je me recoiffe rapidement.

– Merci... Je... c'est embarrassant, dis-je, les bras croisés devant moi.

La lampe de son téléphone reste allumée, il peut me voir en sous-vêtements. Il l'éteint alors, mais la porte du dressing est toujours ouverte et ma chambre est éclairée ; je suis donc totalement visible à ses yeux.

Un moment de flottement s'ensuit. Atlas ne sait pas s'il doit s'éloigner et me laisser m'habiller ; et je ne sais pas si j'ai vraiment envie qu'il s'en aille.

Et puis, soudain, on s'embrasse.

C'est comme si on s'était rapprochés tous les deux dans un même élan. Il pose une main sur ma nuque et l'autre directement au creux de mes reins, si bas que ses doigts effleurent ma culotte.

Je passe mes bras autour de son cou et l'attire à moi si brusquement qu'on perd l'équilibre et qu'on trébuche contre des vêtements suspendus. Atlas me stabilise, et je sens son sourire dans son baiser.

– Qu'est-ce que tu as avec les placards ? chuchote-t-il contre ma bouche.

Puis il m'embrasse à nouveau.

On reste ainsi, enlacés, quelques minutes, ce qui me rappelle toutes les fois où l'on se cachait ensemble quand on était plus jeunes. Le désir, les frissons, la nouveauté des choses que l'on n'a encore jamais faites ou, dans ce cas précis, que l'on n'a pas faites depuis longtemps.

Cela me rappelle aussi combien j'aimais être dans un lit avec lui. Que l'on soit en train de s'embrasser, de parler ou de faire mille autres choses, les souvenirs que je me suis fabriqués avec lui dans ma chambre restent absolument mes préférés. Atlas a la bouche enfouie dans mon cou lorsque je chuchote :

– Emmène-moi dans mon lit.

Sans la moindre hésitation, il me glisse les mains sous les fesses et me soulève. Il m'emporte alors hors du dressing, traverse la chambre et me pose sur le lit avant de s'allonger doucement sur moi.

Son contact me donne encore plus envie de lui. Mais il se comporte comme lors des câlins de notre adolescence : avec une patience infinie et un plaisir intense, comme si m'embrasser suffisait et que c'était un privilège.

Je ne sais pas comment il fait. Je n'ai qu'une envie : qu'il ôte ses vêtements et me prenne comme si c'était son unique chance de le faire.

Mais il sait que ce n'est que le début. Il progresse lentement car je le lui ai demandé. Je sais que si je l'incitais à aller plus vite, il le ferait, sans hésiter.

Atlas, si prévenant.

Nous atteignons néanmoins un stade où il faut prendre une décision. J'ai un préservatif dans le tiroir de ma table de chevet, et il lui reste sans doute un peu de temps avant qu'il doive rentrer ; mais quand nous cessons de nous embrasser assez longtemps pour nous regarder, il secoue la tête. Nous sommes haletants, un peu fatigués par la passion que nous avons mis tant de temps à trouver. Atlas s'écarte de moi avant de retomber sur le dos.

Il est encore habillé. Et je porte encore mes sous-vêtements. Nous ne sommes jamais allés plus loin que ça.

– Malgré la folle envie que j'ai de toi, soupire-t-il, je ne veux pas être obligé de partir après.

Il roule sur le côté et pose une main sur mon ventre. Il me contemple d'un air frustré, comme s'il voulait dire *oublie ça* et me prendre quand même.

Je soupire à mon tour et ferme les yeux.

– Parfois, je hais cette idée de responsabilité.

Atlas laisse échapper un petit rire puis se rapproche de moi. Il embrasse la commissure de mes lèvres et murmure :

– Je peux rester *encore un peu.*

Et il glisse l'index dans ma culotte, juste sous mon nombril. Il va et vient plusieurs fois contre ma peau, attendant une réaction.

Je soulève mes hanches, espérant être aussi claire que si je prenais la parole.

Lorsqu'il introduit deux autres doigts dans ma lingerie, tout mon corps prend feu. Puis, quand sa main entière se retrouve sous la dentelle, je passe le point de non-retour. Je pousse un soupir tremblant et agrippe le drap sous moi, je me cambre sous lui.

Il attire ma bouche vers la sienne, mais sans m'embrasser. Il reste tout près de mes lèvres, utilise le mouvement de mes hanches et le son de mes gémissements pour savoir comment me mener au paradis.

Atlas sait intuitivement ce qu'il faut faire. Très vite, j'explose de plaisir sur ses doigts, et la main sur sa nuque, je l'attire pour l'embrasser alors que l'orgasme me secoue.

Quand l'intensité de mes sensations se fait plus douce, il retire sa main de sous la dentelle mais la garde posée là, pendant que je tente de retrouver mes esprits. Je suis encore essoufflée.

Son souffle à lui aussi s'est accéléré, mais j'ai besoin d'encore un peu de temps avant de me préoccuper de lui.

– Lily... murmure Atlas en me déposant un baiser sur la joue, je pense que tu...

Il s'interrompt ; j'ouvre les yeux et découvre son regard se poser sur ma poitrine avant qu'il ne reporte son attention sur mon visage.

Il retire alors sa chemise, l'observe avec attention. Elle a l'air tachée.

Oh merde.

Je baisse les yeux sur mon soutien-gorge, qui est quasi trempé. *Mon Dieu...* Du lait. Partout. Quelle idiote je fais.

Mais Atlas ne semble pas plus troublé que ça. Il se redresse et dit doucement :

– Je te laisse tranquille.

Je suis un peu gênée, alors je saisis le drap et couvre ma poitrine avant de me retrouver face à Atlas. Comme tue-l'amour, il n'y a pas pire, je crois. Inquiète, je lui demande :

– Tu t'en vas ?

– Bien sûr que non.

Il m'embrasse, puis il quitte la pièce comme s'il était normal pour un homme de faire l'amour à une femme qui allaite un bébé... dont il n'est pas le père. Si cela lui semble tout de même un peu étrange, il n'en montre rien.

Je passe les minutes suivantes dans la salle de bains à tirer mon lait puis je prends une douche rapide.

Ensuite, j'enfile un tee-shirt XXL et un short de pyjama, et je rejoins Atlas au salon.

Je le trouve assis sur le canapé, attendant patiemment, son téléphone à la main. Lorsqu'il me voit entrer, il lève les yeux et m'examine attentivement. Encore un peu embarrassée, je m'assieds non pas tout contre lui mais juste à côté. À quelques dizaines de centimètres, en fait, et puis je marmonne :

– Désolée...

– Lily, souffle-t-il en m'attirant contre lui. Viens là.

Il se cale dans le fond du canapé et m'installe à califourchon sur lui. Ses mains remontent de mes cuisses à ma taille, et il bascule la tête en arrière.

– Tout ce qui s'est passé ce soir était absolument parfait. Ne t'excuse pas.

– Tu es trop gentil. Je t'ai mis du lait partout...

Une main sur ma nuque, Atlas m'attire contre lui.

– Oui, pendant qu'on s'embrassait passionnément, sourit-il. Crois-moi, je m'en moque éperdument.

Il m'embrasse alors, ce qui n'est peut-être pas une bonne idée car on est sur le point de recommencer.

À ce rythme-là, il va lui être impossible de partir. J'aurais sans doute dû remettre un autre soutien-gorge, mais je pensais sincèrement le rejoindre au salon pour lui dire au revoir. Je ne savais pas qu'on allait reprendre sur le canapé là où on s'était arrêtés, et c'est très loin de me déplaire.

On est si bien installés que l'on n'a même pas besoin d'ajuster notre position. Notre baiser lui arrache un gémissement qui m'excite encore plus que je ne l'étais.

Une main d'Atlas remonte sous le dos de mon tee-shirt, et je le sens hésiter lorsqu'elle atteint mon soutien-gorge. Ses lèvres se détachent des miennes et il plonge son regard dans le mien. Je continue de me couler en rythme contre lui, et la façon dont il me regarde me transperce littéralement. Sa main glisse lentement vers ma poitrine, et quand il prend un sein dans sa paume, cela déclenche comme une étincelle en lui. En moi aussi.

Notre baiser devient passionné tandis que je déboutonne sa chemise. On ne dit rien. On se contente chacun d'ôter frénétiquement les vêtements de l'autre, sans se préoccuper de retourner dans la chambre. On cesse à peine de s'embrasser quand il attrape son portefeuille pour en sortir un préservatif et l'enfiler.

Alors, comme si c'était la chose la plus naturelle au monde, Atlas m'embrasse en entrant en moi. Je me sens aussi chérie que la première fois avec lui. Les sensations qui me traversent, quand finalement nous ne faisons plus qu'un, sont si chaotiquement belles que je ne crois pas en avoir connues de telles jusqu'ici.

Il soupire contre mon cou ; il éprouve la même chose que moi, je le sais. Il commence à aller et venir en moi, lentement, sans cesser de m'embrasser. Quelques minutes plus tard, ses baisers se font brûlants ; nous sommes trempés de sueur. Je me laisse totalement emporter par ce tourbillon, plus rien d'autre ne compte que le fait de nous retrouver de nouveau ensemble. C'est ce qu'il devait arriver. Oui, c'est exactement ça : cela devait se produire ainsi.

Je suis née pour être aimée par Atlas Corrigan.

23
ATLAS

Il faudrait vraiment que je rentre, mais je n'ai pas le courage de m'extirper de ce lit après ces quelques heures avec elle. D'abord, l'épisode du canapé, puis celui de la douche… On est maintenant si fatigués qu'il ne nous reste que la force de parler.

Elle est couchée sur le dos, les bras repliés sous la tête. Les yeux fixés sur moi, elle m'écoute attentivement lui raconter mon entrevue d'hier avec un avocat.

– Il dit que j'ai bien réagi en l'emmenant à l'hôpital. Les médecins sont contraints par la loi d'alerter le Service de protection de l'enfance. Enfin, je ne sais pas trop ce qu'il faut en penser. Ça signifie que l'État tranchera… Et s'ils décident que chez moi n'est pas le meilleur endroit où vivre pour lui ?

– Ils n'ont aucune raison de penser ça.

– Ils le pourraient. Je travaille beaucoup. Je ne suis pas marié, donc Josh sera assez souvent seul. Et puis je n'ai aucune expérience en matière d'éducation. Ils pourraient penser que Tim est mieux placé pour ça, puisque c'est le père biologique. Ils pourraient aussi le rendre à ma mère ; je ne suis même pas sûr que ce qu'elle a fait suffise à lui en ôter la garde.

Lily se penche vers moi et m'embrasse le bras.

– Je vais te répéter ce que tu m'as dit la première fois où tu m'as parlé en FaceTime : « Tu t'inquiètes à propos de choses qui ne se sont pas encore passées. »

– J'ai dit ça ?

– Oui.

Elle se colle contre moi et pose sa jambe sur ma cuisse.

– Ça va marcher, Atlas. Tu es la meilleure chose qui puisse lui arriver, et n'importe qui portant un minimum d'intérêt à l'affaire saura le voir, je t'assure.

Je l'entoure de mes bras et elle vient blottir sa tête sous mon menton. On a beau avoir changé physiquement, tous les deux, de façon incroyable depuis notre adolescence, on reste aussi parfaitement assortis qu'à l'époque.

– Je voulais te demander quelque chose, dit-elle en s'écartant assez pour me regarder. Tu te rappelles notre première fois ? Ce qui s'est passé après ce soir-là ? Quand mon père t'a frappé...

Je ne suis pas surpris qu'elle repense à cela car j'y ai moi-même songé ce soir. C'est la première fois que nous nous retrouvons aussi intimement depuis cette soirée tragique ; impossible de ne pas les comparer.

C'est précisément de cela que parlait la fin de son journal. Un récit pénible à lire, elle était si choquée. Je regrette tellement que notre première fois se soit si mal terminée.

– Je n'en ai pas gardé un grand souvenir, j'avoue. Je me suis réveillé le lendemain à l'hôpital, totalement paumé.

Je savais que c'était ton père qui m'avait frappé, je m'en souvenais, mais je m'inquiétais surtout sur le fait qu'il aurait pu te cogner aussi. J'ai sonné plusieurs fois pour que quelqu'un vienne, et comme personne ne répondait, j'ai réussi à sortir dans le couloir malgré ma cheville cassée. J'ai insisté comme un fou pour avoir de tes nouvelles, mais la pauvre infirmière ignorait totalement de qui je parlais.

Lily me serre plus fort contre elle tandis que je continue :

– Elle a fini par me calmer suffisamment pour obtenir de ma part des infos sur toi, et puis elle est revenue me dire que j'étais le seul à être arrivé aux urgences ce soir-là. Elle m'a demandé si ton père était bien Andrew Bloom. Je lui ai répondu que oui, et j'ai ajouté que je voulais porter plainte. Quand j'ai voulu savoir s'il était possible de faire venir un agent dans ma chambre, elle m'a jeté un regard compréhensif, et je me souviens exactement de ses mots, alors. Elle a dit : « La loi est de son côté, jeune homme. Personne ne peut porter plainte contre lui. Pas même sa femme. »

Lily soupire tristement contre ma poitrine. Je lui dépose un baiser sur le front et elle murmure :

– Alors qu'est-ce que tu as fait ?

– J'ai tout de même porté plainte. Je savais que, si je ne dénonçais pas ses actes à la police, ta mère ne se sortirait jamais de cette situation. J'ai demandé à l'infirmière de contacter la police, mais quand un officier s'est finalement présenté cet après-midi-là, ce n'était pas pour enregistrer ma plainte. Il était là pour me faire comprendre que, si quelqu'un devait se faire arrêter, ce ne serait pas ton père. Il m'a précisé que celui-ci pouvait me faire arrêter pour être entré chez lui par effraction et avoir violé sa fille.

C'étaient ses paroles exactes, comme si notre relation était illégale. Après, j'ai culpabilisé pendant des années.

Lily lève les yeux vers moi et pose une main sur ma joue.

– Quoi ? Atlas, on n'a que deux ans et demi de différence. Tu n'as absolument rien fait de mal.

J'apprécie qu'elle dise cela, mais cela ne change rien au fait que je me sente coupable d'avoir amené du stress dans sa vie. Et je m'en veux aussi de l'avoir laissée après l'angoisse que je lui avais infligée.

– Je ne sais pas si le choix que j'ai fait à l'époque a été vraiment judicieux. Je ne voulais pas rester et te mettre encore plus en danger en revenant chez toi. Et je ne voulais pas être arrêté, sinon il m'aurait été impossible de m'engager dans les *Marines*. J'ai pensé que la meilleure chose à faire était de mettre de la distance entre nous et qu'un jour je te recontacterais pour savoir si nous pensions toujours l'un à l'autre.

– Tous les jours que Dieu fait, soupire-t-elle. J'ai pensé à toi jour et nuit.

Je caresse son dos pendant quelques secondes puis remonte vers ses cheveux, tout en prenant conscience du bien fou qu'elle me fait. Et je comprends maintenant ce que j'ignorais : sans elle, je n'étais que la moitié de moi-même.

Bien sûr, elle m'a manqué toutes ces années, et si j'avais pu, d'un claquement de doigts, la faire revenir dans mon existence, je n'aurais pas hésité. Mais chacun de nous avait construit sa vie sans l'autre – elle avec Ryle, moi avec ma carrière – et j'imagine que c'était notre destin. Cependant, maintenant qu'elle est de retour, je ne sais pas si j'éprouverais aujourd'hui la même plénitude sans elle. Surtout après ce soir.

– Lily…

Comme elle ne répond pas, je m'écarte légèrement et vois qu'elle a les yeux clos, que son bras s'est relaxé sur moi. J'ai peur, si je bouge, de la réveiller. Mais j'ai promis à Josh que je ne serais pas parti plus de deux heures, maintenant, et j'en suis déjà à trois. Je ne sais même pas si je peux m'autoriser à laisser seuls chez moi des garçons de douze ans.

Brad était d'accord quand je lui ai demandé si cela ne posait pas de problème. Seulement, s'il ne permet pas à Theo d'avoir un téléphone, comment peut-il accepter que je les abandonne tous les deux à la maison pour une soirée ? À moins qu'il ne l'ait déjà fait avant avec Theo…

Peut-être devrais-je chercher sur Google à partir de quel âge on peut laisser un gamin seul à Boston ?

Mais je pense que je me monte la tête, en fait. Bien sûr que tout va bien. Aucun d'eux n'a appelé ni envoyé de message pour annoncer un problème, et il arrive parfois que même des ados de douze ans gardent des plus petits à la maison.

Je pense que je n'ai pas besoin de m'inquiéter, pourtant, il faut quand même que je rentre. Je ne connais pas encore assez bien Josh pour être certain qu'il n'est pas en train de tout saccager à la maison, par exemple. Je retire lentement mon bras de sous la tête de Lily et je me lève. Je m'habille sans bruit puis je pars à la recherche d'un papier et de quoi écrire. Je ne veux pas la réveiller, mais je ne veux pas non plus m'en aller sans lui dire quelque chose. Surtout après la soirée que nous venons de passer.

Je dégote un carnet et un stylo dans le tiroir de la cuisine, je m'assieds à table et lui écris une petite lettre.

Lorsque j'ai terminé, je prends le papier et l'emporte dans sa chambre pour le déposer sur l'oreiller près du sien. Puis je lui donne un baiser de bonne nuit.

24
LILY

Je sens comme des battements dans ma tête.

Et à l'*extérieur* aussi.

Je décolle mon visage de l'oreiller, m'assieds et trouve à côté de moi un message laissé par Atlas. Je le saisis, alors que les coups semblent reprendre au loin. Intriguée, je fourre le papier entre mes draps afin de le lire plus tard, et je fais un gros effort pour m'éclaircir les idées et comprendre ce qu'il se passe.

Emmy est chez ma mère.

Je viens de passer ma plus belle nuit de sommeil depuis deux ans.

Il y a quelqu'un à la porte.

J'attrape mon téléphone sur ma table de chevet et tente de déchiffrer ce qui s'affiche sur mon écran. Je découvre plusieurs appels manqués de Ryle, ce qui me paraît inquiétant. Mais la seule chose que j'ai de ma mère est une photo d'Emmy en train de prendre son petit déjeuner, il y a une demi-heure de cela.

Ouf. Emmy va bien. Je me détends ; pourtant, le fait de savoir que c'est sans doute Ryle qui tape à ma porte ne me laisse pas beaucoup de répit. Alors je crie :

– Une minute !

J'enfile quelque chose à la va-vite – un tee-shirt et un jean – et je cours à la porte pour lui ouvrir. Il entre en trombe sans attendre d'y avoir été invité.

– Tout va bien, ici ? demande-t-il d'une voix stressée.

Il a l'air paniqué, mais aussi soulagé de voir que je suis en vie.

– Je dormais. Tout va bien, oui...

Il voit bien que je me sens gênée. Il balaye la pièce du regard, à la recherche d'Emmy.

– Elle a passé la nuit chez maman, lui dis-je.

– Oh ! lâche-t-il d'un ton déçu. J'ai essayé d'appeler parce que je voulais la sortir pour quelques heures. Tu ne répondais pas à ton téléphone, et à cette heure-ci, tu es toujours levée...

Il s'interrompt en voyant le canapé. Sans même me retourner, je sais ce qu'il regarde. Mon tee-shirt et ma culotte, oubliés là, sur les coussins.

– Attends, lui dis-je alors, laisse-moi appeler maman pour lui annoncer que tu arrives.

Je file récupérer mon téléphone dans ma chambre, en espérant que Ryle ne s'apprête pas à me poser trente-six questions. Il est en train de gâcher toute la bonne humeur qu'Atlas a laissée ici en partant.

Je retourne dans le salon, le nez sur mon écran. Ryle a un verre de vin à la main, qu'il inspecte scrupuleusement. Celui dans lequel Atlas a bu... Le mien est posé à côté, sur le comptoir ; indication très claire que quelqu'un a bu du vin ici, *avec* moi, hier soir.

Avant de m'enlever mes sous-vêtements et de les abandonner sur le canapé.

Ryle bouillonne déjà littéralement de jalousie quand il repose le verre et me fusille du regard.

– Quelqu'un a passé la nuit ici ?

Je ne prends pas la peine de le nier. Je suis une adulte. Qui vit seule. *Enfin, peut-être plus pour très longtemps, mais ça, c'est une autre histoire.*

– On est divorcés, Ryle. Tu n'as pas le droit de me poser ce genre de question.

Ce n'était sans doute pas la bonne chose à dire car il réplique aussitôt en faisant deux pas vers moi :

– Je n'ai pas le droit de te demander si quelqu'un a passé la nuit dans la maison où *vit* ma fille ?

Je recule d'un pas.

– Ce n'est pas ce que je voulais dire. Et je ne ferais pas venir quelqu'un ici en sa présence sans ton accord ; voilà pourquoi elle est chez ma mère.

Il plante sur moi un regard accusateur. Et dégoûté.

– Tu refuses de la laisser passer une nuit chez moi, mais tu veux bien la déposer ailleurs quand tu as envie de baiser.

Il rit avant d'ajouter :

– Voilà une belle façon d'élever son enfant, Lily !

Je sens la moutarde me monter au nez.

– Ce n'est que la seconde fois depuis sa naissance que je la confie pour la nuit. Tu ne vas pas me reprocher de m'offrir une soirée seule sans elle. Et quand bien même, ce que je fais pendant ce temps libre ne te regarde pas.

Ryle a maintenant cette lueur froide dans les yeux, cette espèce de regard vide et distant qui annonce qu'il va péter un câble.

Ma colère se mue alors en crainte. Et lorsqu'il voit que je cherche à m'éloigner de lui, il lâche un grognement de rage. Un son guttural, furieux, plein de frustration, qui se répercute dans la pièce.

Il fait alors volte-face et quitte mon appartement, en claquant la porte derrière lui, et je l'entends hurler le mot *putain* dans le couloir.

Je ne sais pas d'où lui vient cette rage contre moi. Est-ce qu'il m'en veut de désirer avancer dans ma vie ? Est-ce qu'il n'accepte pas que ce soit ma mère qui garde Emmy... alors que j'hésite encore à la lui confier pour la nuit ? Peut-être est-il hors de lui à cause de tout ça en même temps.

Soulagée, je pousse un grand soupir en tentant de me détendre. Mais, avant même que j'aie eu le temps de réfléchir à quoi faire ensuite, Ryle rouvre violemment la porte et me demande d'une voix glaciale :

– C'est lui ?

Je sens mon cœur prêt à s'arrêter. S'il ne prononce pas le nom d'Atlas, à qui d'autre pourrait-il faire allusion ? Comme je ne proteste pas énergiquement, il comprend que c'est bien de lui dont il s'agit.

Il lève brièvement les yeux au ciel puis secoue la tête :

– J'avais donc raison de m'inquiéter de lui depuis tout ce temps ?

Si les minutes qui viennent de passer n'ont été qu'un tourbillon d'émotions, rien ne me paraît aussi volcanique que la question qui vient de sortir de sa bouche. J'avance de quelques pas, jusqu'à atteindre le seuil de mon appartement, prête à lui fermer la porte au nez dès que je lui aurai dit ce que je pense.

– Si tu crois vraiment que j'ai pu t'être infidèle, eh bien, vas-y, crois ce que tu veux. Je n'ai plus la force de chercher à te convaincre du contraire. Je te l'ai déjà expliqué cent fois, je ne vais donc pas me répéter. Jamais je ne t'aurais quitté pour Atlas. Je ne t'ai pas *quitté* pour Atlas. Je t'ai quitté parce que je mérite d'être traitée mieux que tu ne l'as jamais fait.

Je tente alors de refermer devant lui, mais Ryle m'en empêche et me pousse jusqu'à ce que mon dos vienne buter contre la porte ouverte du salon. Son regard est plein de fureur quand il plaque violemment sa main à la base de mon cou et appuie dessus comme s'il voulait me forcer à rester en place. Puis il applique l'autre main contre le chambranle derrière moi, tout près de mon visage, et je suis saisie d'une telle terreur que je ferme les yeux, refusant de voir ce qui va suivre. J'ai peur de m'évanouir. Je sens le souffle de Ryle siffler entre ses dents crispées avant de s'écraser sur mes joues. Mon cœur bat si fort qu'il doit forcément le sentir sous sa paume qui enserre ma gorge. Je voudrais crier, mais je crains que cela ne décuple sa colère.

Plusieurs secondes s'écoulent entre l'instant où Ryle me plaque contre la porte du salon et celui où il commence à comprendre ce qu'il a fait. Plutôt, ce qu'il *s'apprêtait* à faire.

Je garde les yeux fermés, mais je devine le remords qu'il éprouve à la façon dont il presse soudain le front contre la porte, juste à côté de ma tête. Il me tient toujours emprisonnée, cependant, il relâche un peu la pression sur mon cou, et il émet un petit son, une sorte de sanglot contenu.

Cela me ramène à la dernière fois où il s'en est pris à moi. Les excuses qu'il murmurait tandis que j'émergeais de mon inconscience avant d'y replonger. *Je suis désolé, je suis désolé, je suis désolé...*

J'ai le cœur brisé parce que Ryle n'a pas changé d'un iota. Bien que je l'aie espéré, bien que je sache qu'il le voulait plus que tout, il reste celui qu'il a toujours été. Je me raccrochais néanmoins au mince espoir qu'il serait devenu plus fort pour Emmy, mais j'ai l'absolue certitude d'avoir fait le bon choix pour elle.

Ryle se raccroche à moi comme si je pouvais l'aider à s'améliorer, et j'avoue que jusqu'à un certain point je le pensais aussi. C'est un homme brisé, mais pas à cause de moi. Il était brisé avant même qu'on se rencontre. Parfois, les gens pensent que, s'ils aiment assez une personne brisée, ils pourront la soigner. Mais le problème avec ça, c'est que c'est toujours l'autre qui finit fracassé aussi.

Je ne peux plus me permettre de laisser quelqu'un me briser. J'ai une fille pour laquelle je dois être très forte.

Je le pousse doucement en direction du corridor, les mains plaquées sur sa poitrine. Quand je sens qu'il y a enfin assez d'espace entre nous, je recule d'un pas et referme la porte d'entrée avant de la verrouiller. Puis j'appelle aussitôt ma mère et lui demande de mettre Emmy dans la voiture et de me retrouver au parc. Je ne veux pas qu'elles restent toutes les deux chez elle au cas où Ryle aurait l'idée de s'y montrer.

Une fois mon appel terminé, je me mets à faire les cent pas dans mon appartement. Si je m'arrête et commence à gamberger sur tout ce qui vient de se passer, je risque de fondre en larmes. Et je n'ai pas le temps de pleurer. Je m'habille donc pour aller au parc car il faut que je sois là pour ma fille, dans tous les sens du terme.

Avant de sortir, j'attrape le mot qu'Atlas m'a laissé la veille, et je le glisse dans mon sac. Ses mots seront certainement les seuls capables d'égayer cette journée.

*
* *

Mon pressentiment était juste. J'entends résonner un coup de tonnerre au moment où je gare ma voiture devant le parc. Un orage se prépare à l'est, et il se dirige vers nous.

C'est pour bientôt.

Il ne pleut pas encore. Je parcours le terrain de jeu du regard pour y repérer ma mère. Je la vois, Emmy dans les bras, qui se dirige vers le toboggan. Comme elle ne m'a pas encore aperçue, je profite de l'instant pour sortir la lettre d'Atlas de mon sac. Je suis toujours sous le choc de mon altercation avec Ryle, et j'aimerais lire quelque chose qui me mette de bonne humeur avant de retrouver ma fille.

Chère Lily,

Désolé d'être parti sans te dire au revoir, mais tu t'es endormie si vite. Ça ne me gêne pas, j'adore te regarder dormir. Même quand c'est dans une voiture, au milieu d'un rendez-vous ensemble.

Je te regardais dormir, parfois, quand on était plus jeunes. J'aimais ton air apaisé, alors qu'éveillée tu semblais toujours inquiète de quelque chose. Mais quand tu dormais, ta peur disparaissait, et ça me tranquillisait.

Je ne vais pas te dire ce que cette soirée a signifié pour moi. Je ne pense pas devoir mettre des mots dessus car tu étais là aussi. Tu as ressenti la même chose que moi.

Je sais t'avoir avoué un peu plus tôt que je culpabilise énormément à propos de ce qui s'est passé entre nous, mais je ne veux pas que tu croies que je regrette de t'avoir aimée alors. Si je dois regretter quelque chose, c'est de ne pas m'être assez battu pour toi. Je pense que c'est de là que vient l'essentiel de ma culpabilité – savoir que si je ne t'avais pas quittée, tu n'aurais jamais rencontré l'homme qui a fini par te faire du mal, comme ton père avec ta mère.

Quoi qu'il en soit, on en est là, maintenant, tous les deux. Il fallait que je parvienne à ce stade particulier où j'ai pris conscience que je pouvais enfin me sentir légitime de recevoir ton amour. Je regrette que nous n'en soyons pas arrivés là plus tôt, car tu as connu des coups durs que, peut-être, j'aurais pu empêcher. Mais, dans ce cas, tu n'aurais pas eu Emerson ; je suis donc heureux que nous soyons enfin parvenus à ce que nous sommes aujourd'hui.

J'adore te regarder parler d'elle. J'ai hâte de faire sa connaissance. Mais ça viendra un jour, avec tout ce que j'espère pour nous deux. On continuera de se voir à ton rythme. Que j'arrive à te parler tous les jours ou à ne te voir qu'une fois par mois, ce sera toujours mieux que de t'avoir perdue de vue pendant si longtemps.

Je suis heureux que tu sois heureuse. C'est ce que j'ai toujours voulu pour toi.

Mais, oserai-je dire, c'est tellement bon de savoir que celui avec qui tu es heureuse aujourd'hui, c'est moi.

Avec tout
mon amour
Atlas

Lorsque quelqu'un frappe soudain contre ma vitre, je sursaute si fort que je manque de déchirer la lettre. Je lève les yeux pour découvrir ma mère debout près de ma voiture. Le visage d'Emmy s'éclaire lorsqu'elle m'aperçoit derrière la vitre, et son sourire m'emplit de joie.

Honnêtement, pas juste son sourire, mais aussi le papier que je tiens dans la main.

Je le replie et le glisse dans mon sac. Ma mère ouvre alors la portière et s'inquiète :

– Que se passe-t-il ? Tout va bien ?

– Oui, ça va.

Je descends de voiture et lui prends Emmy des bras, mais elle continue de me regarder avec suspicion.

– Tu avais l'air apeurée quand tu m'as demandé de te retrouver au parc.

– Non, tout va bien, lui confirmé-je pour la rassurer et oublier tout ça. Simplement, je ne voulais pas que Ryle vienne la prendre aujourd'hui. Il n'est pas de très bonne humeur, et il savait qu'elle était avec toi, donc...

Je lâche un soupir et me dirige vers les balançoires. Prenant place sur l'une d'elles, je pose Emmy sur mes genoux. D'un coup de pied sur le sol, je prends de l'élan et commence à osciller doucement tandis que ma mère s'assied sur la balançoire voisine.

– Lily, insiste-t-elle tout bas d'un ton inquiet, dis-moi ce qu'il s'est passé.

Je sais qu'Emerson n'a qu'un an et ne comprend pas encore ce qu'on dit, néanmoins cela me gêne de parler de son père en sa présence. Je suis convaincue que les tout petits peuvent sentir nos émotions, et donc comprendre ce que l'on se dit entre adultes.

J'essaie d'expliquer ma situation à ma mère, sans mentionner de noms.

– On pourrait dire que... je vois quelqu'un ?

Cet aveu prend la forme d'une question car rien n'est encore officiel, mais je ne crois pas qu'Atlas et moi ayons besoin de donner un nom à notre relation pour savoir où elle va.

– Ah oui ? Qui ça ?

Je secoue la tête. Je ne vais pas lui dire que c'est Atlas, même si je doute qu'elle se souvienne de lui. Elle l'a vu deux fois lorsque j'étais plus jeune, et jamais on n'a parlé de lui. Mais si c'était le cas, je suis sûre qu'elle ne voudrait pas en parler, sachant que son propre mari l'a envoyé un jour à l'hôpital.

Peut-être que je présenterai officiellement Atlas à ma mère un jour, sans toutefois lui préciser qu'on s'est connus dans le passé, elle en serait mortifiée.

– Je viens de le rencontrer. C'est tout récent. Mais...

Je soupire et tape sur le sol pour reprendre un peu d'élan.

– Ryle l'a découvert, et il n'est pas très content.

Elle grimace à cette précision ; elle ne sait que trop ce que signifie ce « *il n'est pas très content* ».

– Il est passé ce matin, et sa réaction m'a terrifiée. J'ai paniqué en craignant qu'il ne déboule chez toi pour venir prendre Emmy. C'est pour ça que je t'ai demandé de sortir ; pour que vous ne restiez pas à la maison.

– Qu'est-ce qu'il a fait ?

– Je ne suis pas blessée, ne t'inquiète pas. Mais ça faisait un moment que je n'avais pas vu ce côté-là chez lui, donc je suis un peu secouée. Enfin, ça va.

J'embrasse Emmy sur le front, et je suis surprise de sentir une larme couler sur ma joue. Je l'essuie rapidement et ajoute :

– Je ne sais plus quoi penser de ses visites, maintenant. Je regrette presque qu'il n'ait pas fait quelque chose, cette fois, parce que j'aurais pu porter plainte. Mais après, je me dis que je suis la pire des mères de souhaiter qu'il arrive une chose pareille au père de ma fille.

Ma mère me prend la main, ce qui arrête la balançoire. Je me tourne alors vers elle.

– Quoi que tu décides de faire, tu n'es *pas* la pire des mères. Bien au contraire.

Elle lâche ma main et attrape la chaîne qui retient la balançoire, tout en regardant Emmy.

– J'admire les choix que tu as faits, continue-t-elle. Parfois, ça m'attriste de ne pas avoir été plus forte pour toi.

Je secoue la tête avec vigueur :

– Tu ne peux pas comparer nos situations, maman. J'ai eu beaucoup de soutien, ce qui m'a aidée à faire les choix que j'ai faits. Contrairement à toi.

Elle me retourne un sourire triste. Puis elle se redresse et frappe le sol à son tour pour se balancer un peu.

– Qui que ce soit, ce garçon a de la chance.

Elle se tourne vers moi et demande :

– Qui est-ce ?

Je laisse échapper un petit rire.

– Non, je ne te dirai rien. Je ne te parlerai pas de lui tant qu'il n'y a rien de sûr entre nous.

– C'est déjà certain entre vous, reprend-elle. Je le vois à ton sourire.

On échange un regard, alors qu'il commence un peu à pleuvoir. Je serre ma fille contre moi et on se dirige doucement vers le parking. Ma mère embrasse Emmy avant que je ne l'installe dans son siège bébé.

– Je t'aime, ma chérie. Gamma t'aime aussi.

– Gamma ? La dernière fois, c'était Mamie.

– Je ne me suis pas encore décidée.

Elle m'embrasse à la hâte et court vers sa voiture.

Je grimpe dans la mienne juste au moment où il se met à tomber des cordes. De grosses gouttes viennent s'écraser en ruisselant sur le pare-brise, le trottoir, le capot de ma voiture. Elles sont si énormes qu'elles font autant de bruit que des grêlons sur la carrosserie.

Je reste assise un instant, me demandant quelle direction prendre avant de démarrer. Je ne veux pas rentrer tout de suite à la maison car Ryle pourrait très bien s'y pointer. Je ne veux pas non plus aller chez Allysa car je risque à tous les coups de tomber sur lui qui habite le même immeuble.

Sachant que Ryle a théoriquement le droit de vouloir me prendre Emmy pour la journée, je me sens un devoir de la protéger en ne la laissant pas auprès de lui, vu l'état dans lequel il se trouve aujourd'hui.

Je jette un coup d'œil dans le rétroviseur et vois Emmy regarder tranquillement la pluie tomber par la fenêtre. Elle n'a pas la moindre idée du chaos qui entoure son existence car, pour elle, c'est *moi* son existence. Chaque once de sa confiance repose en moi. Elle dépend de moi pour tout, et la voilà, heureuse et bien installée dans son siège auto, comme si j'avais le total contrôle de la situation.

Quant à moi, je n'ai pas du tout cette impression, mais le fait que la question ne se pose même pas pour elle me suffit pleinement.

– Où va-t-on se promener aujourd'hui, Emmy ?

25
ATLAS

– Tu es rentré à quelle heure, hier soir ? me demande Josh.

Il s'avance d'un pas traînant vers la cuisine, avec aux pieds des chaussettes dépareillées : à gauche, une de celles que je lui ai achetées ; à droite, une des miennes.

Lui et Theo dormaient quand je suis rentré à la maison, ce qui ne les a pas empêchés de se lever trois heures après moi. Et Brad est passé récupérer son fils il y a une vingtaine de minutes.

– Ça ne te regarde pas.

J'indique la table, où trônent les devoirs non terminés de Josh. Il avait promis de les faire hier, si je laissais Theo passer la nuit ici. Mais j'ai l'impression que les jeux vidéo, les mangas et les dessins animés sont venus faire obstacle à ses belles intentions.

– Tu n'as pas travaillé, à ce que je vois.

– Non, répond-il en regardant tour à tour ses bouquins, puis moi.

– Alors, vas-y.

Je parle avec assurance, mais j'ignore parfaitement comment m'y prendre. Jamais auparavant je n'ai eu à envoyer un gamin faire ses devoirs. Je ne sais même pas comment le punir s'il ne les fait pas. J'ai l'impression de jouer la comédie. Oui, je joue. Je suis un imposteur.

– C'est pas que je veux pas les faire, avoue Josh. Mais j'y arrive pas.

– C'est trop difficile ? Qu'est-ce que c'est ? Des maths ?

– Non, les maths, c'est terminé. C'est facile. C'est juste ce truc de merde que je dois préparer pour le cours d'informatique.

– Ce truc *stupide*, le corrigé-je.

Mais peut-être que « truc stupide » est tout aussi négatif...

Je m'assieds à côté de Josh pour voir ce qui lui pose problème. Il glisse devant moi une feuille que je commence à lire.

C'est en fait un devoir de recherche sur ses ascendants. Il y a cinq parties à étudier, l'une d'elles étant un arbre généalogique, à remettre vendredi prochain.

– On doit essayer de retrouver des membres de notre famille à l'aide d'un site Internet. D'abord, j'en connais aucun, et ensuite, je sais même pas où commencer. Toi, tu sais ?

Je secoue la tête :

– Pas vraiment. J'ai rencontré une fois le père de Sutton, mais il est mort quand j'étais gosse. Je ne me souviens même pas de son nom.

– Et les parents de mon père ?

– Je ne sais rien non plus de sa famille.

Josh me prend la feuille des mains.

– Franchement, on devrait arrêter de demander ça aux élèves ; des familles normales, y en a plus nulle part aujourd'hui.

– Tu as raison, en fait.

J'entends alors le son de la notification annonçant l'arrivée d'un message sur mon téléphone. Je me lève pour aller le chercher dans la cuisine.

– Tu as déjà essayé de retrouver mon père pour moi ? me demande soudain Josh.

J'ai essayé, oui, mais Tim n'a jamais répondu au message vocal que je lui ai laissé. Et je ne veux pas le dire à Josh car je sais qu'il sera déçu. J'attrape mon téléphone et retourne vers lui avant de lire le texto qui vient de m'arriver.

– Je n'ai pas eu l'occasion de vraiment chercher. Tu voudrais que je m'y mette ?

Il hoche la tête :

– Peut-être qu'il voudrait me voir, au fond. Je parie que Sutton a tout fait pour l'en empêcher.

Mon cœur se serre. J'espérais que Josh se sentirait assez bien ici pour ne pas chercher à retrouver son père, mais c'était une idée ridicule. Il a douze ans. Bien sûr qu'il voudrait revoir son père.

– Je vais t'aider à le retrouver. Mais fais ce que tu peux avec ça, en attendant. Tant que tu essaies, on ne peut pas te donner de mauvaise note pour le fait de ne pas connaître tes grands-parents.

Il se penche sur son travail, et je finis par jeter un coup d'œil au texto qui m'attend. Signé Lily.

Je peux t'appeler ?

Elle devrait savoir qu'elle peut le faire n'importe quand, je lui répondrai toujours. J'emporte mon téléphone dans ma chambre et l'appelle sans lui renvoyer de message. Elle décroche dès la première sonnerie.

– Salut, dit-elle.

– Salut.

– Qu'est-ce que tu fais ?

– J'aide Josh avec ses devoirs. En faisant comme si je ne pensais pas à toi.

Un silence me répond, et je sens aussitôt qu'il se passe quelque chose.

– Tout va bien ?

– Oui, c'est que... je ne veux pas rentrer à la maison. Je me demandais si je pouvais passer chez toi.

– Bien sûr. Emmy est toujours avec ta mère ?

Elle soupire :

– C'est le problème... Je l'ai avec moi, maintenant. Je sais que ça paraît bizarre, mais je t'expliquerai en arrivant.

Si Lily amène Emerson ici, c'est forcément qu'elle a des ennuis. Elle était intraitable là-dessus : je ne devais pas approcher la petite tant que Ryle n'était pas au courant de notre relation.

– Je t'envoie mon adresse.

– Merci. Je serai là dans quelques minutes.

Elle raccroche, et je me laisse tomber sur le lit en me demandant ce qui a bien pu se passer entre le moment où je suis parti de chez elle, hier soir, et son appel, maintenant.

A-t-elle eu ma lettre ? Aurais-je dit quelque chose de mal ?

Est-elle sur le point de rompre avec moi ?

Ces questions tourbillonnent dans ma tête pendant que je l'attends, mais celle qui m'inquiète le plus... et à laquelle je ne voudrais même pas penser, est : *Est-ce que Ryle lui a fait du mal ?*

*

* *

Je la regarde se garer dans l'allée devant chez moi et je sors à sa rencontre. Lorsqu'elle descend de voiture, je sens immédiatement que ça ne va pas. Cependant, je sais que ce n'est pas à cause de moi parce qu'elle paraît soulagée de me voir. Je la serre dans mes bras. Elle semble en avoir besoin.

– Que s'est-il passé ?

Elle pose une main sur mon torse puis s'écarte pour me regarder, mais paraît hésiter à me parler. D'un bref coup d'œil sur la banquette arrière, elle vérifie que sa fille continue de dormir paisiblement dans son siège auto.

Et là, Lily se met à pleurer. Le visage plaqué sur ma poitrine, elle sanglote contre ma chemise, ce qui me bouleverse. Je pose mes lèvres sur ses cheveux et lui laisse le temps de se ressaisir.

Il ne lui faut pas beaucoup de temps pour s'essuyer les yeux :

– Désolée. Je me retiens pour ne pas craquer depuis que Ryle est parti.

À la seule mention de son nom, je me raidis instinctivement. Je savais... Ça ne pouvait être que lui.

– Il est au courant pour nous, lâche-t-elle.

– Et... que s'est-il passé ?

Je dois faire appel à toute ma volonté pour ne pas me précipiter chez lui et lui faire sa fête. Je suis hors de moi.

– Il t'a fait du mal ?

– Non... mais il est vraiment fou de rage, et je ne veux pas rester seule chez moi pour le moment. Je sais que je ne devrais pas t'amener Emmy, mais je me sens plus en sécurité ici qu'à la maison, si Ryle essayait de revenir aujourd'hui pour la prendre avec lui.

Je soulève son menton pour qu'elle me regarde :

– Je suis heureux que tu sois venue ici. Et *avec elle*. Reste la journée, si tu veux.

Elle lâche un soupir et pose ses lèvres sur les miennes.

– Merci.

Puis elle ouvre la portière arrière de la voiture, détache sa fille et la prend dans ses bras. La petite ne se réveille pas, affalée contre la poitrine de sa maman.

– Elle a joué au parc pendant une heure, m'explique Lily. Elle est épuisée.

Je contemple Emerson avec étonnement ; c'est vraiment le portrait craché de sa mère. Je ne suis pas mécontent qu'elle n'ait rien de son père.

– Tu veux que je prenne quelque chose ?

– Oui, son sac à langer est sur le siège passager.

Je le prends et on se dirige tous les trois vers la maison. Josh tourne un œil vers nous lorsqu'on entre. Lily lui fait un petit signe et il hoche la tête, mais en apercevant Emerson, il pivote brusquement sur sa chaise.

– Oh ! C'est un bébé... s'étonne-t-il.

– Oui, réplique Lily. Elle s'appelle Emerson.

Il me jette un regard intrigué.

– Elle est à toi ? demande-t-il en pointant son stylo sur elle. C'est ma nièce ?

Lily a un petit rire gêné.

J'aurais peut-être dû prévenir Josh de leur arrivée.

– Non, je ne suis pas encore papa. Donc tu n'es pas encore un oncle.

Il nous considère l'un et l'autre pendant un instant puis hausse les épaules :

– D'accord.

Il retourne ensuite à ses devoirs.

– Désolé pour ça, dis-je à voix basse à Lily.

Je pose le sac à langer sur le canapé et demande :

– Tu veux que j'aille lui chercher une couverture ?

– Oui, je veux bien.

J'attrape un plaid dans le placard du couloir et l'étale sur le tapis près du canapé. Je le double pour le rendre plus douillet avant que Lily vienne y poser délicatement une petite Emerson encore endormie.

– Attention, c'est trompeur, me dit-elle en souriant. Ce bébé a le sommeil très léger.

Elle ôte ses chaussures et s'assied sur le divan, en glissant sous elle ses pieds nus. Je viens m'asseoir près d'elle, dans l'espoir qu'elle me raconte ce qui vient de lui arriver. J'ai besoin de savoir ce qui lui a fait si peur.

Comme Josh ne nous voit pas de la salle à manger, je gratifie Lily d'un rapide baiser. Je doute qu'il nous entende de là où il se trouve, mais je glisse, à voix basse :

– Que s'est-il passé, Lily ?

Ma question lui arrache un lourd soupir, et elle s'appuie contre le dossier avant de me regarder d'un air grave.

– Il est venu prendre Emmy alors que je ne l'attendais pas. Il a vu nos verres de vin, mes vêtements éparpillés... Il a tout de suite compris, et il a eu exactement la réaction que je craignais.

– Qu'est-ce qu'il a fait ?

– Il est entré dans une fureur pas possible. Mais il est parti avant que ça n'empire.

Que ça n'empire ? Que veut-elle dire ?

– Il sait que c'est moi qui étais là ?

– Oui. C'est la première chose qu'il a demandée. Il s'est mis en colère, et je l'ai prié de partir. C'est ce qu'il a fait... mais...

Elle s'interrompt, et pour la première fois, je remarque que ses mains tremblent. Bon Dieu, je hais cet homme !

J'attire Lily contre moi, sa joue se colle à ma poitrine et je la tiens serrée entre mes bras.

– Qu'est-ce qu'il a fait pour que tu aies si peur ?

Sa main posée sur mon cœur, elle répond d'une voix étranglée :

– Il m'a poussée contre une porte, il s'est plaqué sur moi, son visage à dix millimètres du mien, et j'ai cru qu'il allait me frapper ou... je ne sais pas. Mais il n'a rien fait.

Elle doit sentir mon cœur battre deux fois plus vite, maintenant, car elle lève la tête et plonge son regard dans le mien.

– Je vais bien, Atlas. Promis. Il ne s'est rien passé ensuite ; ça faisait juste longtemps que je ne l'avais pas vu dans cet état, aussi en colère.

– Il t'a poussée contre une porte. Ce n'est pas rien.

Elle se détourne, appuie sa tête contre mon torse.

– Je sais. Je *sais*. Mais je ne sais pas non plus quoi faire... avec tout ça... avec Emmy. Je commençais à m'habituer à l'idée de la lui laisser une nuit entière, mais maintenant je ne veux même plus qu'il ait droit à des visites sans surveillance.

– Il ne les mérite pas. Tu dois de nouveau le traîner en justice.

Lily soupire. Il est évident que cette partie de sa vie la stresse énormément. Je n'imagine pas quel cauchemar ce serait pour elle de le voir partir en voiture avec sa petite fille, sachant de quoi il est capable. Je suis heureux qu'elle soit venue ici aujourd'hui. Je sais qu'il était important pour elle d'attendre un peu avant de m'amener Emmy, cependant elle a pris la bonne décision. Ryle pourrait bien se pointer chez elle pour s'excuser, et en profiter pour embarquer la petite ; il n'aurait qu'à se rendre aux endroits où Lily a l'habitude d'aller.

Mais il ne la trouvera pas ici. D'autre part, Lily et moi savons parfaitement que ce qui couve entre nous est une situation durable. Elle n'a pas à craindre qu'Emerson et moi ne partagions un lien affectif, et que je ne disparaisse du jour au lendemain. Tant qu'elle me veut près d'elle, je resterai.

Elle relève la tête pour me regarder de nouveau, et j'efface délicatement de sa tempe une trace de mascara.

– Ce conflit avec lui... dit-elle alors, c'est vraiment sérieux, tu sais. Ça pourrait durer, surtout qu'il sait maintenant que tu es de retour dans ma vie.

Elle dit cela comme si elle me laissait le choix de l'abandonner seule avec ce problème. Comment peut-elle songer un instant que cette idée m'ait traversé l'esprit ?

– Tu pourrais avoir cinquante ex-maris qui tentent de faire de notre vie un enfer, tant que je t'aurai avec moi, jamais je ne me laisserai affecter par la négativité de qui que ce soit. Je te le promets.

Mes mots lui arrachent un sourire pour la première fois depuis son arrivée ici. Ne voulant pas faire ou dire quelque chose qui risquerait de lui voler ce sourire, je m'empresse de changer de sujet. Son connard d'ex peut bien aller au diable.

– Tu as soif ?

Elle s'écarte un peu de moi ; son sourire s'est élargi.

– Oui. J'ai soif, et faim. Pour quelle autre raison aurais-je choisi de venir ici, dans la maison du chef ?

*

* *

Lily et Emerson sont ici depuis quatre heures environ. Une fois que Josh a fait ses devoirs comme il a pu, il s'est mis à jouer avec la petite. Lily lui a dit qu'elle marchait depuis quelques semaines, et il s'amuse beaucoup de la voir le suivre partout. Il s'est baladé une bonne heure pendant qu'elle trottinait derrière lui, mais à présent elle dort de nouveau. Elle s'est assoupie par terre à côté de moi, sa tête sur ma jambe. Lily m'a proposé de la bouger mais je n'ai pas voulu.

Je mentirais si je disais que tout cela ne me paraissait pas un peu irréel. En mon for intérieur, je sais que Lily et moi allons nous en sortir. Elle est à moi, et je suis à elle, je sais cela depuis les premiers jours où l'on s'est rencontrés. Toutefois, en regardant Emerson, en sachant que cette enfant va vraisemblablement occuper une place importante dans ma vie, j'ai un peu de mal à intégrer la chose. Je pourrais être son beau-père, un jour. J'aurais alors plus d'influence sur son existence que son père biologique, car Lily et moi finirons par nous installer ensemble. Et nous marier un jour.

J'ai toujours gardé ça pour moi parce que des gens comme Theo diraient que j'ai trop d'imagination ; en vérité, j'ai des années de retard sur ce que j'aurais voulu vivre avec Lily.

Cette journée a une importance folle pour moi, même si je ne dois pas revoir Emerson pendant des mois. Ce sont peut-être les premières heures que je passe avec celle qui, un jour, pourrait devenir ma fille.

Je glisse derrière l'oreille d'Emerson une mèche de ses cheveux blond vénitien, tout en cherchant à comprendre d'où peut venir la colère de Ryle. Il ne peut pas ignorer ce que deviendrait sa relation avec sa fille si Lily refaisait sa vie. Comme elle garde Emerson avec elle la plupart du temps, celui avec qui elle choisira de vivre sera très présent.

Je n'excuse pas le moins du monde l'attitude de Ryle. Si cela ne tenait qu'à moi, il irait bosser au Soudan, et on n'aurait affaire à lui qu'une fois par an.

Mais la réalité est tout autre. Ryle habite dans la même ville que sa fille, et son ex-femme s'installe avec quelqu'un d'autre. Ça n'est facile pour personne. Si je comprends à quel point c'est difficile pour lui, il ne peut pas ignorer qu'il est entièrement responsable de la situation. S'il avait été plus mature, plus rationnel, Lily ne l'aurait jamais quitté. Il aurait encore à ses côtés sa femme et sa fille, et Lily et moi ne nous fréquenterions pas.

Je suis inquiet pour elle. Je crains que Ryle ne soit un peu comme ma mère et qu'il cherche à se venger, en ne résistant pour aucune autre raison que celle de résister.

Je demande à Lily :

– Tu as déjà déposé une main-courante contre Ryle ?

Assise par terre près de moi, elle regarde sa fille dormir appuyée sur ma jambe.

– Non, répond-elle, très mal à l'aise.

– Vous avez un accord pour la garde d'Emerson ?

– Oui, j'ai la garde exclusive, mais à certaines conditions. Du fait de ses horaires, je dois être flexible ; mais, techniquement, il peut l'avoir deux jours par semaine.

– Il te paye une pension alimentaire ?

– Oui. Il est très scrupuleux.

Je suis soulagé d'apprendre qu'il respecte au moins cela. Mais les réponses qu'elle me fait me font prendre conscience que sa situation est plus précaire que je ne le pensais.

– Pourquoi me demandes-tu tout ça ? interroge-t-elle.

– Oui… ça ne me regarde pas.

Non, peut-être pas, au fond. Je ne sais pas… J'essaie de progresser lentement, de laisser de l'air à Lily, et d'un autre côté, je voudrais tellement la protéger…

– Si, ça te regarde, Atlas, dit-elle en levant une main vers moi. On est ensemble, maintenant.

Sa réponse me fait sursauter de joie. Est-ce sa façon de rendre notre relation officielle ?

– Tu dis : « on est ensemble » ?

Je souris et l'attire vers moi, le cœur battant.

– Tu veux dire qu'on est *tous les deux*, Lily Bloom ?

Ses lèvres sourient contre les miennes, et elle hoche la tête en m'embrassant.

Je pense que, bien avant la nuit dernière, on savait tous les deux que c'était officiel. Pourtant, si sa fille n'était pas endormie contre ma jambe en ce moment, je soulèverais Lily dans mes bras et la ferais tournoyer dans toute la pièce. Je suis si heureux.

Et tellement plus investi maintenant.

Ma vague de joie commence à refluer, et je reviens à mes pensées précédentes.

Ryle. Son immaturité. La garde de leur fille.

La tête de Lily est sur mon épaule et sa main posée sur ma poitrine, elle me sent donc pousser un profond soupir. Elle me jette un regard inquiet :

– Allez, dis-le.

– Tu veux que je dise quoi ?

– Ce que tu penses de ma situation. Tes sourcils sont froncés, quelque chose te préoccupe, c'est évident.

Elle lève une main vers moi, et du pouce elle tente d'adoucir le sérieux de mon expression.

– Il est trop tard pour dire à la cour qu'il représentait un danger pour toi, dans le passé ? Ce serait un argument déterminant s'il souhaitait garder la petite une nuit entière, non ?

– Une fois que deux personnes ont signé un accord de garde, on ne peut pas s'appuyer sur des faits anciens pour modifier cet accord. Malheureusement, je n'ai jamais porté plainte ; je ne peux donc pas évoquer des abus ou des faits de violence.

C'est vraiment dommage. Mais je comprends son désir de maintenir un minimum de civilité entre eux à l'époque. J'espère qu'elle ne s'en mordra pas les doigts un jour.

– Il est trop occupé pour avoir Emmy la moitié du temps, encore moins la nuit entière, vraiment. Je doute qu'il essaie même d'obtenir la garde partagée.

Je hoche la tête en espérant qu'elle ait raison. Je ne le connais pas aussi bien qu'elle, mais il semble terriblement rancunier. Et les gens rancuniers éprouvent souvent le besoin de se venger. Les parents font toujours ça. Ils n'aiment pas ce que peut faire l'autre parent, ou qui il voit ; ils se servent donc de leur enfant comme d'une arme. Et cela m'inquiète beaucoup. J'imagine très bien Ryle décider de la poursuivre en justice, juste pour se venger du fait qu'elle est avec moi. Et il obtiendrait très certainement gain de cause. Il n'a jamais touché à Emerson, n'a jamais été accusé de violence envers Lily, n'a jamais négligé de régler sa pension alimentaire. Et il a une brillante carrière. Tout cela joue en sa faveur.

Lily a l'air effondrée. Mon but n'était pourtant pas de l'inquiéter davantage.

– Je suis désolé, je ne voulais pas jouer les oiseaux de mauvais augure. On peut changer de sujet, si tu veux.

– Tu n'es pas un oiseau de mauvais augure, Atlas. Tu es réaliste, et j'ai besoin que tu le sois pour moi.

Elle lève la tête de mon épaule et jette un coup d'œil sur Emmy, toujours endormie sur moi. Puis elle revient se blottir contre moi.

– Tu sais, même si j'avais porté plainte contre Ryle et demandé qu'il n'ait pas un droit de visite, mes chances d'obtenir la garde exclusive auraient été très minces. Il n'a pas de casier judiciaire et a tout l'argent qu'il veut pour s'offrir les meilleurs avocats. La plupart des gens, à l'époque, m'ont conseillé de trouver un accord amiable avec lui, c'est ce qui fonctionne le mieux dans un cas comme le nôtre, et l'accord que souhaitait Ryle était aussi ma meilleure option.

Je lui prends la main et entremêle nos doigts. Elle essuie une larme sur sa joue. Je m'en veux d'avoir parlé de ça, mais elle a les mêmes craintes que moi. Je suis heureux de voir qu'elle essaie d'anticiper les réactions de Ryle.

– Quoi qu'il arrive, tu n'es plus seule pour te battre.

Un sourire plein de gratitude se dessine sur ses lèvres.

Emerson choisit cet instant pour s'étirer sur ma jambe. Elle ouvre les paupières et me regarde, puis cherche aussitôt sa mère des yeux. En l'apercevant, elle se jette vers elle. Quand elle se retrouve dans les bras de Lily, j'étire ma jambe restée immobile pendant plus d'une demi-heure.

– On devrait y aller, déclare Lily. J'ai un peu honte d'être restée ici avec elle. Je détesterais que Ryle l'emmène chez une petite amie sans que je le sache.

– Je crois que ta situation est un peu différente. Ryle n'a pas à trouver un endroit sûr où cacher ta fille parce qu'il craint tes accès de colère. Ne sois pas si dure avec toi-même.

Elle me répond par un sourire reconnaissant.

Je l'aide à rassembler leurs affaires et l'accompagne à sa voiture. Une fois Emerson installée dans son siège auto, Lily s'approche pour me dire au revoir. Je l'attire alors contre moi et enfouis mon visage dans son cou. Puis ma bouche vient caresser la sienne et je l'embrasse passionnément, comme ça, elle ressentira encore mon baiser en chemin vers chez elle.

Je glisse les mains dans les poches arrière de son jean et presse ses fesses, ce qui la fait rire. Elle murmure :

– Tu me manques déjà.

– Moi aussi, tu me manques déjà. Je commence vraiment à me sentir obsédé par vous, Lily Bloom.

J'embrasse sa joue puis me force à la relâcher.

C'est le seul aspect négatif de se retrouver enfin avec la personne que l'on désire. On passe des années à espérer être avec elle, et quand celle-ci finit par occuper une place importante dans votre vie, étrangement, cela semble encore plus douloureux.

26

LILY

Tu me déçois Lily.

Choquée, je regarde mon écran sans comprendre.

C'est une blague?

Tu me traites comme un monstre, je suis son père bon sang.

Il est cinq heures du matin. En me levant pour aller à la salle de bains, j'ai tout naturellement jeté un coup d'œil sur mon smartphone avant de me recoucher pour profiter d'encore une heure de sommeil.

Tous les SMS que je découvre sont de Ryle. Je n'ai eu aucune nouvelle de lui depuis qu'il a débarqué dimanche à la maison. Cela fait quatre jours maintenant, et il n'a même pas pris soin de me contacter pour me dire qu'il regrettait d'avoir perdu ses nerfs sur moi. Muet pendant quatre jours, et aujourd'hui, *ça*?

J'étais plus heureux avant de te connaître.

Je lis sa série de textos, en sachant parfaitement qu'il était bourré lorsqu'il me les a adressés cette nuit. Le premier a été envoyé à minuit, et le dernier, parti à deux heures du matin, me dit : **Amuse-toi bien avec ce putain de sans-abri.**

Les mains tremblantes, je laisse tomber mon téléphone sur le lit. Je n'arrive pas à croire qu'il ait pu m'envoyer tout ça. J'espérais que ces quatre jours de silence étaient dus aux remords, mais de toute évidence, il continue à bouillir de colère.

C'est tellement pire que ce que je croyais.

J'essaie de me rendormir, en vain. Je décide alors de me lever, de me préparer un café, mais je suis si tendue que j'en ai la nausée. Je passe alors la demi-heure qui suit debout dans ma cuisine, à regarder dans le vide, à rejouer mille fois ces textos dans ma tête.

Quand Emerson se réveille enfin, je suis soulagée. Et j'accueille avec joie la distraction que me procure l'habituel chaos du matin.

*

* *

Lorsque je la dépose chez ma mère et pars travailler, il est huit heures du matin. Étant la première à entrer dans le magasin de fleurs, je me distrais comme je peux jusqu'à l'arrivée de Serena et de Lucy. Celle-ci remarque tout de suite mon malaise et finit par m'interroger. Je la rassure en lui disant que tout va bien.

Je prétends aller bien, mais je surveille l'entrée de la boutique chaque fois que je peux, au cas où Ryle déciderait d'y faire irruption. Je m'attends aussi à tout moment à recevoir un nouveau texto furieux de lui.

Cependant, les heures s'écoulent et je n'ai rien. Même pas la moindre excuse.

Je passe la journée sans rien dire à personne, que ce soit Atlas ou Allysa, de ce qu'il m'a écrit. C'est trop gênant. C'est insultant pour Atlas ; c'est insultant pour moi. Je ne sais pas quoi faire de tout ça, mais je refuse de passer les dix-sept prochaines années de ma fille à subir ce genre d'abus, même par SMS.

Serena a terminé sa journée, et il ne reste que Lucy et moi dans la boutique lorsque l'inévitable finit par arriver. Il est un peu plus de dix-sept heures et on se prépare à fermer le magasin avant que je parte chercher Emerson chez ma mère, lorsque Ryle fait son entrée.

La peur surgit en moi comme une éruption volcanique.

Lucy, qui n'a jamais été la plus grande fan de Ryle, marmonne entre ses dents :

– Je serai derrière... si tu as besoin de moi.

– Lucy, attends... lui dis-je tout bas.

Les yeux sur mon téléphone pour que Ryle ne voie pas mes lèvres remuer, je lui souffle :

– Reste là, s'il te plaît.

Je me tourne vers elle afin qu'elle lise l'inquiétude sur mon visage. Elle hoche la tête et s'affaire alors dans la boutique.

J'ai le cœur qui bat à tout rompre lorsque Ryle s'approche de moi, et je ne cherche même pas à dissimuler ma peur au moment où je lève les yeux sur lui.

Il soutient mon regard quelques secondes puis avise Lucy, au fond du magasin.

– On peut parler ? demande-t-il alors en indiquant mon bureau.

– J'allais partir. Je vais chercher notre fille, rétorqué-je.

Je vois sa main agripper le bord du comptoir et son bras se raidir tant il y met de force.

– S'il te plaît ! insiste-t-il. Ça ne prendra pas longtemps.

Je me tourne vers Lucy :

– Tu m'attends pour fermer ?

Elle me rassure d'un nouveau hochement de tête et je fais volte-face pour prendre la direction de mon bureau. Je l'entends marcher derrière moi. Les bras croisés sur ma poitrine, j'inspire un grand coup avant de me retourner vers lui.

Je suis tellement fatiguée de ses prétendus remords. Carrément en colère, à présent, je n'ai qu'une envie : balayer le stupide froncement de sourcils qu'il affiche.

– Je suis désolé… articule-t-il en se passant une main dans les cheveux. J'avais trop bu hier soir, et…

Je ne réagis pas.

– Je ne me souviens même pas de t'avoir envoyé ces textos, ajoute-t-il en s'approchant.

Je ne réplique toujours rien. Ryle est de plus en plus mal à l'aise face à ma colère silencieuse. Glissant les mains dans ses poches, il baisse les yeux.

– Tu en as parlé à Allysa ?

Je ne réponds pas à sa question ; ses mots décuplent encore ma fureur. Il s'inquiète plus de ce que sa sœur va penser de lui que du tort qu'il me fait.

– Non, mais j'ai vu une avocate.

Je mens, bien sûr, sauf que ce sera la vérité dès qu'il sera sorti d'ici. À partir de maintenant, je note scrupuleusement tout ce qu'il me fait. Atlas a raison. Ryle n'a rien à se reprocher sur le papier, et s'il continue sur le chemin de la violence, je dois nous protéger, Emerson et moi.

– Tu as *quoi* ? demande-t-il en me fusillant du regard.

– J'ai envoyé tes SMS à mon avocate.

– Pourquoi ?

– Tu es sérieux ? Tu me plaques violemment contre la porte, et la nuit suivante tu m'envoies des textos menaçants. Franchement, je n'ai rien fait pour mériter ça, Ryle !

Il pose ses mains sur la nuque, nerveux, et me présente son dos. Puis il inspire longuement, comme s'il cherchait à étouffer la colère qui semble monter en lui.

On sait tous les deux que cette technique fonctionnait avant.

Quand il se retourne, on dirait que toute trace de remords a disparu :

– Tu vois que ça recommence ? Ou tu es complètement aveugle ?

Oh oui, je vois très bien. Mais je ne crois pas que nous ayons une réponse identique à cette question.

– Ça s'est bien passé pendant un an, Lily. On n'a pas eu un seul problème jusqu'à ce qu'il déboule, celui-là. Maintenant, on se dispute tout le temps, et tu veux faire intervenir des avocats ?

On dirait qu'il se retient de balancer son poing droit devant lui.

– Arrête de toujours blâmer les autres pour ton attitude, Ryle.

– Et toi, arrête d'ignorer le putain de responsable de tous nos problèmes, Lily !

Lucy apparaît sur le seuil de mon bureau. Elle nous regarde tour à tour puis me demande :

– Ça va ?

Ryle laisse échapper un rire exaspéré avant de lâcher d'un ton irrité :

– Oui, elle va bien.

Comme il se dirige vers la porte, Lucy est obligée de se plaquer contre le mur pour éviter de se faire bousculer.

– Un putain d'*avocate*, marmonne-t-il. On se demande bien d'où te vient cette idée.

Il passe le seuil du bureau d'un pas rageur, comme s'il était en mission. Lucy sur mes talons, je m'empresse de le suivre ; on a toutes les deux la même idée en tête : fermer derrière Ryle une fois qu'il sera sorti du magasin.

Arrivé devant la porte, il se tourne brusquement et me décoche un regard assassin.

– Je suis neurochirurgien. Toi, tu es fleuriste. Rappelle-toi de ça avant que ton avocate ne fasse la connerie qui menacerait ma carrière. C'est moi qui paye pour ce putain d'appartement dans lequel tu vis.

Sur cette menace, il sort en claquant violemment la porte vitrée.

C'est Lucy qui s'occupe de fermer derrière lui car je reste figée de stupeur après cette dernière insulte. Puis elle revient vers moi et me prend dans ses bras, pleine de compassion.

Le plus difficile, quand on est victime de violences conjugales, c'est qu'on ne met pas nécessairement fin aux mauvais moments en quittant son époux. Ils finissent toujours par revenir, qu'on s'y attende ou non. Mettre un terme à une telle relation, c'est aussi mettre un terme aux bons moments.

Au cours de notre mariage, les incidents terrifiants qui l'ont émaillé étaient relégués au second plan par tous les bons souvenirs. Depuis la fin de notre union, ils sont revenus au tout premier plan, et je me retrouve seule à affronter les pires aspects de la personnalité de Ryle.

– Ça va ? me demande une nouvelle fois Lucy en lissant mes cheveux d'une main rassurante.

– Oui… mais j'ai eu l'impression qu'il avait une idée en tête quand il est parti. Comme s'il se rendait dans un endroit bien précis.

Les yeux de Lucy se tournent vers la porte quand elle répond :

– C'est vrai, il a démarré en trombe comme un furieux. Tu devrais peut-être prévenir Atlas.

Je saisis aussitôt mon téléphone pour l'appeler.

27

ATLAS

Cela ne fait qu'une demi-heure que j'ai consulté mon téléphone, alors quand je découvre plusieurs appels manqués et trois messages de Lily, je suis très inquiet.

S'il te plaît appelle-moi.

Je vais bien mais Ryle est furieux.

Il s'est pointé chez toi ? Atlas, je t'en prie, appelle-moi.

Merde.

— Darin, tu peux me remplacer ?

Il s'approche afin de terminer le plat que je préparais, et je cours vers mon bureau pour appeler Lily. Mais je tombe directement sur sa messagerie vocale. Je réessaye. Rien.

Je suis sur le point de rejoindre ma voiture quand le téléphone sonne enfin. J'y réponds immédiatement en criant presque.

– Lily… ça va ?

– Oui, je vais bien.

Je m'arrête brusquement dans le couloir et m'appuie contre le mur. Mon souffle se calme et mon cœur reprend un rythme normal.

On dirait qu'elle est en train de conduire.

– Je vais chercher Emmy. Je voulais juste te prévenir qu'il vient de piquer une crise dans le magasin et qu'il est reparti furieux. J'avais peur qu'il ne vienne s'en prendre à toi.

– Merci de me prévenir. Tu es sûre que ça va ?

– Oui. Appelle-moi quand tu seras chez toi. Je me fiche qu'il soit tard.

Au même moment, Ryle fait irruption dans la cuisine du restaurant. Il fait assez de vacarme pour faire sursauter tous mes employés à leur poste de travail. Derek, mon maître d'hôtel, se tient derrière lui et tente de le calmer.

– Je vous ai dit que j'irais le chercher.

Il me regarde et lève les mains d'un air impuissant.

– Je t'appelle quand je serai en route, dis-je alors à Lily.

Je ne lui précise évidemment pas que Ryle vient d'arriver. Je ne veux pas l'inquiéter. Je raccroche au moment où les yeux de Ryle se fixent sur moi.

Il n'a pas l'air d'être là pour me féliciter.

– Qui est-ce ? demande Darin.

– Mon plus grand fan.

D'un coup de menton, j'indique la porte de derrière, et Ryle me suit sans discuter.

La cuisine reprend son rythme, tout le monde ignorant maintenant son intrusion. Tout le monde sauf Darin, qui demande :

– Tu as besoin d'aide ?

– Non, tout va bien.

Ryle pousse la porte si fort qu'elle vient claquer contre le mur extérieur.

Quel boulet ! Je le suis dehors, mais à peine ai-je franchi le seuil qu'il me tombe dessus. Déséquilibré, je tente de me relever, alors il me flanque un violent coup de poing.

Un bon gros coup de poing, je dois le reconnaître.

Putain.

Je m'essuie la bouche et me redresse, plutôt content qu'il m'en laisse le temps. Ce n'est pas très loyal de frapper un homme à terre, mais Ryle n'a pas l'air du genre loyal.

Il s'apprête à me frapper encore une fois, mais je me dérobe, et il trébuche. Il se relève, et une fois sur ses pieds, me gratifie d'un regard haineux, même s'il ne semble plus d'humeur à me cogner.

– Tu as fini ? demandé-je.

Il ne répond pas mais montre des velléités de combat. Il remet sa chemise en place et affiche un sourire narquois :

– Je préférais la dernière fois, quand tu étais prêt à te battre.

– Je n'ai absolument pas envie de me battre avec toi.

Il redresse la tête et se met à marcher de long en large. Il y a tant de colère en lui… j'ai du mal à imaginer ce que ressent Lily quand elle l'a en face d'elle dans cet état. Les mains sur les hanches, les yeux aussi acérés que des lames de couteau, il respire bruyamment. Je ne vois pas que de la colère dans son attitude ; j'y discerne aussi beaucoup de souffrance.

Parfois, j'essaie de me mettre à la place de Ryle, mais malgré tous mes efforts, je n'y arrive pas. Et je n'y arriverai jamais car, à mon sens, pas un humain sur terre, quels que soient les malheurs qu'il ait endurés, n'a d'excuse valable pour battre la femme qu'il est censé protéger.

– Dis-moi juste ce que tu as à me dire.

Tandis qu'il essuie le sang qui lui macule les phalanges sur un coin de sa chemise, je remarque que ses mains sont gonflées. Comme s'il avait boxé quelque chose avant de débouler ici pour me frapper. Je suis heureux de savoir Lily saine et sauve, sinon il ne repartirait pas d'ici dans le même état que lorsqu'il est entré.

– Tu crois que je n'ai pas compris que le coup de l'avocat, c'était ton idée ? me demande-t-il.

Je tente de dissimuler ma surprise, mais... de quoi parle-t-il ? Je n'en ai pas la moindre idée. *A-t-elle parlé de sa situation à un avocat ?* Je me retiens de sourire car il n'apprécierait probablement pas. Je l'agace déjà assez par ma simple existence.

Ma non-réponse a cependant le don de l'énerver encore plus. Le visage déformé par la rancœur, il reprend :

– Tu as peut-être réussi à la manipuler, mais bientôt, vous allez vous taper votre première dispute. Et puis une deuxième. Et elle va finir par constater que le mariage, ce n'est pas un putain d'arc-en-ciel tous les jours que Dieu fait.

– Je pourrais avoir des milliers de disputes avec elle, mais je peux t'assurer que jamais elle ne se retrouvera à l'hôpital pour autant.

Il éclate de rire. Il essaie de retourner la situation et de me faire passer pour celui qui est ridicule dans cette histoire. Mais ce n'est pas moi qui ai déboulé comme un fou furieux sur son lieu de travail parce que j'étais incapable de contrôler mes émotions.

– Tu ne sais pas ce que Lily et moi avons traversé, reprend-il. Tu n'as aucune idée de ce que *moi*, j'ai pu traverser.

C'est lui qui est venu ici pour se battre, mais comme je ne lui ai pas permis de continuer sur cette voie, il essaie de trouver un autre moyen de passer sa colère. Peut-être que je devrais lui donner le numéro de Theo. J'avoue que je suis un peu perdu, là.

Toutefois, si je lâche l'affaire, je pourrais ensuite considérer ça comme une occasion perdue. Mon seul but est de faire en sorte que la vie de Lily avec cet homme soit le plus pacifique possible. La dernière chose que je voudrais, ce serait d'aggraver les difficultés entre nous tous ; cependant, avant qu'il réussisse à se mettre dans le crâne que c'est à lui, et lui seul, de contrôler ses émotions, je suis aussi perdu que Lily quant à l'attitude à adopter avec lui.

– Tu as raison, Ryle, lui dis-je lentement. Tu as raison, je n'ai aucune idée de ce par quoi tu es passé.

Je m'assieds sur les marches pour lui montrer qu'il n'a rien à craindre de moi. Et s'il essaie de m'attaquer alors que je suis assis, je répliquerai plus brutalement que la première fois. Je croise les mains et je m'applique à lui parler d'une façon qui, je l'espère, le marquera.

– Ce qui t'est arrivé dans le passé t'a aidé à devenir un grand neurochirurgien, et le monde a besoin de personnes comme toi. Mais, pour des raisons que j'ignore, ton passé a fait de toi un mari de merde. Et ce côté-là de toi, le monde n'en a pas besoin. Ce n'est pas parce qu'on a l'occasion d'être quelqu'un ou quelque chose que ça garantit qu'on sera doué pour ça.

– Tu en fais des tonnes, reprend Ryle d'un ton railleur.

– Je les ai vus la recoudre, Ryle. Sérieusement, mec, tu n'as rien d'un mari gentil et attentionné.

Il m'observe un instant puis poursuit :

– Qu'est-ce qui te dit que tu seras mieux que moi ?

– Pour moi, la traiter comme elle le mérite, c'est le plus simple. Tu devrais être soulagé qu'elle soit avec un mec comme moi.

– Ah oui… *soulagé* ? reprend Ryle en s'approchant d'un air menaçant. C'est à cause de *toi* qu'on n'est plus ensemble !

Je dois faire un effort surhumain pour rester assis sur ces marches et rassembler toute la patience dont je dispose pour ne pas crier aussi fort que lui :

– C'est *toi* la raison pour laquelle vous n'êtes plus ensemble. C'est *ta* colère et *tes* poings qui t'ont amené ici. Je n'étais qu'un garçon du passé de Lily quand elle était avec toi. Alors montre-toi un peu mature et cesse de nous blâmer, moi, Lily et la terre entière.

Je me lève, cette fois, mais pas pour m'en prendre à lui. J'ai juste besoin d'un peu d'air pour respirer, sinon j'ignore combien de temps je tiendrai sans élever la voix au niveau de la sienne.

– *Merde*… c'est franchement ridicule.

Ryle et moi restons un moment silencieux. Peut-être voit-il que je suis à bout car je ne cherche plus à cacher ma rage. Je lui fais face, plaidant ma cause :

– C'est notre vie, maintenant. La tienne, la mienne, celle de Lily, celle de *ta fille*. On doit faire avec. Pour toujours. Les vacances, les anniversaires, les études, le mariage futur d'Emerson. Tout ça va être difficile pour toi, mais tu es le seul à pouvoir faire en sorte que ça ne devienne pas compliqué pour tout le monde. Parce qu'aucun de nous ne te doit de sacrifier notre bonheur. *Surtout pas* Lily.

Il secoue la tête, arpente la cour comme s'il tentait d'en éliminer l'asphalte.

– Tu voudrais que je fasse quoi ?! Que je vous applaudisse, tous les deux ? Que je vous souhaite le meilleur ? Que je t'encourage à être un bon père pour *ma propre* fille ?

Il rit tellement, cela lui paraît absurde, mais je reste impassible :

– Oui. C'est *exactement* ça.

Ma réponse a l'air de le déstabiliser. Il arrête ses allées et venues et se masse la nuque.

Je m'approche de lui, mais pas d'une façon menaçante. Je ne veux pas crier. Je veux qu'il perçoive l'absolue sincérité dans ma voix.

– Même si je sais que je peux rendre Lily heureuse, elle ne le sera vraiment qu'avec ton acceptation et ta pleine coopération. Or, bien que tu saches qu'elle mérite une belle vie, tu ne fais rien pour en ce moment. Toutes les deux méritent d'avoir une belle vie. Si tu veux que ta fille grandisse avec la meilleure version de Lily, tu dois travailler avec elle, unir tes efforts aux siens. C'est possible pour tout le monde.

– On est quoi, maintenant, d'après toi ? Une *équipe* ?

Il tente de faire de ma proposition quelque chose d'impossible, et je déteste ça.

– Une équipe, c'est la *seule* chose que les gens devraient former quand des enfants sont en jeu.

Ce qui semble le marquer, cette fois. Je le vois à la façon dont il tressaille avant de se racler la gorge. Il me tourne le dos, effectue quelques pas tout en semblant réfléchir à ce que je viens de dire. Puis il fait volte-face et pose sur moi un regard... peut-être moins chargé de vitriol.

– Quand les choses iront mal entre vous et que Lily aura besoin de courir se réfugier ailleurs, ce n'est pas moi qui viendrai ramasser les morceaux.

Sur ces belles paroles, il fait demi-tour et s'en va. Sans passer par le restaurant, cette fois. Il emprunte l'allée et disparaît dans la rue.

Je ne peux rien faire d'autre que le regarder s'éloigner avec pitié. Il ne connaît vraiment pas Lily.

Pas du tout.

Elle ne *court* pas vers les gens. Elle n'a pas couru après moi quand j'ai quitté le Maine. Elle n'a pas couru *vers* moi quand elle a quitté Ryle. Elle s'est juste appliquée à être mère. Et c'est ce qu'il s'attend encore à la voir faire, si ça ne marche pas entre nous ? À *courir* vers lui comme s'il était son refuge, sa base vitale ?

La base vitale de Lily, c'est Emerson. S'il est incapable de le voir, il ne sait rien de rien.

Si Lily était restée avec lui, Ryle aurait passé le reste de leur vie à inventer des problèmes afin de justifier sa colère excessive. Car je n'ai jamais été un problème pour leur union, et je ne l'aurais jamais été.

Je pensais le plaindre, avant, mais je constate qu'il se bat pour une femme qu'il connaît à peine ; ce qui signifie qu'il ne se bat que pour satisfaire son besoin de batailler. Il me fait beaucoup penser à ma mère, et il n'y a parfois rien à faire contre ça. Il faut juste apprendre à s'adapter, à vivre avec ça.

C'est peut-être ce que Lily et moi devrons faire. Apprendre à vivre notre vie du mieux que l'on pourra, tout en ayant de temps à autre à supporter les ridicules crises de rage de Ryle.

D'accord. Je ferai avec ; je m'adapterai tous les jours à ces conneries, si cela me permet de partager son lit chaque soir.

Je monte les marches du perron et retourne m'occuper à la cuisine, comme s'il n'était jamais venu. Je ne sais pas si ma réponse de ce soir a pu améliorer la situation, mais je suis certain qu'elle ne l'a pas aggravée.

Darin me tend un torchon mouillé en précisant :

– Tu saignes.

Puis, indiquant le coin de ma bouche, il ajoute :

– C'était son ex ?

– Oui.

– Tout est arrangé, maintenant ?

Je hausse les épaules.

– Je ne sais pas. Il peut encore péter un plomb et revenir. Ça peut durer des années, comme ça.

Je lève les yeux vers Darin, souris et ajoute :

– Mais elle en vaut la peine.

*

* *

Trois heures plus tard, je frappe doucement à la porte de l'appartement de Lily. Je lui ai annoncé par message que j'arrivais. Je pensais qu'elle pouvait avoir besoin d'un petit câlin.

Quand elle ouvre la porte, il est clair que c'est exactement ce qu'il lui faut. Et ce qu'il *me* faut, à moi aussi. Une fois à l'abri de son salon, elle me prend par la taille et je l'enveloppe de mes bras. On reste ainsi enlacés un long moment.

Quand elle lève le visage vers moi, elle s'étonne de découvrir la petite entaille au coin de mes lèvres.

– Quel trou du cul immature ! souffle-elle. Tu as mis un peu de glace dessus ?

– Non, ça ira. Ça n'a même pas gonflé.

Elle se hisse sur la pointe des pieds et vient embrasser la petite blessure.

– Raconte-moi ce qu'il s'est passé.

On s'assied sur le canapé, et j'essaie de me rappeler ce qu'on s'est dit, lui et moi, mais j'omets quelques détails.

Lorsque j'ai fini, elle s'appuie contre le dossier, une jambe posée sur ma cuisse, et tout en passant les doigts dans mes cheveux, elle s'abîme dans une réflexion intense.

Elle demeure longtemps ainsi avant de tourner vers moi un regard si doux qu'il me fait littéralement fondre.

– Je suis persuadée que tu es le seul homme sur cette planète à se prendre des coups avant d'offrir des *conseils* à ton agresseur.

Sans me laisser le loisir de répondre, elle s'assied sur mes genoux, approche son visage du mien avant d'ajouter :

– Ne t'en fais pas, je trouve ça tellement mieux que si tu lui avais réglé son compte à coups de poing.

Je passe ma main dans son dos, surpris de la voir d'aussi bonne humeur. Je ne sais pas pourquoi je pensais que cette conversation serait un poids pour elle ; mais j'imagine que c'est la meilleure issue. Ryle sait qu'on est ensemble, j'ai pu lui dire ce que je pensais, et on en est tous sortis à peu près indemnes.

– Je ne peux pas rester longtemps, lui dis-je alors, mais je peux encore prolonger ce câlin une quinzaine de minutes, avant que Josh ne remarque mon retard.

Elle hausse les sourcils :

– Quand tu dis un « câlin », tu veux dire...

– ... se déshabiller... il nous reste quatorze minutes.

Je la force à s'allonger et l'embrasse, et on ne s'arrête plus pendant quatorze minutes. Puis dix-sept. Puis vingt.

Trente minutes se sont écoulées lorsque je finis par sortir de son appartement.

28
LILY

Allysa a la bonne idée de les installer par terre, sur une couche de sacs poubelle, pour qu'il soit plus facile de tout nettoyer ensuite. Emmy et sa cousine Rylee sont maintenant toutes les deux couvertes de gâteaux.

Emmy ne sait pas ce qui se passe, mais elle s'amuse. On lui a organisé une petite fête ici, chez Allysa. Ma mère est là, les parents de Ryle également, ainsi que Marshall et, bien sûr, Allysa.

Ryle est aussi présent, mais il s'apprête à partir. Il prend quelques photos avec son téléphone avant d'embrasser les petites pour leur dire au revoir.

Il a dit à Marshall que, malgré une journée très chargée à l'hôpital, il s'est débrouillé pour venir à l'anniversaire de sa fille. J'étais heureuse qu'il arrive à temps pour les cadeaux, et il est resté jusqu'à ce que le gâteau soit presque entièrement démoli. Je sais que ça comptera plus tard pour Emmy, lorsqu'elle regardera ces photos.

On ne s'est pas adressé une seule fois la parole depuis qu'il est là, on s'évite plutôt, tout en prétendant devant les autres que les choses vont bien entre nous. Mais Ryle est tout sauf détendu. Je le sens terriblement crispé, même à l'autre bout de la pièce. Je préfère qu'il m'ignore plutôt qu'il me crie dessus.

Malheureusement, il a visiblement décidé de changer d'attitude. Pour la première fois aujourd'hui, il me cherche du regard. J'ai commis l'erreur de rester seule un instant, ce dont il profite pour traverser la pièce et me rejoindre. Je me raidis, car je n'avais pas l'intention d'avoir une conversation avec lui dans ces conditions. On ne s'est pas parlé depuis qu'il m'a insultée dans mon magasin, la semaine dernière. Je sais qu'il faut qu'on discute, lui et moi, mais... l'anniversaire de notre fille, ce n'est ni le moment ni l'endroit.

Ryle glisse les mains dans ses poches, baisse le menton et fixe le plancher.

– Qu'a dit ton avocate ?

Aussitôt, la colère me saisit. Je lui jette un regard en coin et secoue la tête.

– On ne va pas discuter de ça maintenant.

– Quand, alors ?

Le problème, ce n'est pas *quand*, mais *avec qui*. Parce que je refuse dorénavant de discuter de quoi que ce soit, seule avec lui. Il m'a assez prouvé que je n'étais pas en sécurité avec lui. Donc, ce privilège que je lui accordais, c'est terminé.

– Je t'enverrai un message, lui dis-je avant de m'éloigner en le plantant là.

Ma mère tient Emmy dans ses bras, tout en nettoyant les miettes de gâteau de son visage et de ses mains. Je m'apprête à la rejoindre quand Allysa me prend à part :

– On peut se parler, toutes les deux ?

Je la suis jusqu'à sa chambre, où elle s'assied sur le lit. Elle ne m'emmène ici que lorsqu'elle a quelque chose d'important à me dire, et elle choisit toujours le bon moment.

– Qu'est-ce que tu veux savoir ?

Cela fait plusieurs semaines qu'on n'a pas pu bavarder tranquillement, elle et moi. Elle se pose sans doute beaucoup de questions sur ma vie. Qui a connu pas mal de remous, ces derniers temps.

Se laissant tomber sur le matelas, elle remarque :

– Ça a l'air d'être un peu froid entre Ryle et toi, je me trompe ?

– Ça se voit tant que ça ?

– Tu sais bien que je vois tout. Ça va, toi ?

Ça va, toi? Avant, j'évitais de répondre à ce genre de question car je n'allais pas bien. Même les mois qui ont suivi la naissance d'Emerson, lorsque quelqu'un me demandait ça, je souriais tout en m'effondrant intérieurement.

Là, c'est la première fois que je ne mens pas en répondant :

– Oui, ça va bien.

Allysa me regarde en silence, avec une expression satisfaite, comme si elle me croyait, cette fois. Elle me prend la main et me tire jusqu'à ce que je m'allonge à côté d'elle. Elle passe alors son bras sous le mien et on fixe toutes les deux le plafond, en profitant du calme au milieu de cette maison pleine de gens.

Je suis heureuse de l'avoir toujours près de moi, de mon côté. Ça m'aurait déchiré le cœur de la perdre à cause de mon divorce. Je lui suis reconnaissante de se montrer aussi positive et pleine de tact.

J'aimerais pouvoir dire la même chose de son frère. Parfois, j'ai l'impression que Ryle cache un monstre en lui, qui ne demande qu'à se fâcher. Son côté sombre se nourrit de drames, et si personne ne lui en offre, il les fabrique lui-même. Mais je ne veux plus entrer dans son jeu. Je n'ai jamais été déloyale lors de notre mariage, même s'il a essayé de s'appuyer sur ses fausses impressions pour justifier son comportement.

– Et comment ça se passe avec Adonis ?

J'étouffe un rire.

– Tu veux dire Atlas ?

– J'ai dit ce que j'ai dit. Adonis, le sublime dieu grec dont tu es amoureuse.

Je ris de nouveau.

– Adonis, ce n'était pas le produit d'un inceste ?

– Oh, ne détourne pas la conversation ! Comment ça se passe avec lui ?

Je roule sur le ventre et me dresse sur un coude.

– Bien, quand on arrive à passer un peu de temps ensemble. Son restaurant n'ouvre que lorsqu'on ferme le magasin, tu imagines. On n'a même pas encore eu l'occasion de passer une nuit entière ensemble.

– Qu'est-ce qu'il fait en ce moment ? Il bosse ?

– Oui.

– Essaie de lui demander de partir plus tôt, et je garderai Emerson ce soir. On n'a rien de prévu, demain ; viens la chercher quand tu pourras.

Je la regarde avec des yeux ronds.

– Vraiment ?

Elle se lève d'un bond :

– Rylee adore quand elle est là. Allez, va passer la nuit avec ton Adonis.

*

* *

Je n'ai pas envoyé de message à Atlas pour lui annoncer que j'étais en route vers le Corrigan's. Il m'a dit qu'il y travaillait ce soir, et j'ai pensé qu'il serait amusant de lui faire la surprise. Mais quand je passe les portes qui ouvrent sur la cuisine, je tombe sur une véritable ruche. Comme personne ne me voit ni ne m'entend entrer, je le cherche des yeux et l'aperçois.

Il vérifie chaque assiette avant de les disposer sur un plateau, puis un membre du personnel vient les prendre et disparaît derrière la double porte qui mène à la salle à manger. Contrairement à ce que je croyais, cet endroit est plus classe que le Bab's. Tous les serveurs sont vêtus de noir et blanc, tandis qu'Atlas, comme deux de ses commis, porte un tablier blanc.

Ils ont l'air tous si affairés que je regrette presque d'être là. J'ai peur de me retrouver dans leurs pattes si je m'approche de lui, et je me sens un peu stupide d'être venue sans m'annoncer.

Je reconnais Darin à l'instant même où il m'aperçoit. Il sourit et hoche la tête, puis il fait un signe à Atlas. Lorsque celui-ci se retourne et me voit dans sa cuisine, son visage s'éclaire. Mais une seconde à peine. Car son plaisir de me découvrir ici se mue aussitôt en inquiétude. Il se rue vers moi, en contournant à la hâte un serveur qui rentre à la cuisine, un plateau à la main.

– Hé, salut... tout va bien ?

– Oui, tout va bien. Comme Allysa a décidé de garder Emmy pour la nuit, je me suis dit que je pourrais passer...

– Elle la garde la nuit entière... jusqu'à demain ? demande-t-il, une étincelle dans les yeux.

– Oui.

– Attention, chaud devant ! crie quelqu'un en arrivant à ma hauteur.

Chaud devant ? Je prends l'air étonné quand Atlas m'écarte du chemin d'un serveur, chargé d'un plateau.

– Du jargon de cuisine, m'explique-t-il. Pour prévenir qu'il faut dégager le passage car on trimballe du chaud.

– Oh...

Atlas se met à rire puis se tourne vers les assiettes qui attendent d'être vérifiées.

– Donne-moi vingt minutes, et je suis à toi.

– Bien sûr. Mais je ne suis pas venue pour te demander de partir plus tôt. Je pensais te regarder travailler un moment ; c'est amusant.

M'indiquant un comptoir en métal, il ajoute :

– Assieds-toi là. C'est la meilleure place, et tu ne te feras pas bousculer. Ça bouge pas mal, de ce côté. J'aurai bientôt terminé.

Il prend mon menton entre ses doigts et dépose un baiser sur mes lèvres, puis il retourne travailler.

Je m'assieds donc sur le comptoir, les jambes bien repliées afin de ne gêner personne. Certains employés me jettent des coups d'œil discrets, ce qui me met vaguement mal à l'aise. De tous ceux qui sont ici, je ne connais que Darin, donc je n'ai aucune idée de qui sont les autres. Je me demande ce qu'ils peuvent penser de la fille qu'Atlas vient d'embrasser et qui les regarde maintenant travailler.

J'ignore si Atlas a l'habitude d'amener des femmes ici, mais j'ai le sentiment que non. Tout le monde me contemple comme si j'étais un être bizarre.

Dès qu'il en a l'occasion, Darin s'approche pour me saluer. Il me serre brièvement dans ses bras et dit :

– C'est sympa de te voir, Lily. Tu joues toujours au poker ?

– Non, pas depuis un moment, dis-je en riant. Et vous, vos soirées de poker ?

– Non, on est trop occupés maintenant qu'Atlas a ses deux restaurants. Ce n'est pas évident de trouver un soir où on peut tous se réunir.

– Dommage. Tu travailles ici, maintenant ?

– Pas officiellement. Atlas voulait voir comment je bosse avec le menu ici ; il pense me nommer chef.

Il se penche vers moi et sourit :

– Il dit qu'il a besoin de plus de temps libre. Je crois comprendre pourquoi. C'était sympa de te parler un peu, ajoute-t-il en jetant son torchon sur son épaule. On dirait qu'on te verra plus souvent par ici, non ?

Il me fait un clin d'œil avant de s'éloigner.

Qu'Atlas envisage d'être moins présent dans ses cuisines me ravit.

Je passe les vingt minutes suivantes à le regarder bosser. De temps à autre, il me jette un petit regard et me sourit, pour se reconcentrer aussitôt sur son travail. L'intensité et l'application qu'il y met me fascinent.

Personne ne semble intimidé par lui, mais tous lui demandent son avis pour ci ou ça. On lui pose constamment des questions, auxquelles il répond chaque fois avec patience. Entre ces moments passés à donner des conseils, il y a des cris, des remarques lancées, des commandes que l'on transmet. Ça résonne, ça vit, c'est une véritable ruche.

Honnêtement, ce n'est pas du tout ce que je m'attendais à trouver. Je pensais découvrir une tout autre facette d'Atlas, l'entendre aboyer après ses commis et se comporter comme tous les chefs que l'on voit à la télévision. Mais heureusement, ça ne se passe pas du tout ainsi dans sa cuisine.

Après une demi-heure d'hyperactivité, Atlas finit par s'écarter de son plan de travail. Il se lave les mains, me rejoint, et je sens mon cœur palpiter lorsqu'il se penche pour coller sa bouche contre la mienne, totalement indifférent au regard de ses employés.

– Désolé, ça a pris plus de temps que je ne pensais, me dit-il.

– Non, j'ai adoré. C'est différent de ce à quoi je m'attendais.

– Comment ça ?

– Je pensais que tous les chefs étaient des connards qui criaient après leurs commis.

– Ah non ! fait-il en riant. Désolé de te décevoir, il n'y a pas de connard dans cette cuisine.

Il décroise mes jambes pour se glisser entre elles et ajoute :

– Tu sais quoi ?

– Non.

– Josh reste dormir chez Theo, ce soir.

Je ne peux réprimer un sourire.

– Quelle merveilleuse coïncidence !

Atlas me contemple un instant, puis il presse son visage contre le mien pour chuchoter à mon oreille :

– Chez toi ou chez moi ?

– Chez toi. Je veux être dans un lit qui a ton odeur.

Il mordille mon lobe, ce qui provoque de délicieux frissons le long de mon cou. Puis il prend mes mains et m'aide à descendre du comptoir, avant de lancer à l'un de ses commis qui passe derrière lui :

– S'il te plaît, tu peux me relayer pour le service ?

– Pas de problème, répond l'autre.

Se retournant vers moi, Atlas me souffle :

– On se retrouve chez moi.

*

* *

Je suis passée à mon appartement avant de me rendre à son restaurant pour prendre quelques affaires, au cas où... si bien que j'arrive avant lui devant sa maison. Alors que j'attends dans ma voiture, je profite de ce moment pour vérifier auprès d'Allysa que tout se passe bien avec Emmy.

Elle s'est bien endormie ?

Super bien. Et ta soirée ?

Impeccable ;)

Amuse-toi bien. J'attends un rapport complet...

Les phares d'Atlas brillent dans mon rétro quand je repose mon portable. Je suis encore en train de réunir mes affaires quand il ouvre ma portière. Je suis à peine descendue qu'il plonge une main dans mes cheveux et m'embrasse avec fougue. Le genre de baiser qui crie : « J'en avais trop envie ! »

Puis il recule d'un pas et me sourit doucement.

– J'ai adoré ta présence dans la cuisine, ce soir.

Ça me fait frissonner de plaisir.

– J'adore te regarder.

J'attrape mon sac sur le siège passager et Atlas me le prend des mains pour le glisser sur son épaule. Je le suis à travers le garage et constate qu'il a encore des cartons de déménagement empilés le long du mur. J'aperçois à côté un appareil de musculation démonté, et aussi deux paniers pleins de vêtements qui attendent devant un lave-linge.

Un peu de désordre dans son garage, cela fait presque plaisir à voir. Je commençais à croire qu'il était trop parfait pour être vrai ; mais Atlas Corrigan peut prendre du retard sur la vie et avec son linge comme n'importe qui d'entre nous.

Il ouvre la porte de sa maison et me laisse passer devant. Elle est plus petite que la précédente mais lui ressemble davantage. Et il ne s'agit pas non plus de la classique construction de bois et de briques au milieu d'un lotissement lambda. Les habitations de son quartier ont du caractère. Chacune est différente de la voisine, cela pouvant aller de la villa rose à un étage du coin de la rue au cube de verre design qui trône à l'autre extrémité.

Celle d'Atlas est du style bungalow, nichée entre deux bâtisses plus grandes. La dernière fois, j'ai remarqué qu'il était celui qui avait le plus grand terrain. *Toute la place qu'on veut pour y créer un jardin, un jour...*

Atlas compose le numéro du code de la porte sur un petit clavier.

– C'est neuf cinq neuf cinq, me dit-il. Au cas où tu en aurais besoin.

– Neuf cinq neuf cinq.

Je note aussi que c'est le même numéro pour son téléphone. Un homme responsable... j'aime ça.

Si son code de sécurité n'est pas une clef pour sa maison, il semble tout aussi significatif. Atlas pose mon sac sur le canapé et allume les lumières. Adossée au mur, je le regarde faire. C'est une bonne chose qu'il m'ait avoué aimer quand je l'observe, car justement j'adore ça. J'aimerais être une petite souris et l'épier tout le temps.

– Qu'est-ce que tu fais quand tu rentres chez toi le soir ?

– Comment ça ? me demande-t-il, intrigué.

Je répète alors :

– Qu'est-ce que tu fais quand tu rentres chez toi le soir ? Fais comme si je n'étais pas là.

Il me jette un regard étonné, puis il s'avance vers moi et s'arrête. Une main plaquée sur le mur derrière ma tête, il se penche et répond :

– Eh bien, d'abord, je retire mes chaussures.

J'en entends une tomber au sol, puis l'autre. Atlas se baisse alors légèrement, pour mettre son visage à hauteur du mien. Ses lèvres effleurent les miennes, éveillant mille picotements sur ma peau.

– Ensuite…

Il m'embrasse le coin de la bouche.

– … je prends une douche.

Il m'écarte du mur, recule et pose sur moi un regard de défi.

Puis il disparaît dans sa chambre.

J'inspire longuement quand j'entends l'eau couler. J'ôte mes chaussures, les laisse près des siennes et suis le chemin qu'il a pris dans le couloir. Je pousse doucement la porte entrouverte et découvre sa chambre. Je l'ai partiellement découverte au cours de nos échanges vidéo, mais je n'y suis jamais entrée. Je reconnais sa tête de lit noire et, derrière, le papier peint couleur denim. Le reste de la pièce est totalement nouveau pour moi. Je balaye l'endroit du regard puis me dirige vers la salle de bains.

Il a laissé la porte ouverte. Sa chemise est par terre, près de l'entrée.

J'ignore pourquoi, mais je me sens vibrer autant que si je voyais Atlas nu pour la première fois. Comme si ça ne m'était jamais arrivé… On a déjà pris une douche ensemble. Mais chaque fois que je suis avec lui, c'est comme si mon cœur était frappé d'amnésie.

J'entre dans la salle de bains, presque déçue de voir qu'un mur me cache à demi la douche. Je m'approche doucement. J'entends le bruit de l'eau qui cascade sur un corps.

Atlas se tient sous le jet, les yeux clos, l'eau ruisselant sur son visage tandis qu'il se passe une main dans les cheveux. Je reste là à le regarder, muette et immobile, appuyée contre la paroi carrelée. Je ne me déshabille pas mais presse mon dos contre le mur. Je m'approche très lentement de la douche, juste pour pouvoir jeter un coup d'œil.

Il sait que je suis là, mais il ignore ma présence et me laisse tout à la contemplation de son corps. J'aimerais passer les mains sur les muscles de son torse, qui jouent sous sa peau au rythme de ses gestes. J'aimerais caresser ses épaules, embrasser les fossettes au creux de ses reins. Il est absolument magnifique.

Après avoir rincé le savon de ses cheveux et de son visage, il tourne la tête vers moi puis m'observe d'un air sombre. Grave. Enfin, il se décide à me faire face, et mon regard descend, descend...

– Lily...

Mes yeux remontent vers les siens, et je le vois sourire. Rapide comme l'éclair, il fait un pas sur le dallage mouillé et me saisit dans ses bras. Il m'attire alors sous la douche si brusquement que je pousse un petit cri surpris.

Il l'étouffe sous ses lèvres, puis il passe les mains sous mes fesses, encore couvertes par mon jean trempé. Il me soulève et me plaque contre le mur derrière moi.

Cela lui permet de libérer une de ses mains. Qu'il utilise pour déboutonner ma chemise.

Je me sers des deux miennes pour l'aider, et on cesse de s'embrasser le temps qu'il la fasse glisser le long de mes bras et qu'elle tombe mollement sur le sol mouillé. Puis, sans attendre, il me repose sur mes pieds et ses doigts se retrouvent sur le bouton de mon jean.

Sa bouche avide reprend aussitôt la mienne tandis qu'il glisse les mains sous la dentelle de ma culotte pour la faire glisser en même temps que mon jean sur mes cuisses. Avec difficulté, parce que le tissu mouillé me colle à la peau.

Il parvient enfin à faire descendre mon pantalon et mon sous-vêtement sur mes chevilles. D'un coup de pied, je les envoie au loin, tandis qu'Atlas pose les mains sur mes mollets puis remonte lentement.

Il se redresse, et ses doigts voyagent dans mon dos et saisissent mon soutien-gorge.

Un éclair me transperce alors qu'il le dégrafe. Sa bouche ne tarde pas à retrouver la mienne, pour un baiser lent et doux, comme s'il cherchait à savourer longtemps le plaisir de me défaire du dernier obstacle entre sa peau et la mienne.

Je sens ses paumes monter vers mes épaules, pour venir se saisir des bretelles et les faire descendre le long de mes bras. Mon soutien-gorge tombe lentement de ma poitrine, et Atlas se détache de moi afin de m'admirer. Une de ses mains se love sur ma hanche avant de glisser vers mes fesses et de les presser fermement.

Je passe mes bras autour de son cou, promène mes lèvres le long de sa mâchoire, puis les laisse remonter vers son oreille.

– Et maintenant ?

Je vois les muscles de ses bras tressaillir, il gémit puis me soulève à nouveau jusqu'à ce que nos bas-ventres soient au même niveau. Je me frotte contre son érection, et il me répond par un mouvement circulaire du bassin, m'arrachant un cri étouffé. Malgré l'évidence de notre désir mutuel, il fouille encore mon regard pour savoir s'il peut me prendre ici, sous la douche. Comme nous avons déjà évoqué plusieurs fois la question de la contraception, et que nous nous sommes faits tous les deux tester, je me contente d'approuver d'un signe de tête et de murmurer :

– Oui...

Je m'agrippe à ses épaules pour essayer de l'aider à me pénétrer. Il me maintient en place de son bras gauche et s'empare de son sexe de sa main droite, puis d'un mouvement souple des hanches, il se glisse en moi.

Il soupire contre mon cou en même temps que je relâche tout l'air de mes poumons qui sort dans un gémissement, poussant encore Atlas à plus d'ardeur.

Mes jambes encerclent sa taille mais il pousse si fort en moi que mes chevilles menacent de lâcher prise. Comme je commence à glisser, il me soulève encore une fois et se repositionne jusqu'à ce que je le sente à nouveau en moi.

Je laisse échapper un autre gémissement alors qu'il s'enfonce en moi une deuxième, puis une troisième fois. Notre danse n'est peut-être pas aussi gracieuse ici, contre un mur ruisselant d'eau, qu'entre les draps d'un lit, mais j'adore l'aspect sauvage qu'il me montre de lui.

Atlas continue ainsi plusieurs minutes, avant qu'on ait envie de retrouver le confort d'un lit.

Silencieux, il se retire doucement et me repose sur mes pieds. Il arrête l'eau et s'empare d'une serviette. Il entreprend alors de m'essorer délicatement les cheveux avant de les essuyer avec le tissu éponge, puis il sèche mon corps avec délicatesse. Saisissant une autre serviette, il en fait de même pour lui, puis il prend ma main et m'entraîne dans sa chambre.

J'ignore comment ce geste aussi simple peut m'émouvoir à ce point.

Atlas soulève le drap et me fait signe de me coucher dans le lit. C'est tellement doux que j'ai l'impression de me nicher dans un nuage. Il vient alors se blottir contre moi, étendu sur le côté, et me serre entre ses bras.

J'aime cette position. J'aime la façon dont il se cale sur un coude pour mieux me regarder. J'aime le sourire satisfait de ses yeux, comme si j'étais la récompense qu'il méritait.

*

* *

Atlas est couché sur le dos, et je reste blottie contre lui, ma jambe posée sur sa cuisse. Ces moments avec lui sont ceux que je chéris le plus. Les minutes tranquilles que nous parvenons à voler à nos vies trépidantes, quand il n'y a que nous, heureux, repus, contents. Ma tête repose sur son torse, ses doigts se promènent le long de mon bras.

Il embrasse mes cheveux et murmure :

– Depuis combien de temps on est tombés l'un sur l'autre dans la rue ?

– Quarante jours.

J'ai compté...

– Hein ? lâche-t-il, surpris.

– Pourquoi ? Ça te paraît long ?

– Non, je voulais juste savoir si tu avais compté comme moi.

Je ris et pose mes lèvres sur son cœur.

– Et cet anniversaire, ça s'est bien passé ? demande-t-il.

Je sais ce qu'il cherche avec cette question. Il veut savoir comment Ryle s'est comporté avec moi.

– Oui, très bien. J'ai parlé à Ryle pendant peut-être... cinq secondes.

– Il a été désagréable ?

– Non. On s'est évités la plupart du temps.

Atlas caresse mes cheveux, tirant légèrement sur quelques mèches pour les laisser retomber sur mes épaules.

– Il progresse, on dirait. Avec un peu de chance, il deviendra plus facile à gérer.

– C'est à espérer.

Oui, j'espère vraiment que les choses continuent de s'apaiser entre Ryle et moi, et je ne laisserai plus ses réactions ternir mon bonheur. Je suis tout entière tournée vers Atlas, à présent, et je veux profiter de ces moments avec lui. Si cela contrarie Ryle, ce sera dorénavant à lui de gérer ses sentiments.

– Je pourrais demander à Allysa d'organiser une discussion entre lui, elle et moi, cette semaine. Je voudrais parler de ce qui s'est passé et de ce qu'on doit faire pour avancer ; mais je ne veux pas en discuter seule avec lui.

– Tu as raison.

Ryle et moi n'arriverons sans doute jamais à dépasser le stade des échanges polis, maintenant. Mais je saurai faire avec. Ce à quoi je ne m'habituerai jamais, en revanche, ce sont les insultes, les textos menaçants, les accès de colère. Il a beaucoup de travail à faire de ce côté, et je l'en tiens pour seul responsable.

J'aurais peut-être dû me montrer plus ferme auparavant, mais j'ai essayé de faire le moins de vagues possible. Je ne ferai plus de choix qui vont à l'encontre de mon bonheur pour le protéger.

Je vais accorder ma loyauté à ceux qui me rendent heureuse, pour qui il est important que je m'épanouisse.

C'est en pensant à eux que je vais faire mes nouveaux choix de vie.

Je vais continuer à agir le mieux possible, c'est tout ce que je peux faire. Je n'ai peut-être pas pris toutes les bonnes décisions au bon moment, mais j'ai trouvé le courage de le faire et je vais continuer ainsi.

Atlas m'oblige à lever le visage vers lui. L'air satisfait et heureux, il me dit doucement :

– Tu ne peux pas savoir à quel point j'ai aimé ce moment.

Il m'attire contre lui, de telle manière que nous soyons face à face.

– J'aimerais t'avoir chaque nuit avec moi dans ce lit. Je veux me doucher avec toi, cuisiner avec toi, regarder la télé avec toi, faire les courses avec toi. Je veux *tout* faire avec toi. Je déteste devoir faire comme si on ignorait encore qu'on allait passer le reste de notre vie ensemble.

Je caresse ses lèvres avant de répondre :

– On ne fait pas comme si. On *va* passer le reste de notre vie ensemble.

– Combien de temps à attendre encore, avant de commencer ?

– À première vue, on a déjà commencé, dis-je en souriant.

– Combien de temps, avant que je puisse te proposer que nous vivions ensemble ?

Mon cœur tressaute à cette question.

– Six mois, au moins.

Il hoche la tête, comme s'il prenait mentalement des notes.

– Et combien de temps, avant que je puisse te demander en mariage ?

Une boule se forme dans ma gorge.

– Un an… un an et demi.

– Un an à partir de notre *installation* ensemble, ou un an à partir de *maintenant* ?

– À partir de maintenant.

Il sourit en m'attirant contre lui.

– Tant mieux.

Je ne peux m'empêcher de rire dans son cou.

– Plutôt surprenante, cette conversation.

– Oui, mon psy va me tuer quand je lui raconterai.

Je souris et roule sur le côté, avant de me blottir au creux de son bras et de promener mes doigts sur son torse, faisant onduler ses muscles sous sa peau.

– Tu fais de la musculation ?

– Quand je peux.

– Ça se voit.

– Tu cherches à me flatter, c'est ça ? demande-t-il en riant.

– Oui.

– Je n'ai pas besoin de compliments. Tu es nue dans mon lit. Tu n'as franchement rien à faire pour me séduire ; tu m'as gagné il y a des siècles, déjà.

Je lève les yeux et affiche un petit sourire ironique.

– Tu crois vraiment ?

Il hoche paresseusement la tête puis passe un pouce sur mes lèvres.

– J'en suis certain. Ce soir, je crois même avoir atteint le paradis.

Tout en gardant mes yeux plongés dans les siens, je commence à descendre lentement le long de son corps. Tout en poursuivant mon chemin, je murmure :

– Je pense que je peux encore t'impressionner.

Il pousse un soupir tremblant quand je dépose un baiser sur son ventre. Mon regard reste fixé sur lui, et j'adore voir son expression se tendre, ses paupières se plisser de plaisir pendant qu'il m'observe.

Il étouffe un grognement lorsque je repousse le drap, révélant le bas de son corps. Ses yeux s'assombrissent alors.

– *Putain,* Lily...

Le souffle court, il laisse retomber sa tête sur l'oreiller à l'instant où ma langue vient caresser son érection.

Il gémit quand je le prends dans ma bouche, bien décidée à lui prouver qu'il a tort. *Vraiment* tort.

29

ATLAS

Jamais je n'en aurai assez d'elle... mais où est le problème, puisqu'elle non plus ne semble jamais rassasiée ? Ce sont ses baisers dans mon cou qui m'ont réveillé ce matin.

Quelques instants plus tard, elle était sur le dos, avec ma bouche entre ses cuisses.

Si l'on se montre aussi affamés l'un de l'autre, sans doute est-ce parce qu'on sait que de telles occasions ne se représenteront pas de sitôt ; ou peut-être parce que l'on s'est manqué durant tant d'années.

Ou peut-être encore est-ce juste parce que les choses sont ainsi lorsqu'on est amoureux. J'ai connu d'autres femmes que Lily, mais c'est la seule que j'ai vraiment aimée.

Mes sentiments pour elle sont tellement plus intenses que tous ceux que j'ai pu éprouver jusqu'ici. Plus intenses même que ceux que j'ai eus pour elle lorsqu'on était plus jeunes. C'est différent, aujourd'hui – plus fort, plus profond, plus enivrant. Je ne pourrais plus jamais la quitter comme je l'ai fait.

À dix-huit ans, j'avais la tête dans un tout autre univers, ce qui explique sans doute ma décision. Mais aujourd'hui, je veux tenter ma chance à fond. Et je déteste l'idée de devoir y aller doucement. Je comprends pourquoi c'est nécessaire, mais je ne n'aime pas ça. Je veux avoir Lily près de moi chaque jour que Dieu fait, car je me sens totalement vide lorsqu'elle n'est pas là.

Maintenant que nous avons passé une nuit ensemble, je crois que je vais souffrir encore plus de cette situation. Ne pas la voir va me rendre fou.

Alors qu'on est en train de se brosser les dents l'un à côté de l'autre, je redoute déjà le moment où elle devra partir.

Peut-être qu'en proposant de lui préparer un petit déjeuner, je la garderai au moins une heure de plus.

– Pourquoi as-tu une brosse à dents « d'amis » ? me demande-t-elle soudain. Tu reçois souvent des gens à coucher chez toi ?

Je lui souris tout en me rinçant la bouche, sans toutefois répondre à sa question. J'ai cette brosse à dents pour elle, mais je ne veux pas le lui avouer. J'ai fait tout un tas de petites choses comme ça, ces dernières années, juste *au cas où Lily...*

Quand elle a quitté ma maison, au moment où elle se cachait de Ryle, je suis sorti acheter tout le nécessaire, pour quand elle reviendrait. Une brosse à dents, des oreillers plus confortables, et des vêtements de rechange si elle débarquait à l'improviste.

J'avais un petit « kit d'urgence Lily », si l'on peut dire. Aujourd'hui, j'appellerais plutôt ça un « kit de nuit Lily ».

Bien sûr, j'ai tout emporté dans ma nouvelle maison en déménageant. J'ai toujours gardé le petit espoir qu'on finirait par se retrouver, elle et moi.

Bon, pour être honnête avec moi-même, j'espérais très fort que ce jour arriverait. J'ai fondé beaucoup de mes décisions sur cette possibilité. J'ai même choisi cette maison plutôt qu'une autre que j'aimais aussi, simplement à cause du terrain qui l'entourait. Un terrain qui, selon moi, était susceptible de plaire à Lily.

Je m'essuie la bouche avant de lui tendre la serviette.

– Je te prépare un petit déjeuner avant que tu partes ?

– Oui, mais d'abord, tu m'embrasses.

Elle se hisse sur la pointe des pieds, et je la soulève jusqu'à ce que sa bouche atteigne la mienne. Je l'embrasse et l'emporte dans ma chambre, avant de la déposer sur le matelas et de me pencher sur elle.

– Tu veux des pancakes ? Des crêpes ? Une omelette ? Du pain de mie et des œufs Bénédicte ?

Elle n'a pas le temps de répondre ; on sonne à la porte.

– C'est Josh, qui revient de chez Theo.

Je lui donne un rapide baiser.

– Il aime les pancakes. Ça ira pour toi ?

– Oui, j'adore les pancakes.

– D'accord, c'est parti.

Je file ouvrir la porte à Josh. Mais je reste figé en découvrant ma mère.

Je m'en veux. J'aurais dû vérifier qui était là par le judas.

Les bras croisés sur la poitrine, elle me regarde froidement.

– J'ai reçu la visite d'une assistante sociale, hier.

Elle me fixe d'un air accusateur, mais au moins, elle ne crie pas.

Je n'ai pas l'intention de discuter de ça avec Lily dans la maison. Je fais un pas dehors et tente de fermer la porte, mais ma mère la rouvre brutalement.

– Josh, sors de là ! braille-t-elle.

– Il n'est pas là.

– Où est-il ?

– Chez un copain.

Je sors mon téléphone de ma poche. Brad a dit qu'il ramenait Josh pour dix heures, et il est dix heures et quart. *Pourvu qu'il ne se pointe pas alors que Sutton est ici.*

– Appelle-le, ordonne-t-elle.

Comme la porte est grande ouverte, maintenant, j'aperçois Lily du coin de l'œil, en train d'émerger dans le couloir.

Ce n'est pas du tout ainsi que j'avais envie de terminer ma matinée avec elle.

Je lui jette un regard d'excuse et reporte mon attention sur Sutton :

– L'assistante sociale ? Qu'est-ce qu'elle a dit ?

Un rictus se dessine sur sa bouche, puis elle regarde sur sa gauche.

– Ils ne cherchent même pas à enquêter. Si tu ne me le rends pas aujourd'hui, je porte plainte.

Je sais quelles démarches doivent lancer les services de protection de l'enfance pendant une enquête, et ils n'ont pas encore contacté Josh pour l'interroger.

– Tu mens. Maintenant va-t'en !

– Je m'en irai quand j'aurai mon fils.

– Il ne veut pas vivre avec toi pour le moment.

Jamais, en fait... mais je lui épargne cette piqûre supplémentaire.

– Il ne veut pas *vivre* avec moi, tu dis ? ironise-t-elle. Tu connais un gosse qui *a envie* de vivre avec ses parents ?

Et des parents qui n'ont jamais giflé un môme de cet âge ? Ce n'est pas pour ça qu'on leur retire la garde, *merde* !

Elle recroise les bras sur sa poitrine d'un air rageur.

– Je sais pourquoi tu fais ça, c'est pour te venger.

Si elle me connaissait, elle saurait que je ne suis pas aussi vindicatif qu'elle. Mais bien sûr, elle ne va chercher que l'explication qui l'arrange. Je lui demande alors d'un ton parfaitement neutre :

– Il te manque ? Franchement, il te manque ? Parce que si tu fais ça pour prouver quelque chose à quelqu'un, laisse tomber. *S'il te plaît.*

La voiture de Brad tourne dans la rue, et j'aurais aimé pouvoir lui demander de continuer son chemin. Mais il se gare le long du trottoir avant que je puisse sortir mon téléphone. Sutton, qui suit mon regard, voit Josh ouvrir la portière et descendre du véhicule.

Elle se précipite vers lui, mais il s'arrête en l'apercevant. Ou plutôt, il se fige. Il ne sait pas quoi faire.

Claquant des doigts, Sutton lui indique sa voiture garée un peu plus loin.

– Viens, on y va.

Josh m'interroge du regard. Je secoue la tête et lui fais signe de rentrer dans la maison. Brad, qui devine ce qui se trame, coupe le moteur et ouvre sa portière.

La tête basse, Josh commence à remonter l'allée, passe devant Sutton et court vers moi. Comme elle se lance à sa poursuite, je tente de le pousser à l'intérieur pour refermer la porte derrière lui, mais elle est plus rapide. Je ne veux pas user de violence avec elle, alors je la laisse passer.

Bonjour les explications, maintenant.

D'un signe, je fais comprendre à Brad qu'il peut s'en aller, puis je me tourne vers Lily, appuyée contre un mur, qui n'a rien manqué du spectacle. Elle nous considère d'un air consterné.

Je lui articule alors un *Je suis désolé* muet.

Josh jette son sac à dos par terre et, l'air déterminé, s'assied sur le canapé en croisant les bras.

– Je pars pas avec toi, lance-t-il à Sutton.

– Ce n'est pas à toi de décider.

Il tourne vers moi un regard suppliant :

– Tu as dit que je pouvais rester ici.

– Tu peux.

Hors d'elle, Sutton me dévisage comme si je dépassais complètement les bornes. Peut-être que je les dépasse. Peut-être que ce n'est pas mon affaire de m'interposer entre une mère et son fils, mais elle aurait dû y réfléchir à deux fois avant de me donner un petit frère. Je ne peux pas revenir en arrière, et j'espère maintenant qu'il s'en sortira au mieux.

– Si tu ne viens pas avec moi, je fais arrêter ton frère.

Josh plaque les mains sur le canapé et se lève d'un bond :

– Et pourquoi ce serait pas à *moi* de choisir ? Pourquoi je devrais vivre avec toi ou lui ? Je vous ai dit à tous les deux que je voulais vivre avec mon père, mais personne veut m'aider à le *retrouver* !

Sa voix se brise, et le voilà qui file dans sa chambre. Je sursaute au son de sa porte qui claque... ou peut-être à ce qu'il vient de crier avant de nous planter là, médusés.

Que ce soit l'un ou l'autre, je viens de me prendre une bonne claque.

Sutton semble n'avoir rien perdu de ma réaction.

Alors elle se met à rire.

– Ha, ha, Atlas ! Tu croyais quoi ? Que tu avais créé un *lien* avec lui ?

Elle secoue la tête et lève une main en signe de défaite.

– Vas-y, amène-le à son père. Et tu vas te précipiter chez moi une semaine après... comme la dernière fois quand tu as eu besoin de mon aide.

Furieuse, elle tourne les talons et part en laissant la porte grande ouverte. Quant à moi, je suis bien trop consterné par ce qui vient de se passer pour aller refermer derrière elle.

Lily le fait pour moi.

Puis elle s'approche et, le visage compatissant, elle me prend dans ses bras pour me réconforter. Mais je secoue la tête et m'écarte d'elle.

– Laisse-moi une minute, s'il te plaît.

30

LILY

Atlas ferme la porte de sa chambre derrière lui, et je me retrouve seule dans le salon.

Je suis bouleversée pour eux deux. Je n'arrive pas à croire que c'était sa mère. *Ou alors, si, je veux bien le croire.* Après tout ce que j'ai entendu sur elle, je l'imaginais à ce point déséquilibrée, mais je m'attendais à quelqu'un de différent. Atlas et son frère lui ressemblent tant qu'il est difficile de voir ce genre d'attitude provenir d'une personne de la même famille. Ils ont un caractère tellement opposé.

Je m'assieds sur le bord du canapé, choquée. Jamais je n'ai vu Atlas affecté à ce point. J'aimerais le réconforter, le serrer dans mes bras, mais je comprends parfaitement qu'il ait besoin d'être seul.

Et Josh aussi. Le pauvre gosse.

Je ne veux pas m'en aller avant d'avoir dit au revoir à Atlas, mais je voudrais aussi lui laisser le temps de se remettre de ses émotions. Je vais à la cuisine et ouvre le frigo, à la recherche de quoi préparer un petit déjeuner.

*

* *

Je suis allée au plus simple car c'est tout ce que je sais vraiment faire : des œufs brouillés avec du bacon, et du pain de mie toasté. Lorsque tout est prêt, je vais taper à la chambre de Josh. Je peux au moins lui offrir quelque chose à manger pendant que j'attends qu'Atlas nous rejoigne.

Lorsque Josh entrouvre sa porte, je lui demande :

– Tu veux un petit déjeuner ?

– Sutton est partie ?

Je hoche la tête, et il ouvre plus grand avant de me suivre dans le couloir. Dans la cuisine, il se sert quelque chose à boire pendant que je sors le pain de mie du grille-pain et nous prépare une assiette chacun. Je m'assieds à table face à lui, et il m'observe tout en mangeant. J'ai l'impression d'être jaugée comme une marchandise.

– Emerson, elle est où? interroge-t-il.

– Elle est chez sa tante.

Josh acquiesce et commence à manger avant d'ajouter :

– Toi et mon frère, vous êtes depuis combien de temps ensemble ?

– Ça dépend, dis-je avec un haussement d'épaules. Je le connais depuis l'âge de quinze ans, mais on a commencé à se voir depuis un mois et demi environ.

– Ah bon ? s'étonne-t-il. Vous étiez amis ou quelque chose du genre, avant ?

– Quelque chose du genre, oui.

J'avale une gorgée de café puis repose soigneusement ma tasse.

– Ton frère n'avait nulle part où vivre, quand je l'ai connu. Donc, je l'ai aidé pendant un moment.

Le dos maintenant calé contre son dossier, il demande d'un air surpris :

– Ah oui ? Je croyais qu'il vivait avec notre mère.

– Quand elle et ton père le voulaient bien. Mais il a surtout dû se débrouiller tout seul.

J'espère ne pas trop en dire, mais je sens que Josh a besoin d'en savoir plus sur Atlas.

– Sois sympa avec ton frère, d'accord ? Il s'en fait beaucoup pour toi.

Josh me considère un instant du coin de l'œil, puis il hoche la tête. Il se penche de nouveau sur son assiette et croque un morceau de bacon... avant de repousser le reste et de s'essuyer la bouche.

– Normalement, ce qu'il cuisine, c'est meilleur.

Je ris en lui répondant :

– Ah, c'est juste parce que c'est moi qui l'ai fait.

– Oh, merde... euh, désolé.

Je ne m'en vexe absolument pas car je sais qu'il est habitué à la cuisine d'Atlas.

– Tu aimerais être chef comme lui ? Il m'a dit que tu aidais pas mal au restaurant.

– Je sais pas. C'est marrant, oui... ça me plaît bien. Peut-être... Mais, je veux dire, j'en ai un peu ras le bol, aussi. Il bosse presque tous les soirs. Je crois que n'importe quel métier, ça me barberait au bout d'un moment. Donc, je sais pas trop ce que je vais faire.

– Parfois, il m'arrive aussi de me demander ce que je ferai, plus tard.

– Je croyais que tu avais un magasin de fleurs. C'est Atlas qui m'a dit ça.

– C'est vrai. Et avant ça, je travaillais dans une boîte de marketing.

Je repousse mon assiette et croise les bras sur la table.

– Mais je ressens la même chose que toi. J'ai peur de m'ennuyer. En fait, quoi ? On est censé réussir d'office dans le premier métier qu'on choisit ? Et si je voulais me lancer dans quelque chose de complètement différent tous les cinq ans, par exemple ?

Josh semble tout à fait d'accord avec moi.

– Les profs, au collège, ils nous parlent comme si on devait se décider sur une chose qu'on aime, et après s'y coller toute notre vie. Mais moi je voudrais faire des centaines de choses.

J'adore la façon dont il s'anime soudain. Il me rappelle tellement un Atlas plus jeune.

– Quoi, par exemple ?

– Je voudrais devenir pêcheur professionnel. Je sais même pas pêcher, mais ça a l'air cool. Et j'aimerais bien aussi être cuisinier. Et puis je crois que ça serait amusant de faire un film, aussi.

– Parfois, je rêve de vendre ma boutique de fleurs pour ouvrir un magasin de vêtements.

– Je voudrais faire de la poterie, que je vendrais sur les marchés.

– J'aimerais écrire un livre, un jour.

– Je voudrais être capitaine sur un bateau, dit-il.

– Et moi, professeur d'art.

– Ça serait sympa aussi d'être videur dans un club de strip-tease.

Je pouffe de rire à cette idée, mais je ne suis pas la seule à le faire. En levant les yeux, on s'aperçoit qu'Atlas nous écoute, appuyé au chambranle de la porte. Et qu'il rit avec nous.

Je suis soulagée de le voir de meilleure humeur que lorsque sa mère est partie. Il m'adresse un sourire chaleureux.

– Lily nous a préparé le petit déj', annonce Josh.

– Je vois ça, dit Atlas en venant m'embrasser sur la joue.

Puis il attrape un morceau de bacon et mord dedans.

– Ça craint, murmure Josh comme pour le prévenir.

– N'insulte pas ma copine ou j'arrête de cuisiner pour toi, le menace Atlas avant de lui voler sa dernière tranche de bacon.

– Ces œufs sont super, Lily, reprend donc Josh avec un enthousiasme feint.

J'éclate de rire tandis qu'Atlas vient s'asseoir à côté de moi. Bien que je meure d'envie de passer le reste de la journée avec lui, je sais qu'il est temps que je rentre. Et il semblerait que Josh et Atlas aient beaucoup à se dire.

– Bon, je dois y aller, dis-je avec regret.

Atlas hoche la tête, et je me lève.

– Je vais prendre mes affaires.

Je retourne dans la chambre, mais sans fermer la porte. J'entends donc leur conversation pendant que je fais mon sac.

– Ça te dirait de faire une petite balade, aujourd'hui ? propose Atlas à son frère.

– Où ça ?

– J'ai trouvé l'adresse de ton père.

Je m'interromps et m'approche de la porte pour entendre la réponse de Josh.

– C'est vrai ?! Il sait qu'on vient le voir ?

– Non, j'ai juste son adresse. Je ne sais pas comment le joindre. Mais tu as raison : il est dans le Vermont.

Je devine, à sa voix, la peur qu'Atlas s'efforce de dissimuler à son frère.

Bon sang, je déteste le sentir comme ça.

J'entends Josh se précipiter dans sa chambre en commentant :

– Il va pas en revenir !

Je boucle mon sac, le cœur lourd. De retour dans la cuisine, je trouve Atlas debout devant l'évier, en train de contempler le jardin par la fenêtre. Comme il ne m'a pas entendue arriver, je pose une main sur son épaule.

Il me prend aussitôt dans ses bras et m'embrasse sur la tempe.

– Je t'accompagne à ta voiture.

Il emporte mon sac avec lui et le place sur le siège arrière. J'ouvre ma portière, et on s'embrasse encore avant que je m'installe au volant.

C'est une étreinte comme celle qu'Atlas m'a offerte en débarquant chez moi ce soir-là, avec un besoin urgent de câlin. Une étreinte longue et triste, dont je ne voudrais surtout pas qu'elle s'arrête. Je lui demande alors :

– Qu'est-ce qui va se passer, d'après toi, quand tu seras là-bas ?

Atlas s'écarte un peu, les mains sur mes hanches, tout en s'appuyant contre ma voiture. Il soupire, glisse un doigt sous un passant de ma ceinture de jean et avoue :

– Je ne sais pas. Pourquoi est-ce que je m'en fais autant pour lui ?

– Parce que tu l'aimes, c'est tout.

Atlas me dévisage un instant et demande :

– C'est pour ça que je m'inquiète toujours pour toi ? Parce que je t'aime ?

J'en ai le souffle coupé.

– Je ne sais pas... Et toi ?

Atlas plonge les doigts sous ma ceinture, cette fois, et m'attire contre lui. Il laisse sa main descendre le long de mon cou, jusqu'à rencontrer mon tatouage.

– Je t'aime depuis des années et des années, Lily. Tu le sais.

Il m'embrasse là, au creux du cou, et ce geste, lié à ses paroles, me bouleverse totalement.

– Et moi, je t'aime depuis tout aussi longtemps, Atlas.

– Oui, je sais. Personne sur cette terre ne m'aime autant que toi.

Il prend mon visage entre ses mains et m'embrasse. Lorsqu'il s'écarte, il me regarde avec un air aussi amoureux que triste, comme si j'étais déjà partie. Ou c'est peut-être ce que j'imagine, puisque c'est ce que je ressens, *moi*.

– Je t'appelle ce soir. Je t'aime.

– Je t'aime, moi aussi. Bonne chance pour aujourd'hui.

En route vers mon appartement, le cœur partagé. Ces derniers jours, j'ai passé des moments encore plus merveilleux que je ne les imaginais. Mais savoir ce qu'il va devoir affronter me donne l'impression qu'une partie de moi est restée auprès de lui.

Je ne vais pas cesser de penser à lui tout au long de la journée. Tout au fond de moi, j'espère qu'ils ne trouveront pas Tim ; mais si cela se produit, j'espère que Josh saura prendre la bonne décision.

31
ATLAS

Il y a trois heures de route. Josh ne dit pas grand-chose. Il n'arrête pas de lire, mais s'il est aussi anxieux que moi, je ne suis pas sûr qu'il enregistre quoi que ce soit. Voilà cinq minutes qu'il est sur la même page, le dessin d'une scène de bataille, mais je vois surtout un décolleté en premier plan et finis par demander :

– Tu crois que ce manga est approprié pour un garçon de douze ans ?

Il se déplace légèrement pour que je ne voie plus que la couverture du livre.

– Oui.

Sa voix a nettement baissé. Bon, il est nul en mensonge. S'il vit avec moi, je ne devrais pas avoir de mal à détecter quand il me dit ou non la vérité.

S'il reste avec moi, je devrai peut-être lui acheter des livres de développement personnel. Je remplirai ses étagères de toutes les bandes dessinées qu'il voudra, et je glisserai en douce quelques-unes des miennes pour combler mon manque d'aptitude en tant que tuteur. Et peut-être aussi un texte sacré de chaque grande religion. Je récupérerai toute l'aide que je pourrai trouver.

Surtout après aujourd'hui. Josh a beau penser que c'est un aller simple, je sais bien qu'il reviendra à Boston avec moi. J'espère juste que ce ne sera pas en tapant des pieds et en hurlant.

Quand le GPS indique que nous arrivons, sa main se resserre autour de son manga. Il ne lève pas les yeux, même s'il n'a pas encore tourné la page. Je me gare le long du trottoir quand nous arrivons à hauteur d'une maison en piteux état. Josh fait semblant d'être plongé dans son histoire.

– On est arrivés.

Il lâche son bouquin et lève enfin les yeux. Je lui montre la maison et il l'observe pendant dix bonnes secondes. Puis il range ses affaires.

Il les a presque toutes emportées avec lui, les vêtements que je lui ai achetés, certains livres. Le tout tassé dans un sac à dos qui ferme à peine ; il le tient sur ses genoux avec l'espoir qu'au moins un de ses parents le prendra.

– On peut attendre un peu ? demande-t-il.

– Bien sûr.

Et là, il tripote tout, les bouches d'aération, sa ceinture de sécurité, la musique sur son Bluetooth. Dix minutes s'écoulent ; je lui laisse patiemment le temps de rassembler tout le courage dont il a besoin pour ouvrir la portière.

Détournant les yeux pendant un moment, je contemple la maison. Il y a une vieille Ford blanche dans l'allée, ce qui explique probablement pourquoi il n'a pas encore trouvé le courage d'aller frapper à la porte. Apparemment, il y a quelqu'un à l'intérieur.

Je n'ai pas essayé de l'en dissuader, car je sais ce que c'est que de vouloir connaître son père. Il va vivre dans ce fantasme jusqu'à ce qu'il soit capable d'affronter sa réalité. Enfant, je fondais aussi de grands espoirs sur ma famille, mais après plusieurs années de déceptions, je me suis rendu compte que ce n'est pas parce qu'on est né parmi certaines personnes que ça en fait une famille.

– Je devrais aller frapper ? finit-il par demander.

Il a peur et, à vrai dire, je ne me sens pas non plus très courageux en ce moment. J'ai une histoire douloureuse avec Tim. Je n'ai aucune hâte de le revoir, et j'appréhende l'éventuelle issue de cette rencontre.

Je ne pense pas que ce soit le meilleur endroit pour Josh, mais ce n'est pas à moi de m'opposer à ce qu'il voie son père. Pourtant, je redoute avant tout qu'il choisisse de rester ici. Que Tim fasse comme ma mère et accueille Josh à bras ouverts, simplement parce qu'il sait que ça me contrarie.

– Je peux venir avec toi si tu veux, proposé-je.

Même si je n'y tiens pas du tout. Je vais devoir me tenir devant cet homme et faire comme si je n'avais pas envie de le tabasser pour le bien de mon petit frère.

Josh ne bouge pas pendant un moment. Je contemple mon téléphone, essayant de paraître patient tandis qu'il prend son courage à deux mains, alors que je n'ai qu'une envie : démarrer en trombe et l'emmener loin d'ici.

Soudain Josh effleure brièvement une vieille cicatrice sur mon bras. Je me tourne vers lui. Il fixe mon bras, examinant les cicatrices pâles qui témoignent de mon enfance difficile auprès de Sutton et Tim. Josh ne m'a encore jamais interrogé dessus.

– C'est Tim qui t'a fait ça ?

– Oui, mais c'était il y a longtemps. Il ne traite pas forcément un fils comme il a traité un beau-fils.

– Ça devrait pas compter, si ? S'il t'a traité comme ça, pourquoi je lui donnerais une seconde chance avec moi ?

C'est la première fois que Josh semble admettre que son père n'est pas un héros.

Je ne veux pas être celui à qui il reprochera un jour de ne pas lui avoir permis de voir son père, en même temps, je dois lui dire qu'il a raison. Tim ne mérite pas une seconde chance. Il est parti sans regarder derrière lui. Il n'a aucune excuse.

Certains disent qu'une famille devrait rester réunie simplement parce que c'est une famille. Mais la meilleure décision que j'ai prise dans ma vie a été de m'éloigner de la mienne. Que se serait-il passé si je n'étais pas parti ? Et que se passera-t-il si Josh ne part pas ?

Il observe la maison, derrière moi. Le voyant écarquiller les yeux, je me retourne.

Tim est dehors, il marche vers son pick-up. Josh et moi le regardons, muets de stupeur.

Il a l'air fragile – plus vieux et plus petit. Ou peut-être que c'est parce que je ne suis plus un enfant.

Il achève sa bière en ouvrant la portière, jette la canette vide dans un massif et se penche à l'intérieur de la cabine à la recherche de quelque chose.

– Je sais pas quoi faire, murmure Josh.

Pauvre gamin de douze ans. Ça me brise le cœur de le voir si anxieux. Il lève sur moi des yeux implorants, comme s'il attendait que je le guide davantage.

Je ne lui ai jamais dit du mal de Tim, mais, en tant que frère, je ne peux pas lui cacher mes sentiments. Mon silence serait peut-être pire que la vérité.

Dans un soupir, je pose mon téléphone, pour me concentrer sur cette conversation. Jusque-là, j'ai essayé de laisser une certaine latitude à Josh ; apparemment, il n'y tient pas tant que ça. Il cherche plutôt la vérité pure et dure, et à quoi sert un grand frère sinon à ça ?

– Je ne connais pas mon père. Je sais son nom, mais c'est à peu près tout. Sutton a dit qu'il est parti quand j'avais à peu près le même âge que toi au moment du départ de Tim. Ça me dérangeait de ne pas connaître mon père. Je m'inquiétais pour lui. J'imaginais que quelque chose d'horrible le retenait : il était peut-être enfermé dans une prison quelque part à cause d'une erreur judiciaire. Je me racontais des histoires délirantes pour m'expliquer son absence dans ma vie. Quel genre d'homme pourrait avoir un fils et ne pas vouloir le connaître ?

Josh regarde toujours Tim dans le jardin, mais je vois qu'il absorbe chacune de mes paroles.

– Mon père n'a jamais envoyé un centime de pension alimentaire. Il n'a jamais fait le moindre effort, jamais pris la peine de faire une recherche sur Google, parce que, s'il l'avait fait, il m'aurait facilement trouvé. Bon sang, tu l'as fait, toi, à l'âge de douze ans. Tu m'as trouvé, et tu es un enfant. Lui, c'est un adulte.

Je me rapproche encore plus de lui :

– Tout comme Tim. C'est un homme adulte et intelligent, et s'il se souciait d'autre chose que de lui-même, il aurait fait quelque chose. Il connaît ton nom, il sait dans quelle ville tu vis, quel âge tu as.

Les yeux de Josh s'embuent de larmes.

– Ça m'abasourdit que cet homme t'ait pour fils, et que tu veuilles faire partie de sa vie, alors que lui n'en a jamais exprimé l'envie. Tu es quelqu'un d'extraordinaire, Josh. Crois-moi, si j'avais su que tu existais, j'aurais retourné la terre entière pour te trouver.

À ces mots, une larme coule sur sa joue, alors il détourne la tête. Je le vois s'essuyer les yeux, et ça me brise le cœur.

Cela me met également en colère qu'on l'ait éloigné de moi en toute connaissance de cause. Ma mère savait que j'aurais été un excellent frère pour lui, raison pour laquelle elle a préféré qu'on ne se connaisse pas. Elle savait que mon amour pour lui l'emporterait sur celui dont elle était capable, alors elle nous a égoïstement séparés.

Mais je ne veux pas que ma colère envers ma mère, Tim, ou même mon père, influe sur la décision de Josh. Il est assez grand pour se faire sa propre opinion, je le soutiendrai dans ce qu'il décidera d'en faire.

Quand il me regarde enfin, il a les yeux pleins de larmes, de questions et d'hésitation. Il me considère comme s'il voulait que je décide pour lui.

Mais je secoue la tête :

– Ils nous ont pris douze ans, Josh. Je ne pourrai pas le leur pardonner, mais je ne t'en voudrai pas si toi, tu le fais. Si tu veux donner à ton père une chance d'apprendre à te connaître, je me forcerai à t'accompagner directement à sa porte en souriant. Dis-moi juste ce que je peux faire et je serai là pour toi.

Il acquiesce, essuie une autre larme, respire un grand coup avant de répondre :

– Il a un pick-up.

Je ne sais pas ce qu'il entend par là, mais je suis son regard jusqu'au véhicule de Tim.

– Je croyais qu'il était vraiment pauvre, sans argent pour venir à Boston, poursuit-il. J'ai même pensé que peut-être il était jamais venu parce qu'il pouvait pas conduire, il aurait une mauvaise vue ou un truc du genre. Mais il a un pick-up, et il a même pas essayé.

Je n'interviens pas dans son raisonnement.

– Il me mérite pas, c'est ça ?

Sa phrase est plus une affirmation qu'une question.

– Aucun des deux ne te mérite.

Immobile pendant une bonne minute, il regarde par la fenêtre derrière moi. Mais, très vite, ses yeux reviennent sur mon visage et il se redresse :

– Tu sais, ce devoir que j'ai en retard ? L'arbre généalogique ?

Il tire sur sa ceinture de sécurité et commence à l'attacher :

– Ils ont jamais dit quelle taille devait avoir l'arbre. Je vais juste dessiner une jeune pousse. Elles ont pas encore de branches.

Il tapote le tableau de bord.

– On y va ?

Ça me fait rire. Je ne m'y attendais pas. La façon dont ce gamin fait de l'humour dans les moments les plus déprimants me donne de l'espoir pour lui. Je pense qu'il va s'en sortir.

– Une jeune pousse, hein ?

Je démarre et tire sur ma propre ceinture de sécurité.

– Ça pourrait marcher.

– Je peux en dessiner une avec deux petites branches. La tienne et la mienne. Ce sera notre tout nouvel arbre généalogique, un arbre qui commence avec nous.

Je sens des picotements dans mes yeux, alors je prends mes lunettes de soleil sur le tableau de bord.

– Un tout nouvel arbre généalogique qui commence avec nous. Ça me plaît bien.

Il acquiesce.

– Et on fera un bien meilleur travail pour le faire pousser que nos parents de merde.

– Ça ne devrait pas être trop dur.

Je suis tellement soulagé. Josh changera peut-être d'avis plus tard, mais je soupçonne fortement que, même s'il contacte son père à l'avenir, il ne le choisira jamais à ma place. Il me rappelle tellement le gamin que j'étais, et nous savons nous donner à fond.

– Atlas ?

Il prononce mon nom au moment où je commence à rouler.

– Oui ?

– Je peux lui faire un doigt ?

Je regarde Tim, son pick-up et sa maison. C'est une demande de gamin, à laquelle je réponds volontiers :

– Vas-y.

Il se penche vers ma fenêtre aussi loin que sa ceinture le lui permet. Je baisse la vitre et je klaxonne. Tim nous regarde tandis qu'on passe devant lui.

Josh lui fait un doigt d'honneur en criant par ma fenêtre :

– Trop de cul !

Une fois qu'on s'est éloignés, Josh s'écroule contre son siège en riant.

– C'est trou du cul, Josh. Pas trop.

– Trou du cul, répète-t-il.

– Merci. Maintenant, arrête de dire ça. Tu as douze ans.

32

LILY

Es-tu à la maison ?

C'est un texto d'Atlas, auquel je réponds,

Encore pendant une minute. Pourquoi ?

Je mets un petit pot dans le sac à langer, puis je prends des vêtements de rechange. J'ajoute une boîte de lait en poudre, puisque je n'allaite plus, et je prends Emmy dans mes bras.

– Prête à aller voir Rylee ?

Elle sourit en entendant le nom de sa cousine.

En allant la chercher, ce matin, j'ai raconté à Allysa et Marshall tout ce qui s'était passé avec Ryle, et on est convenus qu'il valait mieux montrer à mon avocate les textos qu'il m'a envoyés, mais aussi qu'il était temps d'avoir une discussion sérieuse avec lui. Je suis anxieuse, et en même temps rassurée de savoir qu'elle et Marshall me soutiennent.

Je suis sur le point de sortir quand on frappe à la porte. Je regarde par le judas, soulagée de voir que c'est Atlas. Sauf que Josh n'est pas avec lui, et mon cœur se serre aussitôt. A-t-il vraiment choisi de rester avec son père plutôt qu'avec Atlas ? J'ouvre la porte.

– Que s'est-il passé ? Où est Josh ?

Atlas sourit, et sa tranquille assurance m'emplit d'un soulagement instantané.

– Tout va bien. Il est chez moi.

Je laisse échapper un soupir :

– Ah ! Alors qu'est-ce que tu fais ici ?

– Je me rendais à mon restaurant, et en passant par là, ça m'a donné envie de courir te voler un câlin.

Je souris, et il me tient la porte ouverte. Il ne peut pas me faire un câlin complet puisque j'ai Emerson perchée sur ma hanche, alors il m'embrasse rapidement sur la joue.

– Menteur. Mon appartement n'est pas sur ton chemin. Et c'est dimanche, ton restaurant est fermé.

– Peu importe, réplique-t-il en écartant l'objection d'un geste de la main. Où vas-tu ?

– Chez Allysa. On dîne avec eux ce soir.

Je hisse le sac à langer sur mon épaule, mais il me le prend :

– Je vous accompagne.

Emmy se penche vers lui, et je pense que nous sommes tous les deux un peu surpris quand elle passe volontiers de mes bras aux siens. Elle pose sa tête contre sa poitrine, et je ne peux m'empêcher de contempler la scène. Atlas s'est arrêté, lui aussi. Après quoi, il me sourit et se dirige vers ma voiture en me tenant par la main tout le long du chemin.

Une fois la portière ouverte, je récupère Emmy pour l'attacher dans son siège auto. À présent qu'il a les bras libres, Atlas va pouvoir me faire un vrai câlin, alors il m'attire vers lui. Son étreinte en dit long. Il me tient comme s'il cherchait à capter mes forces, comme s'il voulait emporter une partie de moi avec lui.

– Où est-ce que tu vas ? demandé-je.

– En fait, je retourne dans mon restaurant. J'ai demandé à Sutton de me retrouver là-bas. Il faut qu'on discute sérieusement à propos de Josh, et je préférerais que ça soit sans témoin. Elle adore se donner en spectacle, et ce n'est pas le moment.

– Ah bon, et moi, je vais chez Allysa pour discuter avec Ryle de ce dont je t'ai parlé. Si ce n'est pas un dimanche diplomatique, ça...

Atlas rit doucement :

– J'espère.

– Bonne chance.

– Toi aussi. Sois prudente et appelle-moi dès que tu peux.

Il m'embrasse une dernière fois et ajoute, alors qu'il s'éloigne :

– Je t'aime, mon cœur.

Il regagne sa voiture, et sans que je sache pourquoi, ces mots me troublent, mais je souris en m'installant au volant de la mienne. *Je t'aime, mon cœur*. Je souris encore en démarrant. Ma bonne humeur m'étonne, étant donné ce que je m'apprête à faire et que je n'ai aucune idée de la façon dont ça va se passer. Je vais dîner chez Allysa et Marshall, mais Ryle ignore que je m'y rends dans un objectif précis.

*

* *

– Des lasagnes ? lancé-je à Marshall quand il m'ouvre la porte d'entrée.

Je sens d'ici l'odeur de l'ail et des tomates.

– Le plat préféré d'Allysa, répond-il.

Puis il tend les bras vers Emmy :

– Viens voir oncle Marshall.

Il la soulève et lui fait une horrible grimace. Elle pouffe de rire. C'est une des personnes qu'elle préfère, mais tous les enfants aiment Marshall.

– Allysa est dans la cuisine ?

– Oui, me répond-il à voix basse. Et lui aussi. Au fait, on ne lui a pas dit que tu venais.

– D'accord.

Je dépose le sac de couches et me dirige vers la cuisine ; au passage, je trouve la mère d'Allysa assise avec Rylee dans le salon. Je lui adresse un signe sans m'arrêter. Elle me répond d'un sourire.

Sur le seuil de la cuisine j'aperçois Ryle penché sur le bar, en train de bavarder avec Allysa, mais dès qu'il m'aperçoit, il se redresse, visiblement tendu.

Je ne réagis pas. Je ne veux pas qu'il pense encore me contrôler d'une façon ou d'une autre.

Allysa m'attendait. Elle me salue d'un signe de tête et referme le four sur les lasagnes.

– Tu tombes pile ! lance-t-elle en déposant les maniques sur le comptoir. On a trois quarts d'heure devant nous avant que ce soit prêt.

– Trois quarts d'heure pour quoi ? interroge Ryle.

– Pour discuter, réplique-t-elle en lui faisant signe de se rasseoir.

Il lève les yeux au ciel mais prend place en face de nous. Il s'adosse à son siège, les bras croisés. D'un bref regard, Allysa me fait comprendre que c'est à moi de commencer.

Je ne sais pas pourquoi je n'ai pas peur en ce moment. Peut-être parce qu'Atlas lui a déjà dit tout ça. Et puis la présence d'Allysa et de Marshall dans l'appartement me rassure. Sans compter la mère de Ryle, même si elle n'a aucune idée de ce qui va se passer. Il reste toujours plus raisonnable en sa présence. Je suis contente de la savoir là.

Je ne sais pas ce qui m'anime en ce moment, mais je profite de la situation :

– Tu m'as demandé hier si j'avais parlé à mon avocate. C'est le cas. Elle m'a donné plusieurs conseils.

Ryle se mordille la lèvre pendant quelques secondes. Puis il hausse un sourcil, pour m'inviter à continuer.

– Je voudrais que tu apprennes à gérer ta colère.

À peine ces paroles sortent-elles de ma bouche que Ryle se met à rire. Il se lève, commence à pousser sa chaise pour mettre fin à cette conversation, mais Allysa intervient :

– Assieds-toi, s'il te plaît !

Il nous regarde, l'une après l'autre. Plusieurs secondes s'écoulent, le temps qu'il comprenne ce qui se passe. À l'évidence, il se sent manipulé, mais je ne suis pas là pour le plaindre, et sa sœur non plus.

Comme il aime et respecte Allysa, il retourne à sa place, malgré sa colère.

– Tant que tu ne suivras pas une thérapie pour apprendre à gérer ta colère, dis-je encore, je préférerais que tu ne voies Emerson qu'ici, ou en présence de Marshall ou d'Allysa.

Ryle jette un coup d'œil vers cette dernière, et le regard qu'il lui lance m'aurait donné des frissons à une certaine époque, mais là, il me laisse froide.

Je poursuis :

– Selon l'évolution de ton attitude envers moi, nous déciderons en famille quand nous estimerons que tu peux rester seul avec les filles.

– Les filles ? répète Ryle l'air incrédule. Elle t'a convaincue que ma propre nièce n'est pas en sécurité avec moi ?

Il a presque crié cette dernière phrase.

La porte de la cuisine s'ouvre sur Marshall. Il prend place au bout de la table.

– Ta mère surveille les filles dans le salon, annonce-t-il à Allysa. J'ai manqué quelque chose ?

– Tu es au courant ? lui lance Ryle.

Marshall le dévisage un instant puis se penche en avant :

– Si je suis au courant que tu as perdu ton sang-froid avec Lily la semaine dernière en la plaquant contre une porte ? Ou que tu lui as envoyé des textos, ou que tu l'as menacée quand elle t'a dit qu'elle allait en parler à son avocate ?

Ryle fixe Marshall d'un regard vide. Il rougit, mais il ne réagit pas immédiatement. Il sait qu'il est pris au piège.

– Un putain de piège, maugrée-t-il en secouant la tête.

Il semble agacé, irrité, comme trahi. C'est compréhensible. Mais il doit accepter de coopérer, sinon il brisera les dernières relations qui lui restent dans la vie.

Il me fixe d'un regard agacé :

– Quoi d'autre ? demande-t-il l'air suffisant.

– Je t'ai déjà pardonné assez de choses, Ryle. Tu le sais. À partir de maintenant, sache que plus rien ne compte pour moi qu'Emerson. Si tu nous menaces ou si tu nous fais du mal, à moi ou à notre fille, je vendrai tout ce que je possède pour te poursuivre en justice.

– Et je serai à ses côtés, dit Allysa. Je t'aime, mais je l'aiderai.

La mâchoire de Ryle se crispe. Pourtant, son expression reste neutre. Il regarde Allysa, puis Marshall. La tension dans la pièce est palpable, mais l'amitié aussi. J'ai envie de pleurer, tant je leur suis reconnaissante.

Ryle rumine un bon moment. L'atmosphère s'est apaisée, mais j'ai pu passer mon message en lui faisant comprendre qu'il n'y avait pas de place pour la négociation.

Il finit par se lever, les mains sur les hanches, les yeux fixés au sol. Puis il prend une longue inspiration et se dirige vers la porte de la cuisine. Avant de partir, il se retourne vers nous, sans regarder personne dans les yeux.

– Je suis de repos ce jeudi. J'arriverai vers dix heures, ce serait bien qu'Emerson soit là.

À peine est-il parti que je m'effondre. Allysa m'entoure de ses bras, mais je ne pleure pas parce que je suis bouleversée. Je pleure parce que je suis tellement, tellement soulagée. J'ai l'impression qu'on a accompli quelque chose d'important.

– Je ne sais pas ce que je ferais sans vous deux, dis-je à travers mes larmes en la serrant contre moi.

Elle caresse mes cheveux :

– Tu serais si malheureuse, Lily.

On se met à rire toutes les deux. En quelque sorte.

33
ATLAS

Après avoir déposé Josh chez moi, j'ai appelé Sutton pour lui demander de me retrouver au Bab's. Je suis arrivé une heure avant le rendez-vous. Je n'ai jamais cuisiné pour elle, alors j'espère qu'elle sera impressionnée si je lui prépare un repas. Lui faire plaisir, la mettre de bonne humeur. N'importe quoi pour la rendre moins combative.

Mon téléphone annonce l'arrivée d'un texto ; je m'éloigne de la cuisinière et regarde l'écran. Je lui ai dit de m'envoyer un message quand elle arriverait pour que je puisse la faire entrer. Elle a cinq minutes d'avance.

Je traverse le restaurant sombre et allume quelques lumières sur mon chemin. Elle est debout près de l'entrée, une cigarette au bec. Quand elle voit la porte ouverte, elle jette son mégot dans la rue et me suit à l'intérieur.

– Josh est là ? demande-t-elle.

– Non. Il n'y a que toi et moi.

Je fais un geste vers une table :

– Prends un siège. Que veux-tu boire ?

Elle me regarde en silence pendant un moment, avant de répondre :

– Du vin rouge. Enfin, ce que tu as.

Elle prend place dans un box, et je vais remplir les assiettes. J'ai fait des crevettes au lait de coco parce que c'est son plat préféré. J'avais neuf ans quand elle est tombée amoureuse de ce plat.

C'était lors du seul voyage en voiture qu'elle a fait avec moi. Nous sommes allés à Cape Cod, pas si loin de Boston, et c'est bien l'unique souvenir que je garde d'une balade en compagnie de ma mère. En général, elle dormait ou buvait pendant ses jours de congé, si bien que je n'ai jamais oublié cette excursion à Cape Cod où nous avons goûté pour la première fois des crevettes au lait de coco.

Je place assiettes et boissons sur un plateau que j'apporte à sa table ; je dispose la nourriture et le vin devant elle, lui tends des couverts puis m'assieds en face d'elle.

– C'est toi qui as préparé ça ? demande-t-elle incrédule.

– Oui. Des crevettes au lait de coco.

– Mais en quel honneur ? reprend-elle en dépliant sa serviette. Pour t'excuser d'avoir cru que tu pouvais élever un enfant comme lui ?

Elle rit comme si c'était une blague, mais le silence de la salle étouffe son rire. Secouant la tête, elle prend son verre, sirote le vin à petites gorgées.

Je sais qu'elle a douze ans d'avance sur moi avec Josh, mais je suis prêt à parier que nos relations entre frères sont déjà plus étroites qu'avec notre mère ; alors que j'ai passé dix-sept années en sa compagnie.

– Quel était mon plat préféré quand j'étais petit ?

Pour toute réponse, elle me jette un regard vide.

C'était peut-être une question difficile.

– Bon. Et mon film préféré ?

Rien.

– Couleur ? Musique ?

Je lui pose d'autres questions, dans l'espoir qu'elle puisse répondre au moins à l'une d'entre elles.

Elle ne peut pas. Elle hausse les épaules et pose son verre.

– Quel genre de livres Josh aime-t-il lire ?

– C'est une question piège ? demande-t-elle.

Je m'adosse à mon siège en essayant de dominer l'agitation qui vibre en moi.

– Tu ne sais rien des êtres que tu as mis au monde.

– J'étais une mère célibataire, Atlas. Pour toi autant que pour lui. Je n'avais pas le temps de m'occuper de tes lectures alors que je me battais pour survivre.

Elle laisse tomber la fourchette qu'elle s'apprêtait à utiliser.

– Bon sang !

– Je ne t'ai pas demandé de venir ici pour t'embêter, dis-je alors.

Je bois un peu d'eau, passe un doigt sur le bord de mon verre en poursuivant :

– Je n'ai même pas besoin d'excuses. Et lui non plus.

Je la regarde fixement, sidéré de ce que je m'apprête à lui dire. Ce n'était pas du tout pour ça que je suis là, mais les raisons égoïstes qui m'ont amené ici ne me préoccupent plus du tout :

– Je veux te donner l'occasion d'être enfin une meilleure mère pour lui.

– Et si c'était lui qui devait être un meilleur fils ?

– Il a douze ans. Il est aussi bien qu'il doit l'être. D'autant qu'il n'est pas responsable de votre relation et de sa qualité.

Elle se gratte la joue, puis agite une main :

– Qu'y a-t-il ? Pourquoi suis-je ici ? Tu veux que je le reprenne parce que tu as trop de mal à le gérer ?

– Pas du tout. Je veux que tu m'accordes un droit de garde. Si tu ne le fais pas, je te traînerai en justice, et ça nous coûtera à tous les deux une énorme somme d'argent qu'aucun de nous ne veut payer. Mais je suis prêt à le faire.

Je me penche vers elle, les bras croisés :

– Je veux sa garde légale, mais je ne te demande pas de disparaître. Surtout pas. La dernière chose que je veux, c'est que ce garçon grandisse avec l'impression que tu l'aimes aussi peu que tu m'as aimé.

Elle est pétrifiée par mes paroles, alors je prends ma fourchette et me remets à manger, d'un air désinvolte.

Elle me regarde fixement tandis que je fais passer la nourriture avec une gorgée d'eau. Je suis sûr que son cerveau tourne à cent à l'heure, à la recherche d'une insulte ou d'une menace, mais rien ne vient.

– Tous les mardis soir, on pourra dîner ici, en famille. Tu es la bienvenue. Je suis sûr que ça lui plaira. Je ne te demanderai jamais un centime. Tout ce que je veux, c'est que vous vous voyiez un soir par semaine et que tu t'intéresses à lui, même si tu dois faire semblant.

Je remarque que les doigts de Sutton tremblent lorsqu'elle attrape son verre. Elle doit s'en apercevoir elle aussi, car elle ferme le poing avant de le saisir et de ramener sa main sur ses genoux.

– Tu ne dois pas te souvenir de Cape Cod si tu penses que j'ai été une mère si horrible avec toi.

– Je me souviens de Cape Cod. C'est le seul souvenir auquel j'essaie de me raccrocher pour ne pas te détester. Si tu as l'impression d'avoir fait quelque chose de merveilleux en m'offrant cet unique souvenir, je me propose d'offrir ça à Josh tous les jours de sa vie.

Sutton baisse les yeux sur ses genoux. Pour la première fois, on dirait qu'elle éprouve une émotion autre que colère ou irritation.

C'est peut-être aussi mon cas. Quand j'ai décidé d'avoir cette conversation avec elle en rentrant de chez Tim aujourd'hui, j'avais prévu de l'exclure de nos vies pour toujours. Mais même les monstres ont un cœur qui bat dans leur poitrine.

Il y a un cœur là-dedans, quelque part. Peut-être que personne dans sa vie ne lui a jamais fait comprendre qu'il était heureux de l'entendre battre.

– Merci, dis-je alors.

Elle cligne des yeux. Elle doit croire que ce mot est un piège.

Je secoue la tête, troublé par ce que je m'apprête à dire :

– Tu étais seule pour nous élever, et tu n'as eu aucune aide de nos pères respectifs. Tout ça a dû être très difficile pour toi. Tu dois te sentir seule. Déprimée. J'ignore pourquoi tu n'arrives pas à considérer la maternité comme un cadeau, mais tu es là. Tu es venue ce soir, et cet effort vaut bien un merci.

Elle baisse les yeux ; je ne m'attendais pas à voir ses épaules se mettre ainsi à trembler, pourtant elle se bat de toutes ses forces pour contenir ses larmes. Elle pose les mains sur la table, tripote sa serviette, mais elle n'en a pas besoin pour s'essuyer les joues.

Je ne sais pas ce qu'elle a vécu, ce qui l'a rendue si dure. Si peu disposée à se laisser aller. Peut-être qu'un de ces jours elle partagera ça avec moi, mais elle doit encore beaucoup prouver à Josh en tant que mère avant que nous n'en arrivions là.

Elle se redresse :

– À quelle heure, ce dîner du mardi ?

– Dix-neuf heures.

Elle hoche la tête comme si elle s'apprêtait à partir.

– Je peux te donner un *doggy bag* si tu veux emmener les restes, dis-je alors.

– J'aimerais bien. Ça a toujours été mon plat préféré.

– Je sais. Je me souviens de Cape Cod.

J'emporte son assiette à la cuisine pour lui préparer le sac.

*

*   *

En rentrant, je trouve Josh assoupi sur le canapé.

Un dessin animé passe à la télévision, alors j'appuie sur pause et remets la télécommande sur la table basse.

Je le regarde dormir, soulagé par la journée qui vient de s'écouler. Les choses auraient pu se passer bien différemment. Les lèvres serrées, j'essaie de contrôler mon épuisement émotionnel en le contemplant encore un moment. Là, je me rends compte que je le considère de la même manière que Lily quand elle voit Emerson, débordant de fierté.

Je prends la couverture du dossier du canapé pour l'en envelopper, puis je me dirige vers la table où sont étalés ses devoirs. Tout est terminé, même l'arbre généalogique.

Il a dessiné une minuscule graine qui sort du sol avec deux petites branches. L'une s'appelle *Josh* et l'autre *Atlas*.

34
LILY

J'ai failli manquer le message, à force de me presser ce matin. Il a été glissé sous ma porte d'entrée et s'est accroché au tapis.

J'avais Emmy sur la hanche, un sac à main et un sac à langer sur l'épaule, mais aussi un mug de café dans l'autre main. J'ai réussi à me pencher et à ramasser l'enveloppe sans rien renverser. *Super-maman.*

J'attends un petit moment de calme au travail pour enfin l'ouvrir. En dépliant la lettre, je reconnais l'écriture d'Atlas et sens un frisson de soulagement me parcourir. Non parce que je pensais que cela viendrait de quelqu'un d'autre. Nous sommes ensemble depuis plusieurs mois maintenant, et il me laisse des messages tout le temps. Mais c'est l'une des premières fois que, quelque part, je ne redoutais pas d'en trouver un de Ryle.

J'enregistre mentalement l'importance de ce moment.

Je fais ça souvent. En enregistrant les choses importantes qui marquent ma vie, je la vois peu à peu revenir à la normale. Je ne le fais pas autant qu'avant, mais c'est une bonne chose. Ryle compte si peu désormais que j'oublie parfois à quel point j'ai cru qu'elle serait éternellement compliquée.

Il fait toujours partie de la vie d'Emmy, mais je lui ai demandé de mieux s'organiser. Il essaie parfois d'être plus strict dans ses visites, mais je ne serai jamais à l'aise tant qu'elle-même ne pourra pas me dire à sa façon comment se passent ses moments avec son père. J'espère que ses séances de psy pour traiter ses problèmes de colère fonctionnent, mais seul l'avenir nous le dira.

Mes contacts avec Ryle sont parfois un peu rugueux, mais depuis notre divorce, je souhaitais retrouver ma liberté, ne plus avoir peur, et je crois y être enfin parvenue.

Je me cache dans le petit réduit de mon bureau, m'assieds par terre les jambes croisées, car je voudrais lire cette lettre d'une seule traite. Voilà plusieurs mois que j'ai obligé Atlas à s'y cacher, mais son odeur y flotte encore.

Je déplie la feuille et trace le petit cœur qu'il a dessiné dans le coin supérieur gauche de la première page. Je souris déjà en commençant à lire.

Chère Lily,

Je ne sais pas si tu es au courant de la date, mais nous sortons officiellement ensemble depuis la moitié d'une année. Est-ce qu'on célèbre les anniversaires des six mois ? Je t'aurais bien offert des fleurs, mais je n'aime pas donner trop de travail aux fleuristes.

À la place, je préfère t'écrire ce mot.

On dit que toute histoire a deux versions, et j'ai lu quelques-unes des tiennes qui, même si elles se sont passées comme tu l'as raconté, sont pour moi très différentes.

Tu as en quelque sorte survolé ce moment, par exemple, alors qu'il a été assez important pour toi pour que tu te fasses tatouer. Mais je ne suis pas sûr que tu aies conscience de son importance pour moi.

Tu dis que notre premier baiser a eu lieu sur ton lit, pourtant ce n'est pas celui que je considère comme le premier. Il a eu lieu un lundi en plein milieu de la journée.

C'était à l'époque où j'étais malade et que tu prenais soin de moi. Tu as remarqué mon état dès que je me suis glissé chez toi par ta fenêtre. Je me souviens que tu as aussitôt réagi en me donnant des médicaments, de l'eau, des couvertures et en m'obligeant à dormir dans ton lit.

Je ne me souviens pas d'avoir été plus malade de toute ma vie. Je crois que tu as été le témoin du jour le plus horrible que j'aie jamais vécu. Pourtant, j'en ai connu, des jours horribles. Mais, au moment où ça se produit, on a l'impression que c'est juste un affreux mal de ventre.

Je ne me rappelle pas grand-chose de cette nuit-là. Je me souviens de tes mains, cependant. Tes mains toujours près de moi, qu'il s'agisse de vérifier ma température, d'essuyer mon visage avec une serviette ou de tenir mes épaules alors que je vomissais.

Voilà ce dont je me souviens : tes mains. Tu portais un vernis rose clair, je n'ai pas oublié le nom de sa couleur car j'étais auprès de toi lorsque tu l'avais appliqué. Elle s'appelait Lily Surprise et tu m'as dit que tu l'avais choisie à cause de son nom.

Je pouvais à peine ouvrir les yeux, mais chaque fois, elles étaient là, tes fines mains secourables avec tes ongles Lily Surprise, tenant ma bouteille d'eau, me donnant des médicaments, caressant ma mâchoire.

Oui, Lily. Je me souviens de ce moment, même si tu ne l'as pas écrit.

Après des heures à avoir été malade, je me souviens de m'être réveillé, ou du moins d'être devenu plus conscient de mon environnement. Une migraine pulsait sous mon crâne, j'avais la bouche sèche et mes paupières étaient trop lourdes pour s'ouvrir, mais je te sentais.

J'ai senti ton souffle sur ma joue. Tes doigts ont suivi ma mâchoire jusqu'à mon menton.

Tu croyais que je dormais, que je ne sentais pas que tu me touchais, que tu me regardais, mais je n'avais jamais ressenti autant de choses qu'à ce moment-là.

C'est là que j'ai compris que je t'aimais. J'ai eu du mal à prendre conscience d'une chose aussi monumentale au milieu d'une journée aussi merdique, mais ça m'a frappé si fort que j'ai cru que j'allais pleurer pour la première fois depuis des années, et je ne savais pas quoi faire de ce sentiment.

Seulement voilà, Lily, j'avais passé toute ma vie sans savoir ce qu'était l'amour. Je n'ai pas connu l'amour que pouvaient partager une mère et son fils, ou un père et son fils, ou un frère et sa sœur. Avant de te rencontrer, je n'avais jamais connu de tels moments avec qui que ce soit, surtout pas avec une fille. Je n'avais pas passé assez de temps avec une fille pour vraiment apprendre à la connaître, ou pour qu'elle apprenne à me connaître, ou pour que nous puissions développer une relation, pour qu'ensuite cette fille se révèle attentionnée, serviable, gentille, inquiète, enfin tout ce que tu étais pour moi.

Je ne dis même pas qu'à ce moment j'ai compris que j'étais amoureux de toi. C'était juste la première fois que je prenais conscience d'aimer quelque chose, n'importe quoi, n'importe qui, de toute ma vie. C'était la première fois que mon cœur réagissait. Au moins de manière positive. Certaines personnes avaient su toucher mon cœur auparavant, mais jamais comme ça. Quand tes doigts se sont mis à pianoter sur mon menton comme de douces gouttes de pluie, j'ai cru que mon cœur allait enfler au point d'éclater.

J'ai fait semblant de me réveiller lentement à ce moment-là. J'ai mis mon bras sur mes yeux, et tu as rapidement ôté ta main. Je me souviens d'avoir tourné la tête vers la fenêtre pour voir s'il faisait jour. C'était presque le cas, alors j'ai commencé à sortir de ton lit, en faisant semblant de ne pas savoir que tu étais réveillée. Tu t'es assise et tu m'as demandé si je partais, et j'ai dû respirer un grand coup avant de pouvoir faire fonctionner ma voix. J'y suis à peine arrivé. J'ai dit quelque chose comme « Tes parents vont bientôt se lever ».

Tu m'as dit que tu allais sécher l'école et revenir me chercher dans quelques heures. J'ai acquiescé sans parler, parce que j'étais encore malade, mais je devais sortir de ta chambre avant de dire ou de faire quelque chose de gênant. Je redoutais ce sentiment qui bourdonnait sous ma peau, qui créait ce besoin brûlant de te regarder et de te dire, je t'aime, Lily ! *C'est drôle comme, dès qu'on ressent de l'amour pour la première fois, on a subitement cette énorme envie de le proclamer. J'avais l'impression que les mots se formaient juste au centre de ma poitrine, et malgré ma faiblesse, je ne me suis jamais sauvé aussi vite de ta chambre.*

J'ai refermé ta fenêtre, me suis adossé au mur froid de ta maison, et j'ai respiré. Mon souffle s'est transformé en brouillard, j'ai fermé les yeux, et après les huit heures les plus affreuses de ma vie, j'ai réussi à esquisser un sourire.

Je n'ai plus pensé qu'à l'amour le reste de la matinée. Même après que tu es revenue me chercher une fois tes parents partis, alors que je venais de passer quelques heures de plus, malade chez toi, je ne pensais qu'à l'amour. Quand tes ongles de Lily Surprise passaient dans mon champ de vision chaque fois que tu vérifiais ma température, je pensais à l'amour. Chaque fois que tu entrais dans ta chambre et que tu remontais les couvertures sous mon menton, je pensais à l'amour.

Et puis, quand j'ai finalement commencé à me sentir un peu mieux vers l'heure du déjeuner, alors que j'étais sous la douche, faible et déshydraté, j'ai eu l'impression d'être plus grand que jamais.

Pendant toute la matinée, puis la journée entière, j'ai senti que quelque chose d'important s'était produit. Pour la première fois, j'avais éprouvé un soupçon de ce que la vie pouvait être. Jusque-là, je n'avais jamais réfléchi à l'idée de tomber amoureux, d'avoir un jour une famille ou même de mener une carrière réussie. La vie m'était toujours apparue comme un fardeau à porter ; quelque chose de lourd et de trouble qui rendait le réveil difficile et le sommeil un peu effrayant. Mais c'est parce que j'étais arrivé à l'âge de dix-huit ans sans savoir ce que c'était que de tenir à une personne au point de ne vouloir voir qu'elle en ouvrant les yeux. J'ai même ressenti le désir de réussir dans la vie pour toi et toi seule.

C'était le jour où nous nous sommes allongés sur ton canapé, quand tu voulais que je regarde ton dessin animé préféré avec toi. Pour la première fois, tu t'es blottie contre moi, sous la couverture, mon bras enroulé autour de toi. J'avais du mal à me concentrer sur la télévision parce que les mots je t'aime *me picotaient encore la gorge, et je ne voulais pas les dire, je ne pouvais pas les dire, parce que je n'avais pas envie que tu penses que c'était trop rapide, ou que ces mots n'avaient aucun sens pour moi. C'était la chose la plus lourde que j'aie jamais portée.*

Mais je pense tellement à ce jour, Lily, et j'ignore si c'est ce que l'amour produit sur tout le monde, cette impression qu'un avion vient de tomber du ciel pour s'écraser sur toi. Parce que, chez la plupart des gens, l'amour s'infiltre et s'évade toute leur vie durant. Ils naissent enveloppés dans cet amour qui les protège au cours de leur enfance, et puis ils font la connaissance de personnes qui accueillent leur amour en retour, alors je ne suis pas sûr que ça les heurte comme j'ai pu le ressentir – d'un seul coup, d'une manière aussi puissante.

Tu portais ce tee-shirt que j'aimais. Il était trop grand pour toi, et la manche tombait toujours de ton épaule. Je devais regarder le dessin animé, mais je ne pouvais pas m'empêcher de contempler ta peau, entre ton cou et ton épaule. Ça m'a de nouveau donné cette incroyable envie de te dire je t'aime*, et les paroles étaient là, sur le bout de ma langue, alors je me suis penché vers toi pour les déposer sur ta peau.*

Et c'est là qu'elles sont restées, cachées et silencieuses, jusqu'à ce que je trouve le courage de te les prononcer à haute voix, six mois plus tard.

Je ne savais pas si tu te souvenais de ce baiser, ni de toutes les fois où je t'ai embrassée à cet endroit après ce jour-là. Même quand j'ai lu ton journal, tu l'as évoqué en vitesse pour arriver à ce que tu considérais comme notre véritable premier baiser, donc je n'avais aucune idée de ce que cela signifiait pour toi, jusqu'au moment où j'ai vu ton tatouage. Je ne peux pas te dire à quel point c'est important pour moi, de savoir que tu as notre cœur placé à l'endroit même où j'ai un jour secrètement enfoui les mots je t'aime.

Je veux que tu me promettes quelque chose, Lily. Quand tu regardes ce tatouage, je ne veux pas que tu penses à autre chose qu'aux paroles que j'ai écrites dans cette lettre. Et chaque fois que je t'embrasserai à cet endroit, je veux que tu te souviennes pourquoi *je t'ai embrassée là pour la première fois.* L'amour. *Le découvrir, le donner, le recevoir, tomber dedans, vivre dedans,* partir *pour lui.*

J'écris cette lettre assis sur le sol de la chambre de Josh. C'est mon expérience avec lui ce soir qui, en quelque sorte, a réveillé ma mémoire. Il a mal au ventre. Peut-être pas autant que moi le jour où j'ai compris que je t'aimais, mais très, très mal quand même. Ça vient de Theo, qui a eu la même chose il y a quelques jours.

Je n'avais encore jamais pris soin d'une personne malade jusque-là, donc je n'ai aucun médicament sous la main. Je crois que je vais aller à la pharmacie. Je pourrais glisser cette lettre sous la porte de ton appartement en chemin.

Ce n'est pas drôle de s'occuper d'un malade. Les bruits, les odeurs, le manque de sommeil – c'est en fait presque aussi désagréable pour la personne qui prend soin du malade. Chaque fois que je vérifie sa température ou que je le force à boire de l'eau, je pense à toi et à la façon dont tu t'es occupée de moi avec cet instinct parental si tendre. J'essaie de reproduire cette tendresse dans les soins que je donne à Josh, mais je ne pense pas être aussi doué que toi.

Tu étais si jeune, juste quelques années de plus que Josh maintenant. Mais je suis sûr que tu te sentais beaucoup plus âgée que tu ne l'étais. Ça m'est arrivé, à moi aussi. Nous avions traversé des choses qu'aucun enfant ne devrait avoir à vivre. Je me demande si Josh vit son âge, ou s'il se sent plus vieux lui aussi.

Je veux qu'il se sente jeune aussi longtemps qu'il le pourra. Je veux qu'il profite du temps qu'il passe avec moi. Je veux qu'il sache ce qu'est l'amour bien avant moi.

Et j'espère que cet amour s'est infiltré lentement en lui pour ne pas le frapper d'un seul coup comme cela m'est arrivé. Je veux qu'il grandisse avec, enveloppé dedans, entouré de toutes parts. Je veux qu'il en soit témoin.

Je veux être un exemple pour lui. Je veux que nous soyons un exemple pour lui et pour Emerson. Toi et moi, Lily.

Cela fait six mois. Viens vivre avec moi.

Je t'aime,
Atlas

Dès que j'ai fini de lire la lettre, je la pose et j'essuie mes larmes. Si je pleure autant quand il me propose de vivre avec lui, je ne sais pas comment je survivrai à une demande en mariage.

Pas plus qu'aux vœux de mariage, d'ailleurs.

Je prends mon téléphone et appelle Atlas en FaceTime. Ça sonne pendant dix longues secondes, et quand il répond enfin, il est allongé sur le canapé de son salon. Il sourit malgré un épuisement évident à cause de sa nuit blanche auprès de Josh.

– Salut, ma belle, lance-t-il d'une voix endormie.

– Salut.

Je pose la joue sur mon poing en réprimant un immense sourire.

– Comment va Josh ?

– Bien. Il dort, mais je pense que je suis resté debout si longtemps que mon cerveau est trop surchargé pour s'éteindre maintenant.

Il étouffe un bâillement.

– *Atlas.*

J'articule son nom avec bienveillance car il a l'air complètement épuisé.

– Tu veux que je vienne te faire un câlin ?

– Tu veux dire que j'ai besoin que tu rentres *à la maison* pour me faire un câlin ?

Ça me fait sourire :

– Oui. C'est exactement ce que je voulais dire. As-tu besoin que je rentre *à la maison* pour te faire un câlin ?

– Oui, Lily. Rentre à la maison.

35
ATLAS

– Tu n'es pas riche ? demande Brad. Tu ne pourrais pas engager des gens pour faire ça à ta place ?

– Je possède deux restaurants. Je suis loin d'être riche. Et pourquoi devrais-je engager quelqu'un alors que je vous ai vous, les mecs ?

– Au moins, on descend, observe Theo.

– Prends modèle sur ton fils, Brad. Le bon côté des choses.

Nous n'avons plus grand-chose à déplacer. Lily n'avait pas besoin de toutes ses affaires puisque ma maison est déjà meublée, alors elle en a donné une bonne partie à une association qui accueille des femmes victimes de violences. On devrait avoir vidé son appartement dans l'après-midi.

Brad est la seule personne de ma connaissance qui possède un pick-up ; avec Theo, ils nous ont aidés à charger ce que nous ne pouvions pas mettre dans nos voitures. Le berceau d'Emerson, la télévision du salon de Lily, certaines des œuvres d'art accrochées à ses murs.

Josh a de la chance. Il est à l'entraînement de baseball, donc il ne peut pas aider au déménagement.

J'ai été surpris quand il est rentré à la maison, voilà quelques mois, en m'annonçant qu'il voulait passer des tests. Il a rejoint l'équipe et a donné tout ce qu'il avait. Depuis, Lily et moi, nous n'avons pas manqué un seul match.

J'ai envoyé le calendrier de ses entraînements et de ses matchs à notre mère, mais jusqu'ici, elle n'est jamais venue. Elle ne s'est manifestée qu'une fois aux dîners que nous avons commencé à organiser les mardis soir. J'espérais qu'elle participerait davantage, mais au fond, ça ne m'étonne pas. Et je doute que Josh en soit davantage surpris. On ne se concentre pas sur ce qui ne marche pas dans nos vies, et il y a beaucoup de choses qui fonctionnent bien. Les deux principales étant que j'ai pu obtenir la garde de Josh, et que Lily et Emerson emménagent avec nous. C'est drôle comme la vie peut changer radicalement en un rien de temps.

L'Atlas de l'année dernière ne saurait pas quoi penser de l'Atlas de cette année.

Lily s'apprête à grimper l'escalier au moment où j'arrive en bas. Elle sourit, me donne un baiser en passant puis monte le reste des marches en courant.

Theo secoue la tête :

– J'arrive toujours pas à croire que ça continue avec elle.

Il soulève un carton avec son genou, puis pousse la porte avec son dos. Il la tient ouverte pour Brad et moi, mais je m'arrête une fois qu'on arrive sur le parking.

Une voiture semblable à celle de Ryle se gare à quelques places du pick-up de Brad.

Un sentiment de crainte m'envahit. Je n'ai pas eu le moindre contact avec lui depuis le jour oùil m'a m'attaqué dans mon restaurant, mais ça remonte à plusieurs mois. Je ne sais pas du tout s'il s'est fait à l'idée que Lily et moi vivions ensemble, mais d'après le regard qu'il jette dans ma direction, il ne semble pas l'avoir bien accepté.

Quelqu'un l'accompagne. D'après ce que Lily m'a dit, ce pourrait être le beau-frère de Ryle. J'ai rencontré la mère de Lily, ainsi qu'Allysa et Rylee, mais jamais Marshall.

Je me dirige vers le pick-up de Brad et charge le carton que je transporte, sans quitter des yeux la voiture de Ryle. Theo et Brad retournent dans l'escalier sans tenir compte de sa présence. Marshall soulève Emerson de la banquette arrière, ferme la portière et avance dans ma direction, tandis que Ryle reste dans la voiture.

– Bonjour. Atlas, c'est ça ? Je m'appelle Marshall.

Je serre la main qu'il me tend :

– Ravi de vous rencontrer.

Il acquiesce, mais quand Emerson me voit, il doit la retenir car elle se jette sur moi. Je fais un pas en avant et la prends dans mes bras.

– Salut, Emmy. Tu t'es bien amusée, aujourd'hui ?

Marshall nous observe un instant avant de me prévenir :

– Attention. Elle a vomi sur Ryle deux fois, aujourd'hui.

– Elle ne va pas bien ?

– Si, mais elle a été avec nous deux toute la journée. Les deux filles ont pris du sucre au petit déjeuner. Et au goûter. Et au déjeuner et au deuxième goûter et... Enfin, Lily et Issa ont l'habitude.

Emerson lève un bras pour retirer mes lunettes de soleil. Elle essaie de les mettre sur son propre visage mais les pose de travers, alors je l'aide à les ajuster. Elle m'adresse un sourire que je lui rends aussitôt.

Marshall jette un coup d'œil à la voiture dans laquelle Ryle attend toujours, puis il reporte son attention sur moi :

– Désolé qu'il ne sorte pas. C'est encore un peu bizarre pour lui qu'elle emménage avec vous.

Quand Marshall dit « elle », il ne parle pas de Lily. Il regarde Emerson. Je hoche la tête car je comprends.

– C'est bon. Je me doute que ce n'est pas facile pour lui.

Marshall ébouriffe les cheveux d'Emerson avant d'annoncer :

– Je vous laisse terminer. C'était sympa de vous rencontrer enfin.

– Pareil pour moi.

Et je le pense vraiment. Marshall semble être quelqu'un avec qui je pourrais devenir ami en d'autres circonstances.

Il retourne vers la voiture de Ryle, mais il s'arrête, se retourne de nouveau vers moi :

– Merci ! lance-t-il. Lily est quelqu'un qui compte beaucoup pour ma femme, alors... Merci d'avoir rendu Lily heureuse. Elle le mérite.

Puis il lève les mains, recule d'un pas :

– J'y vais, là, avant que ça ne devienne trop gênant.

Il reprend son chemin vers la voiture de Ryle, mais j'aurais préféré qu'il ne parte pas si vite, le temps de le remercier, moi aussi. Je sais que son soutien a beaucoup compté pour Lily.

Il claque sa portière et Ryle redémarre.

Je jette un coup d'œil à Emmy, maintenant en train de mordiller mes lunettes de soleil.

– Tu veux aller dire bonjour à maman ?

Je prends la direction du bâtiment, mais je m'arrête en apercevant Lily debout dans l'embrasure de la cage d'escalier.

Dès qu'elle me voit, elle se retourne et essuie rapidement ses yeux. Je ne sais pas pourquoi elle pleure, mais je ralentis un peu le pas pour qu'elle ait le temps d'effacer ses larmes avant de saluer sa fille. Quelques secondes plus tard, elle se retourne avec un grand sourire, avant de me prendre Emmy.

– Tu t'es amusée avec ton papa aujourd'hui ? lui demande-t-elle avant de la couvrir de baisers.

Je l'interroge du regard en me demandant pourquoi elle pleurait. Elle fait un geste vers le parking, où se trouvait la voiture de Ryle quelques instants auparavant.

– C'était trop, commence-t-elle. Je veux dire, je sais que Marshall était avec lui, mais le fait qu'il se sentait assez bien pour la laisser avec vous...

Elle recommence à pleurer, soupire et lève les yeux au ciel devant sa propre réaction.

– Ça fait du bien de savoir que les hommes de sa vie peuvent au moins faire semblant de s'entendre pour son bien.

Honnêtement, ça me fait du bien à moi aussi. Je suis content qu'elle se soit trouvée en haut à leur arrivée. Même si Ryle est resté dans la voiture, c'était déjà un pas dans la bonne direction. Peut-être que Ryle et moi avions besoin d'un échange comme celui-là autant que Lily.

Preuve qu'une coopération est toujours possible, même si ça fait mal.

J'essuie la joue humide de Lily, lui donne un rapide baiser.

– Je t'aime, dis-je en lui posant une main sur le bas du dos pour la guider vers l'escalier. Encore un voyage avant que tu ne sois coincée avec moi pour toujours.

Elle pouffe de rire.

– Trop hâte d'être coincée avec toi pour toujours.

36

LILY

Je suis recroquevillée sur le canapé d'Atlas, épuisée par le déménagement.

Notre canapé.

Il va falloir s'habituer à tout ça.

Theo et Josh m'ont aidée à déballer le reste des affaires d'Emerson et les miennes, car Atlas travaille tard. Je me lève tôt, il rentre tard, mais c'est excitant de savoir que nous vivrons désormais plus de choses l'un avec l'autre, même si c'est en se croisant. Et nous avons des dimanches ensemble.

Seulement, ce soir est un vendredi et demain un samedi, les jours les plus chargés d'Atlas, alors je m'occupe de Josh et Theo jusqu'à ce que ma mère revienne avec Emerson. Tous les trois, nous avons regardé *Le Monde de Nemo*, mais c'est presque fini.

Honnêtement, je ne pensais pas qu'ils le regarderaient parce qu'ils sont à l'âge où les préadolescents ont tendance à bouder les Disney. Mais j'apprends que la génération Z est une race différente. Plus je passe de temps avec eux, plus je pense qu'ils s'écartent de toutes les générations qui les ont précédés. Ils sont moins enclins à la pression des copains de leur âge et soutiennent davantage l'individualité. Je suis un peu jalouse.

Josh se lève quand le générique commence à défiler.

– Ça t'a plu ?

Il hausse les épaules :

– C'était assez drôle, vu que ça a commencé par le massacre de tout ce caviar.

Il emporte son paquet de pop-corn vide vers la cuisine, mais Theo regarde toujours la télévision. Il secoue lentement la tête.

Je reste bloquée sur la description que Josh a faite du début du film...

– Je comprends pas, dit Theo.

– Le commentaire sur le caviar ?

– Non. Je comprends pas pourquoi Atlas t'a dit qu'il avait enfin atteint le rivage. C'était même pas une citation dans le film. Il m'a raconté qu'il l'avait dit à cause du *Monde de Nemo*. J'ai attendu que quelqu'un le dise pendant tout le film.

Je vais devoir m'habituer à beaucoup de choses maintenant que je vis avec Atlas, mais je vais avoir du mal avec l'idée qu'il parle de notre relation à cet enfant.

L'air moins éperdu, Theo lève sur moi des yeux soudain brillants :

– Ah oui ! Parce que quand la vie les abat, ils continuent à nager, donc Atlas disait que la vie n'allait plus... d'accord.

Son esprit continue de tourner à cent à l'heure. Il commence à secouer la tête en se levant.

– Je trouve toujours ça ringard, murmure-t-il.

Comme son téléphone vibre, il ajoute :

– Je dois y aller, mon père est là.

Josh est de retour dans le salon.

– Tu restes pas ?

– Pas ce soir, mes parents m'emmènent à un truc demain matin.

– Je veux aller à un truc, dit Josh.

En train d'enfiler ses chaussures, Theo semble hésiter :

– Ouais, je sais pas.

– Où tu vas ?

Les yeux de Theo se posent brièvement sur les miens, puis reviennent vers Josh :

– C'est une parade, dit-il doucement.

Mais aussi comme si c'était un avertissement.

– Une parade ? demande Josh en penchant la tête. Pourquoi t'es bizarre ? Quel genre de parade c'est ? Une parade de la fierté ?

Theo déglutit comme si Josh et lui n'avaient jamais eu cette conversation, et ça m'inquiète pour lui. Mais j'ai suffisamment côtoyé Josh au cours des derniers mois pour savoir qu'il apprécie son amitié avec Theo.

Josh prend ses chaussures, s'assied à côté de moi sur le canapé et commence à les enfiler.

– Qu'est-ce que tu dis ? J'ai pas le droit d'aller à un truc de fierté parce que j'aime les filles ?

Theo se balance d'un pied sur l'autre.

– Tu peux y aller. Seulement... Je savais pas si tu étais au courant.

Josh lève les yeux au ciel.

– On peut dire beaucoup de choses sur une personne par ses choix de lecture de mangas, Theo. Je suis pas débile.

– Josh ! lancé-je.

– Désolé.

Il attrape une veste dans le placard.

– Je peux rester chez Theo, ce soir ?

Son attitude désinvolte à propos de cet instant monumental entre eux deux me rappelle tellement Atlas…

Un Josh attentionné.

Mais le fait qu'il me demande l'autorisation de partir avec Theo me laisse perplexe. J'écarquille légèrement les yeux. Je ne vis ici que depuis quatre jours. Josh ne m'a jamais demandé la permission pour quoi que ce soit, et Atlas et moi n'avons pas vraiment établi de règles à ce sujet.

– Oui, bien sûr. Mais préviens ton frère.

Je ne pense vraiment pas que ça dérange Atlas. Maintenant que nous vivons ensemble, nous allons devoir aborder ce genre de choses en ce qui concerne Josh et Emerson. Qui sont les parents, quand, comment. C'est assez excitant. J'aime découvrir la vie avec Atlas.

Ma mère n'est toujours pas rentrée avec Emerson, alors une fois que Josh et Theo sont partis, la maison semble calme et vide pour la première fois depuis que j'ai emménagé ici. J'en profite pour aller et venir dans les pièces, regarder dans les armoires, me familiariser avec ma nouvelle maison.

Ma nouvelle maison. C'est amusant à dire.

Je sors derrière et m'assieds dans un fauteuil sur la terrasse. Ce jardin a un gros potentiel. C'est inattendu en pleine ville. À croire qu'Atlas avait surtout cherché l'espace jardin parfait, juste au cas où je reviendrais dans sa vie. Je sais que ce n'est pas du tout pour cela qu'il a choisi cette maison, mais je m'amuse à imaginer qu'il l'a fait pour cette raison.

Mon téléphone sonne, me faisant sursauter. C'est Atlas qui me rappelle en visio.

– Salut.

– Qu'est-ce que tu fais ? demande-t-il.

– Je choisis un endroit pour mon jardin. Josh voulait rester avec Theo, alors je l'ai laissé partir. J'espère que c'est bon pour toi.

– Bien sûr. Est-ce qu'ils t'ont aidée ?

– Oui, on a presque tout fini.

Atlas semble soulagé. Il passe une main sur sa joue comme s'il avait besoin d'évacuer son stress. Il semble que sa journée ait été chargée, mais il le cache derrière un sourire.

– Où est Emerson ?

– Ma mère la ramène bientôt.

Il soupire comme s'il était triste de ne pas avoir pu l'apercevoir.

– Elle commence à me manquer, souffle-t-il.

Il a lâché ça doucement, rapidement, comme s'il avait un peu peur d'admettre qu'il commence à aimer ma fille. Mais j'ai retenu ses mots, et je les stocke auprès de toutes les autres choses gentilles qu'il m'a dites.

– J'arriverai à la maison dans environ trois heures. Tu seras réveillée ?

– Sinon, tu sais quoi faire.

Il secoue un peu la tête, et un sourire étire sa bouche.

– Je t'aime. Reviens vite à la maison.

– Je t'aime aussi.

Dès qu'on raccroche, j'entends la douce voix d'Emerson et me retourne aussitôt. Ma mère est debout dans l'embrasure de la porte, ma fille dans ses bras. Elle sourit comme si elle avait entendu une partie de la conversation.

Je me lève pour lui prendre Emerson, et la petite s'accroche à moi. Ce devrait être une nuit facile. Quand elle devient aussi câline, c'est qu'elle est prête à s'endormir. Je fais signe à ma mère de s'asseoir à côté de moi.

– Trop mignon, observe-t-elle.

C'est la première fois qu'elle vient ici. Je lui ferais bien visiter les lieux, mais Emerson est déjà en train de frotter son visage contre ma poitrine : elle tombe de fatigue. Si elle pouvait s'endormir avant que je me lève, ce serait parfait.

– Quel endroit magnifique pour un jardin ! s'extasie ma mère. Tu crois qu'il l'a choisi exprès, en espérant que tu reviendrais dans sa vie ?

Je hausse les épaules :

– Je me posais la même question, mais je ne voulais pas m'avancer.

Je marque une pause, puis je me retourne une fois que j'ai digéré ce qu'elle vient de dire. De retour dans sa vie ? Je ne lui ai jamais avoué qu'Atlas était un ami d'enfance. J'ai juste supposé qu'elle ne se souvenait pas de lui.

Voyant la surprise sur mon visage, elle observe :

– C'est un nom unique, Lily. Je me souviens de lui.

Je souris, mais je reste un peu déroutée qu'elle ne m'en ait encore jamais parlé. Je sors avec lui depuis plus de six mois, et elle ne l'a vu que de rares fois.

Je suppose que je ne devrais pas être surprise, cependant. Ma mère n'est pas une personne qui se confie facilement. Je ne saurais le lui reprocher. Elle a passé des années avec un homme qui ne la laissait jamais parler, évidemment, il a dû lui être difficile d'apprendre à se servir de sa voix.

Je lui demande quand même :

– Pourquoi n'as-tu jamais rien dit ?

– Je supposais que tu m'en parlerais le moment venu.

– J'aurais bien aimé, seulement je ne voulais pas que tu te sentes mal à l'aise en sa présence. Pas après ce que papa lui a fait.

Elle détourne les yeux vers le jardin, reste silencieuse pendant un moment, puis :

– Je ne te l'ai jamais dit, mais j'ai parlé à Atlas une fois. En quelque sorte. Je suis rentrée tôt du travail et vous dormiez tous les deux sur le canapé. Ça m'a fait un choc.

Elle pouffe de rire avant de reprendre :

– Moi qui te croyais si douce et innocente, voilà, tu étais là, sur le canapé de mon salon, endormie avec un garçon inconnu. J'allais te crier dessus, mais là, il s'est réveillé, complètement affolé. Pas à cause de moi, en fait, maintenant que j'y pense. Il avait l'air plutôt effrayé à l'idée de te perdre. Quoi qu'il en soit, il est parti en toute hâte, alors je l'ai suivi dehors pour le menacer et lui dire de ne jamais revenir. Seulement il a juste... il a fait une chose complètement bizarre, Lily.

– Qu'est-ce qu'il a fait ? dis-je le cœur dans la gorge.

– Un câlin, répond-elle, la voix teintée d'une pointe de rire.

J'en reste bouché bée :

– Il t'a serrée dans ses bras ? Tu le prends en flagrant délit avec ta fille et il te serre dans ses bras ?

– Oui. Et c'était un câlin de connivence, aussi. Comme s'il me plaignait du fond du cœur, je l'ai ressenti dans son étreinte. Comme s'il m'encourageait, ou me réconfortait. Ensuite il est juste... parti. Je n'ai même pas eu la possibilité de lui crier dessus pour l'avoir trouvé dans ma maison avec toi sans surveillance. Peut-être que c'était son plan – comme une tactique de manipulation, je ne sais pas.

Je secoue la tête :

– Ce n'était pas une tactique.

Atlas si prévenant.

– Je savais que tu le voyais. Et je savais que tu le cachais à ton père plutôt qu'à moi, alors je ne l'ai pas pris personnellement. Je ne m'en suis jamais mêlée parce que j'appréciais que tu aies quelqu'un, Lily.

Elle désigne d'un geste la maison derrière nous :

– Et maintenant, regarde. Il est avec toi pour toujours.

À cette idée, je serre Emerson un peu plus fort.

– Je suis heureuse de savoir qu'il y a un homme dans ta vie qui fait des câlins aussi sincères, reprend ma mère.

– Il donne plus que de superbes câlins, dis-je pince-sans-rire.

– Lily ! s'esclaffe ma mère.

Elle se lève :

– Bon, je vais rentrer.

Je ris intérieurement tandis qu'elle part. Puis, de ma main libre, j'envoie un texto à Atlas :

Je t'aime tellement, espèce d'idiot.

37

ATLAS

– Sérieux ? demande Theo.

Debout devant un miroir, j'ajuste ma cravate tandis que, depuis le canapé, Theo essaie de me convaincre de le laisser lire mes vœux avant le mariage.

– Pas question.

– Tu vas le regretter, m'avertit-il.

– Pas du tout, ils sont excellents.

– Atlas. Allez. J'essaie de t'aider. Je suis sûr que tu as terminé par quelque chose du genre : *Je rêve que tu sois mon poisson.*

Je rigole. Je ne sais pas comment il arrive encore à trouver ces répliques au bout de deux ans.

– Tu répètes tes *punch lines* quand tu ne dors pas la nuit ?

– Non, c'est naturel.

Quelqu'un frappe à la porte et l'entrouvre :

– Cinq minutes.

Je jette un dernier regard dans la glace avant de me tourner vers Theo :

– Où est Josh ? Je dois m'assurer qu'il est prêt.

– Je n'ai pas à te le dire.

Je penche la tête :

– Où est-il, Theo ?

– La dernière fois que je l'ai vu, il était dans le kiosque avec sa langue dans la gorge d'une fille. Il va bientôt te faire grand-père.

– Je suis son frère. Ça donnerait un oncle, pas un grand-père.

Je regarde par la fenêtre, mais le kiosque est vide.

– Va le chercher, s'il te plaît.

Josh et moi nous ressemblons beaucoup, mais il est un peu plus sûr de lui avec les filles que je ne l'étais à son âge. Il vient d'avoir quinze ans et, jusqu'à présent, c'est l'anniversaire que j'aime le moins. Je suis sûr que, lorsqu'il sera en âge de conduire l'année prochaine, ça vieillira au moins d'une décennie.

Je dois penser à autre chose. Je suis déjà trop anxieux. Peut-être que Theo a raison, et que je devrais revoir mes vœux pour m'assurer qu'il n'y a rien à changer ou à ajouter.

Je sors la page de ma poche et la déplie, puis je prends un stylo au cas où je voudrais effectuer des changements de dernière minute.

Chère Lily,

J'ai l'habitude de t'écrire des lettres que personne d'autre ne lira jamais, c'est peut-être pour ça que j'ai eu du mal la première fois que j'ai essayé de rédiger ces vœux. À l'idée qu'ils allaient être lus à haute voix devant d'autres personnes, j'étais terrifié.

Mais les vœux ne sont pas censés rester quelque chose de privé. Le but d'un vœu est de faire un serment devant témoins, que ce soit devant Dieu, ou devant les amis et la famille.

Mais cela doit te faire réfléchir, du moins ça m'a fait réfléchir à la raison d'être d'un vœu public. Je n'ai pas pu empêcher mon esprit de s'interroger sur ce qui a pu se passer autrefois pour qu'il devienne nécessaire de témoigner de son amour.

Est-ce que ça signifie que, quelque part en chemin, une promesse a été rompue ? Un cœur a été brisé ?

Plutôt décevant si on s'assied pour réfléchir à la raison d'être des vœux. Si on se fiait à l'idée que tout le monde tient parole, les vœux ne seraient pas nécessaires. Les gens tomberaient amoureux, et ils le resteraient, fidèlement, pour toujours, jusqu'à la fin.

Mais c'est là le problème, je suppose. Nous sommes des personnes. Nous sommes des humains. Et les humains peuvent parfois être décevants.

Cette prise de conscience m'a conduit sur un autre chemin dans mon processus de réflexion en rédigeant ces vœux. J'ai commencé à me demander, puisque les humains sont si souvent décevants et qu'ils réussissent si rarement à aimer, ce que nous pouvons faire pour que notre amour résiste à l'épreuve du temps. Si un mariage sur deux se termine par un divorce, cela signifie que la moitié de tous les vœux prononcés a fini par être brisée. Comment nous assurer de ne pas faire partie des couples qui entrent dans ces statistiques ?

Malheureusement, Lily, on ne peut pas. On ne peut qu'espérer, mais on ne peut garantir que les paroles, les promesses prononcées ici aujourd'hui ne finiront pas dans le dossier d'un avocat spécialiste du divorce dans quelques années.

Pardon. Je me rends compte que ces vœux font ressembler le mariage à un cycle extrêmement déprimant qui ne se brise heureusement que la moitié du temps.

Seulement pour quelqu'un comme moi, c'est en fait assez excitant.

La moitié du temps?

Cinquante-cinquante?

Une fois sur deux?

Si quelqu'un m'avait dit, quand j'étais adolescent, que j'avais une chance sur deux de vivre toute ma vie avec toi, je me serais senti la personne la plus heureuse de la planète.

Si quelqu'un m'avait dit que j'avais cinquante pour cent de chances d'être aimé de toi, je me serais demandé ce que j'avais bien pu faire pour connaître un tel bonheur.

Si quelqu'un m'avait dit que nous nous marierions un jour, que je t'offrirais la lune de miel de tes rêves en Europe, et que notre mariage aurait cinquante pour cent de chances de réussir, j'aurais immédiatement demandé quelle était la taille de ton annulaire pour que nous puissions nous lancer.

Peut-être que l'idée que l'amour peut avoir une fin n'est qu'une question de point de vue. Parce que, selon moi, l'idée qu'un amour se termine signifie qu'à un moment donné l'amour a existé. Et il y a eu un moment dans ma vie, avant toi, où je n'y avais pas droit.

La version adolescente de moi n'aurait pas vu un cœur brisé potentiel comme une mauvaise chose. J'étais jaloux de tous ceux qui avaient aimé au point de tout perdre. Avant toi, je n'avais jamais rencontré l'amour.

Et puis tu es arrivée, et tu as changé ça. Non seulement j'ai eu l'opportunité d'être la première personne à tomber amoureuse de toi, mais j'ai aussi eu l'occasion de partager un chagrin d'amour avec toi. Et ensuite, comme par miracle, j'ai pu tomber amoureux de toi encore une fois.

Deux fois dans une vie.

Comment un homme peut-il connaître une telle chance ?

Tout bien considéré, le fait que je sois arrivé jusqu'ici, que nous soyons arrivés jusqu'ici, le jour de notre mariage, va tellement plus loin que ce que j'ai jamais rêvé d'obtenir de la vie. Un souffle, un baiser, un jour, une année, une vie. Je prendrai tout ce que tu me donneras, et je jure que je chérirai chaque seconde que j'aurai le bonheur de passer avec toi désormais, tout comme j'ai chéri chaque seconde déjà passée avec toi.

Soyons optimistes, nous pourrions vivre toute notre vie ensemble, heureux, jusqu'à ce que nous devenions vieux et fragiles et qu'il me faille une journée entière pour atteindre tes lèvres et t'embrasser pour la nuit. Si cela arrive, je jure que je serai immensément reconnaissant pour l'amour qui nous a portés tout au long de notre vie commune.

De façon pessimiste, nous pourrions nous briser le cœur à nouveau demain – je sais que ce ne sera pas le cas, mais même si ça l'était, je fais le vœu d'être immensément reconnaissant pour l'amour qui nous aura menés à ce chagrin, jusqu'au jour de ma mort. Si mon destin est de finir en statistique, je ne connais personne d'autre que toi avec qui je préférerais devenir une statistique.

Mais tu m'as dit un jour que j'étais réaliste, alors je veux terminer mes vœux de manière réaliste. Dans mon cœur, je crois que nous allons partir d'ici aujourd'hui et faire un voyage ensemble dans des paysages pleins de collines, de vallées, de pics et de canyons. Parfois tu auras besoin que je te tienne la main dans les collines, et parfois j'aurai besoin que tu me conduises en haut de la montagne, mais, à partir de maintenant, nous allons tout affronter ensemble. C'est toi et moi, Lily. Dans les bons et les mauvais moments, dans la richesse et la pauvreté, dans la maladie et la santé, dans le passé et pour toujours, tu es ma personne préférée. Tu l'as toujours été. Et tu le seras toujours. Je t'aime. J'aime tout ce que tu es.

Atlas

Je respire, la page tremble dans ma main. C'est exactement ce que je voulais, alors je commence à plier la feuille quand Josh entre dans la pièce. Suivi de Darin, Brad, Theo, et Marshall.

Celui-ci tient la porte ouverte.

– Tu es prêt ? C'est l'heure.

Je hoche la tête, plus que prêt, mais avant de remettre mes vœux dans ma poche, je décide de faire un petit changement. Je ne touche rien de ce qui est déjà écrit, j'ajoute juste une ligne à la fin.

P.-S. : Je rêve que tu sois mon poisson.

REMERCIEMENTS

Jamais plus est le livre pour lequel j'ai toujours catégoriquement refusé d'envisager une suite. J'avais l'impression qu'il s'était terminé là où il devait se terminer, et je ne voulais pas faire subir à Lily un stress supplémentaire.

Mais ensuite, il y a eu #BookTok, la pétition en ligne, les messages et les vidéos, et je me suis rendu compte que la plupart d'entre vous me demandaient de ne pas les faire souffrir davantage. Vous vouliez simplement voir Lily et Atlas heureux. Lorsque j'ai commencé à préparer un scénario, j'ai rapidement compris à quel point j'avais besoin de voir Lily et Atlas heureux, moi aussi. Pour tous ceux qui en ont demandé plus, merci. Ce livre n'existerait pas sans vous.

J'ai tellement de personnes à remercier, pas nécessairement pour l'existence de *À tout jamais*, mais plutôt pour leur soutien continu au fil des ans, qui m'a permis d'écrire un livre que je n'aurais jamais cru avoir le courage de terminer. De la famille aux amis, en passant par les blogueurs, les lecteurs, les éditeurs et les agents, sans ordre particulier, je veux juste dire MERCI pour votre soutien continu et pour avoir fait en sorte que je continue à aimer écrire.

Levi Hoover, Cale Hoover, Beckham Hoover et Heath Hoover. Mes quatre hommes préférés sur toute la planète. Je ne pourrais rien faire de tout cela sans vos encouragements et votre soutien.

Lin Reynolds, Murphy Fennell, et Vannoy Fite. Mes trois femmes préférées sur la planète.

À toute l'équipe et aux membres du conseil d'administration de la Bookworm Box et de Book Bonanza. Merci à vous tous pour tout ce que vous faites !

À mes agents, Jane Dystel et Lauren Abramo, et à toute l'équipe de Dystel, Goderich & Bourret.

Merci à mon éditrice, Melanie Iglesias Pérez, à ma responsable pub, Ariele Fredman Stewart, à mon éditrice, Libby McGuire, et à toute l'équipe d'Atria.

À Stephanie Cohen et Erica Ramirez. Merci de m'avoir aidée à réaliser mes rêves et d'avoir toujours pris mon œuvre à cœur. Je vous aime toutes les deux plus que les mots ne peuvent le dire, et chaque fois que j'entre dans notre bureau, j'ai l'impression de rentrer à la maison.

Merci à Pamela Carrion et Laurie Darter pour tout ce que vous faites et pour m'avoir divertie chaque jour.

Merci à l'équipe de Simon & Schuster Audio pour avoir donné vie à mes livres.

Merci à l'auteure Susan Stoker d'être une telle championne pour les autres auteurs et de toujours nous tenir au courant avec ses messages de félicitations hebdomadaires.

Et un grand merci aux personnes suivantes, qui ont toujours été là : Tarryn Fisher, Anna Todd, Lauren

Levine, Shanora Williams, Chelle Lagoski Northcutt, Tasara Vega, Vilma Gonzalez, Anjanette Guerrero, Maria Blalock, Talon Smith, Johanna Castillo, Jenn Benando, Kristin Phillips, Amy Fite, Kim Holden, Caroline Kepnes, Melinda Knight, Karen Lawson, Marion Archer, Kay Miles, Lindsey Domokur, et tant d'autres.

Merci à CoHorts, BookTok, Weblich, aux blogueurs, aux bibliothécaires, et à tous ceux qui mettent tant de cœur à répandre leur amour de la lecture.

Mais, surtout, merci à chaque personne qui a pris le temps d'envoyer un message ou un courriel à un auteur pour lui faire savoir ce que ses livres représentent pour vous. Vous êtes en grande partie la raison pour laquelle nous écrivons.

Colleen Hoover

Colleen Hoover vit au Texas. Elle est devenue en quelques années l'une des plus grandes auteurs de romance au monde. Tous ses livres caracolent en tête des listes de best-sellers.